暨情‧好讀

修訂版

國立暨南國際大學中文系教師群 著

五南圖書出版公司 印行

序

《暨情‧好讀》，乃是針對國立暨南國際大學大一國文課程編選的教材！

大一國文，這是一門歷史久遠的課程，不僅每一位任課教師都曾經是這門課的學生，甚至這些老師的老師們都無法避開這門課的影響；如今，當年的學生雖轉變身分而擔任了課程老師，卻又必須深刻認識：這門課常是非中文系學生接受國文教育的最後機會，其任務之重大，其影響之深遠，實不容小覷。

為了這個任務，大一國文課程內容絕不能成為學生討厭國文教育的藉口，反而，每一位任課老師還要承擔一份使命：借用這一學年的時間，讓修課學生時時回味課程內容，使大一國文變成學生終身國文教育的起跑點。因此之故，這份教材的重要性，便可想而知。不過，若硬要要求一份教材能夠符合各學院每一位學生的胃口，其困難度，亦不想可知。

如何才能編選出一部終身受用，而且是所有科系學生都願意接受的教材？為了達成這個要求，《暨情‧好讀》編選團隊首先以「生命」、「情感」作為教材的中軸線，希望扣緊修課學生的成長歷程，讓學生遇到情感議題時，能夠回頭重新閱讀相關內容，甚至透過延伸閱讀的建議，深化個人的生命思考。其次，全書分九個單元，形成三行三列的多元陣式，可依修課對象，讓任課老師在每行中任選一個單元而形成一個有機的組合。如此，在二十七種課程變化中，便自然出現了多元的可能性；再加上每個單元都有三篇左右的選文，由於選教篇數的差異，又附加了無法計算的變化。如此，透過不同的搭配，實可照顧不同的學生，也減少學生反感的藉口。然而，如果一份教材，學生只閱讀了三分之一的份量，那不僅不環保，也必然會傷了學生家長的荷包；不過，當二個學期課程教授了六個單元，便可知每個學生已不知不覺閱讀了全書三分之二的文章，即可確認這份教材已被充份運用，其不僅以最少的資源達成了最大效益，也兼顧了環保。

中文教學，一般都難以迴避文言、白話的方向問題！究竟該從實用考量教授白話文，還是應從源流考量教授文言文？這方面，言人人殊，至今還沒有一個標準答案。理論上，童蒙教學、國際華語文授課，自然應該以白話文為先，畢竟這是最容易入手的部份。不過，對國內大學而言，大一新生實不宜定位為初階的語文教學，故不應堅持以白話文為教學的範圍；相對的，大一國文又是修課學生接受國文教育的最後機會，也不該完全以文言文為教學範圍而壞了學生的學習興致。基於這樣的思考，這份教材本著 2:1 的原則，以白話文為基石，但又希望邀請學生能夠汲取古典文學的養份，創造出不一樣的成果。更何況，全書既以生命、情感作為引導教學的中軸線，我們豈可完全忽略古聖先賢有關生命及情感的思考？

　　最後，本人不能不承認：這份教材絕不可能一蹴而成今貌。此中，編選團隊當然會進行滾動式的檢討，並思考如何抽換篇章，以求達到最佳的教學效果。而其間的編輯脈絡，不僅有謝如柏、劉恆興、曾守仁三位老師接力的痕跡，更是所有任課老師勞心勞力的成果，他們才是全書的最大功臣；因本人此時兼任行政職，故不得不略敘編纂的宗旨，也希望不要誤解他們的本意。

陶玉璞

民國 106 年 8 月 8 日於暨大中文系辦公室

目次

單元一

我是誰——
　　自傳與書寫

曾守仁　編選

論大學生燒成績單的可能性

黃哲翰

前幾天我在大學的課堂上所看到的景象，讓我聯想起了前陣子臺灣所報導的一則說大不大、說小也不小的新聞：中興大學提醒家長，未經子女（年滿 20 歲以上）的同意拆看成績單，將可能違反個人資料保護法。此外，有些學校在家長未徵得子女同意的情況下，也並不提供家長查詢子女的成績。

對此，引出了網路讀者不少的意見。持反對意見者，有認為個資法不合理的，也有不少人主張父母付學費，有權看子女成績，也有認為學生偷懶父母就該管的。持贊成意見者，則主要認為父母應尊重成年子女的隱私。

我在此並沒有要處理這些正反意見，只是想以人們對這條新聞的反應做引子，談談幾件我在海德堡大學，以及周遭生活環境中遇過的景象。

海德堡大學是德國最老的大學，至今已進入第 627 年。它同時也是我們戲稱「德意志長春藤」的九所菁英大學之一，諾貝爾獎得主的人頭照可以排出一串來展覽，而曾在此任教過的、在各學科歷史上留名的大學者，也數得上一卡車。

但這個學校的大學生，就我個人的感覺，他們的潛力素質不會比臺灣的大學生（我所參照的對象是台北貓空大學與公館大學，這兩處是我個人所熟悉的）好到哪裡去。至於生活荒腔走板的程度，有些更是有過之而無不及──不上課的、吸毒的、把骯髒餐具都直接塞進冰箱的、狂歡時把腳踏車從宿舍屋頂砸向樓下的、醉酒把廁所吐滿穢物還懶得清理放了幾天讓它乾的……

然而他們整體上的學習成就，客觀來說，卻是臺灣的大學生難以比擬的。平均起來，他們對課業的學習，稱得上相當專注。與臺灣學生在外語能力上的明顯差異暫且不論，每門研討課上，都不乏出現對專業知識掌握得相當純熟的大學生（當然主要是高學年的，約可對應到臺灣的大三到碩一之間）。這些課堂上的亮點學生，少則一、兩位，多則四、五位。就我看來，這些人的知識能力或許已不下於臺灣的博士班程度，而在臺灣的大學環境中，每一百人之中，可能還找不到一個這樣的人。

這是為什麼？

　　前幾天，在我老闆的演講課上，他問大家，由於下週的課程時間剛好撞上這裡的年度嘉年華，是否大家下週還想上課？舉手投票的結果，有九成以上都想繼續上課。

　　這不是個案。我所經歷過的這類投票，幾乎都是以壓倒性的多數贊成增加上課時數的。雖然我過去一直覺得上課好無聊喔，我要在家玩小狗，秉持著課業與休閒應該適度平衡的精神，都投了反對票。

　　藉由這個片面的例子，我所要表達的不是「他們都是熱情學習的認真魔人」，這不是我所感覺到的。

　　我所感覺到的毋寧是一種比較單純的態度。相對於臺灣學生，在這裡的人們對於「學習」這件事並沒有太多奇怪的負擔，也沒有臺灣那種彷彿是天生的對學業的微妙不屑感。對於感到興趣的事物，很直覺地會想繼續多聽點，這不是常人都會有的單純反應嗎？

　　在臺灣的大學裡，平時按部就班地學習彷彿是一種罪，會帶給同儕們一種微妙不禮貌的壓力。所以如果要政治正確的話，大家都必須在別人面前刻意抱怨學業繁重，好累好煩，強調自己又不小心混了整晚導致考試範圍都沒唸完，然後在苦哈哈的哀號打屁中彼此諒解，以此來表明自己也是大學生活圈的正常份子，不小心得了好成績還得遮遮掩掩，被揭穿時還要無辜地表示自己其實也不懂教授的評分標準。

　　因為，學習從來都不單純，它始終夾都帶著一些在我們人格的深層中拉扯出來的挫傷。

　　這種拉扯自我們幼時入學開始，便體現在家長期待與學生意願間的對抗，以及一種隱性的階級劃分上。學習這件事，精確來說，是用來劃分學生階級、定義學生自我認同，以及分配地位與資源的憑藉。因此，在我們的教學系統裡，評分是首要大事。我們必須嚴格把關、區分等級，誰都必須獲得對其學習成就「公平」、「等值」的報償。

「公平」與「等值」才是臺灣教育系統的基本精神。

好學生與壞學生，成績好、成績中等與成績差，名校與普通學校，都必須涇渭分明，分毫也不能含糊。家長也隨時準備好在面對評分系統的失誤時，為兒女披掛上陣，為那一分半分的誤差來爭個公道。

成績單就是最重要的階級憑證，怎麼能讓家長只因為子女「隱私權」這種小事就不過問呢？

而身為學生則多少都必須經歷過這樣的撕扯：被迫得在同儕中區分你我好壞、劃定圈圈、定義對方也定義自己、跟誰好跟誰不往來，甚至需要在師長大人們與同儕間選立場站。最後，依據這種隱性的階級劃分，分別進入不同的大學裡生活。

故而，對學習保持距離，或多或少表達了大學生們對上述漫長的系統篩選之消極疲軟的反抗。在潛規則裡，認真用功的出頭鳥會是這個階級結構的共犯，是攀附既得利益階級的爪牙。因此，只要在離畢業還遠、離考研究所、高普考還有一段距離的安全領域中，大學生們會傾向禮貌性地避開「學習」這個敏感又感傷的話題，直到大家都不得不開始用功準備考試的階段——不是我自己想用功學習喔，而是因為現實所迫，要找未來出路。

我們已經到了如此地步：一定要訴諸現實問題的逼迫，才能證成自己做出用功學習的決定，而不再有歉疚與不安。而這樣的學習，當然都跟考試綁在一起。

至於單純為了學問的樂趣而學習、在課堂上追問老師問題、放假時還會上圖書館，始終是一種不能太過公開張揚的禁忌。那是大學中的少數天才，或是不會讀空氣的邊緣份子才能放膽享受的奢侈。

我們看到有太多人，就這樣把自己界定於學習之外，認為學習是只屬於好學生才能做的事，而讀嚴肅一點的書籍是專屬於知識份子的高級興趣，而與現實人間無關。學習是每個人都能享受的事，這彷彿只是教育者不切實際的理想。

臺灣有些大教授總喜歡找機會批評學生不用功，我認為這是一種既不嚴格、漫

不經心又隔靴搔癢的批評，往往滿足了他們自吹自擂的虛榮心（但他們有些卻稱得上是學院溫室裡的老草莓），卻並沒有著眼於被綁定在「學習」上的那些實存問題。

因為在上述學習背景中長大，讓我剛到德國大學時，感受到非常鮮明的反差──這是一個把「評分」這回事看得非常豁達而淡然的世界，「成績」也不是一種透過嚴肅儀式下頒布的權威產物。

「隨便就給最高分，這麼灑脫，這樣真的好嗎？不是應該都要裝裝樣子給個不太高的分數嗎？」

「隨便用鉛筆在影印廢紙背後簽寫的成績證明，真的有效力嗎？」

「成績證明上課程名稱寫錯了，要學生自行塗改就好，這樣不違規嗎？」

諸如此類，這些都是我當時初體驗，或看到課堂上同學的情況時，所產生的疑問。

我們大學修學分的方式和臺灣有極大的差異。我們在這裡沒有「選課登記」這回事，而是自己依照學程需要，安排去上那些課，然後在學期初或學期末，去找授課教師談，看看我在這個課需要幾學分、要怎麼拿。

各學院都會公布學分的公定價目表，例如：定時出席3分、口試2分、筆試2分、小論文2分、課堂報告1分、學期報告5分……等。如果我在這門課需要10學分，就和老師談，看怎麼湊足，例如出席3分＋口試2分＋學期報告5分，這樣湊滿10分。

如果這門課我上了一半，覺得太無聊，可以直接不去聽。因為沒有「選課」這回事，所以也無須「退選」，也不會因此被「當掉」。不交作業不考試，這門課學分不拿了，換去別的課拿就好。

當然也沒有「二一」這回事。你如果在一門課得到不及格的成績，自己回家含淚把成績證明偷偷燒掉就好，然後再去別門課收集一張及格的，繳給系祕書室，作為畢業審核用。

　　拿學分的期限也很寬鬆。在授課老師沒有特別規定的情況下，你可以在上完課一兩年後，突然想：「不然還是拿一下那門課的學分好了。」隨時去找老師，交上作業或請他給你考試，你就有學分證明了。

　　我們哲學系有個講師，學生問他有無繳交作業的期限，他回：「你十五年後再繳也可以，前提是我還在這個大學裡。」

　　在這套系統下，原則上沒有硬性的修業年限，所要求的是學生高度自主，他必須明確地為自己的學習項目與時程做好規劃。各系所也都有學業諮商者，學生很常需要去找他們商談自己的學業規劃。每當學期初與學期末，在每週開放的諮商時間，總是能看到學生大排長龍。

　　以上是對學士／碩士修業的情況（當然，不同學院的學程會與上述有些許出入，特別是學位綁定國家考試的，修業限制會嚴格點）。至於博士研究者已被視為一個獨立研究者，而不再是「學徒」，所以大部分學院對於博士研究者並無規定修課的義務，我們主要專注在自己的研究與論文寫作上，若自己有興趣、有需要再去聽課。

　　這樣的授課與評鑑的系統，依照傳統德國學院的理想，屬於「學院自由」的一部分。前幾年，德國大學為了和國際接軌，做了大幅度的改制，同時也開始寬鬆地限制修業年限，乃至於要求上課出席率之類的。但這個改制始終遭受學院傳統聲音的批評與不合作。

　　我老闆的立場是堅持維護傳統學院精神，不遺餘力地反對新學制，講課時有機會就拿新學制來酸一下。在一門課，有學生下課後問他：「您都不點名，這樣我們怎麼拿修課證明？」（他只需要修課的出席證明，而不需要成績。）我老闆便在下一堂課公開宣布：「我的想法仍是老派的，我認為點名違反了學院自由，我在這裡向您說，只要您告訴我一聲，您不需簽到，我就會給您修課證明。」頓時臺下全體敲桌喝采。

　　然而臺灣人也許會問：這樣學生矇騙打混怎麼辦？傳統德式學院的回答會是：大學生是成年人，應該為自己的決定負責，學院不能為他決定，也不能替他負責。

當然，相對於德式學院，臺灣的學院始終都必須負起上述那些看顧小孩的責任，大學只是幼稚園、小學與中學的延伸；這種壓力不只來自家長，也來自社會，包括學生講話不禮貌時要趕緊主動向社會道歉之類的。

如此「責任制」的學院，表面上所擔負的是教養責任，就其「下層結構」來看，其反映的更是一種「公平」且「等值」的評鑑系統，擔負著有效率地區分階級、界定認同、分配資源、決定獎勵的社會責任（現在它連自己都下海成為了評鑑系統中的評鑑對象）。

在這種情況下，這個社會便很難單純地去談對知識與學問的追求，更難不帶芥蒂地去談對學習的樂趣。

上上週，我在電車上聽到身後兩位小女生的談話。她們看起來約十一、二歲上下，聊著聖誕節從阿公阿嬤那裡收到的禮物有多奇怪。聊著聊著，就聊到接下來放假在家要做什麼。其中一個說，看書啊。另一個說，喔，我要繼續學英文和拉丁文，然後開始講起學習的內容。她們是如此稀鬆平常地聊著，把那些學習內容講得如此輕快。

這些裡面沒有夾帶禁忌、不是要消極抗議的對象、沒有埋著那些撕扯著人格的傷痕，以至於令我訝異它是如此乾淨，像當時窗外雪原上的積雪。我幾乎不曾在臺灣學生的閒聊中聽到這些關於學習內容的話題──除了考試完互相對答案。我背對著她們默默偷聽，直到她們下車。我想，等她們長大成年，她們的爸媽應該也不會拆看她們的成績單。

就算想拆看，她們也能先燒了它。

＊2月3日補註：

寫這篇文章，著眼於突顯臺德對比，藉此描繪臺灣學習氣氛裡的某種內在結構。因此文章沒有太多空間去著重於「平衡報導」，我挑選出來的例子，是我認

為鮮明且具代表性的，足和臺灣對比出明顯差異的。對我而言，做到這一點，這篇小文的任務就達成了。

也許有不少讀者讀完文章，會對德式學院產生某種「烏托邦」的想像；確實，這樣的烏托邦是德國傳統學院精神一貫秉持的理想，因此實際上也獲得了相當的實踐，這是臺灣的學院所沒有的。特別是海德堡大學一向驕傲地自詡為德式學院精神的掌舵者，在這裡看到的個例往往就更加鮮明。

當然，對學生普遍而言，在德國大學的學習還是免不了各種關於畢業、出路甚至社會期待的現實壓力。但是這樣的壓力，與臺灣相較，鮮少涉及到人格深層的糾葛與拒斥，而比較客觀地像是人們可以自主選擇接受的、有挑戰性的任務。面對這樣的壓力，師生們的想法會是這樣：如果你自認不行或沒興趣，為什麼不換跑道呢？而換跑道的可能性始終是很開放的，休學、轉系、轉校是常態，基本上也不造成什麼負面觀感。教育資源分配平均、選擇性開放多元，是支持著這種自我負責的學習精神的制度基礎。

據此，學習和壓力是分不開的。只是我們應該去探問，壓力的來源是什麼？是來自於學習本身所具備的挑戰性，還是來自於其他因素？來自於學習本身的壓力，通常不會耗損我們對學習的單純興趣，但其他的壓力卻會。藉由本文，我的重點不在於主張「沒有壓力的快樂學習」，而是希望去探問「客觀而單純的學習」的可能性。通常，學習的快樂不在於沒有壓力，而是在於客觀而單純地克服了挑戰：打開了自己原先僵固的視野、知道了原先所不知道的、弄懂了原先所不懂的、學會了原先所不會的。

能清楚地分別這些，並且自我負責地決定、學習，進而思索，我們才能開始談論人的「自覺」，乃至於「啟蒙」、「溝通」甚至「批判」。一個社會健全的公民意識，往往能在其學院精神裡找到它的根源。一個只以區分階級、分配資源、職業訓練和論文製造為己任的學院環境，只能自絕於上述聯繫之外，同時讓整個社會僵固、枯竭、崩壞。

【賞析】

　　作者黃哲翰，畢業於國立政治大學哲學研究所，目前於德國海德堡大學哲學院博士研究，本文取自作者的臉書網誌（2013 年 2 月 2 日）。本文作者提供在德國海德堡大學學習的親身經歷，以成績單作為出發點，著眼於臺灣與德國學習氛圍之對比，點出臺灣學習態度的問題，進而提出反思。

　　作者認為德國海德堡大學學生潛力素質不會比臺灣的大學生好到哪裡去，甚至有許多荒腔走板行為，但學習成就卻是臺灣的大學生難以比擬的。課堂上的亮點學生，知識能力可能已不下於臺灣博士班的程度，但在臺灣的大學環境中，每一百人之中可能還找不到一個這樣的人。之所以有這樣懸殊且弔詭的落差，關鍵在於學習態度是否單純。

　　在臺灣，學習從來都不單純，它始終夾帶著一些在我們人格的深層中拉扯出來的挫傷。平時按部就班地學習彷彿是一種罪，會帶給同儕一種微妙不禮貌的壓力。平時必須假裝自己不用功，直到要準備考試階段才敢名正言順地用功。單純為了學問的樂趣而學習，始終是一種不能太過公開張揚的禁忌。

　　在德國，學習態度則較為單純，像是教師詢問學生嘉年華當天是否想繼續上課，竟九成以上都舉手贊成；像是十一、二歲的小女孩可以如此輕快地談著假日打算讀什麼書。讀書在德國不是一個「禁忌話題」，他們可以很健康而沒負擔地聊著，讀書也不是知識分子才能放膽享受的奢侈。

　　對於成績單，兩國亦呈現截然不同的價值觀。在臺灣，成績單似乎是階級憑證，家長也極為在意孩子的成績，而且往往一分之差都不容挑戰。在德國，成績單卻能被看得豁達而淡然。成績單不是嚴肅儀式下頒布的權威產物，甚至某門課成績不及格，燒掉也沒有關係，再收集一張及格的即可。教育制度上，是依照學生學程需要而安排，沒有「選課登記」這回事，沒有「退選」這回事，更沒有「二一」這回事。上課覺得太無聊，直接不去聽也沒有關係。原則上沒有硬性的修業年限，所要求的是學生高度自主，但同時也提供學業諮商者讓學生能商談學業規劃。

論大學生燒成績單的可能性，成績單的意義應不在於表面的數字，而是背後對於學習單純的態度，以及學生高度自主的精神。透過德國的經驗，我們可以發現臺灣對於學習態度的不單純，在這樣的風氣下，這個社會便很難單純地去談對知識與學問的追求，更難不帶芥蒂地去談對學習的樂趣。對於這樣的現況值得我們反思，究竟面對學習，我們應該抱持什麼樣的心態？同學閱讀此文，也不妨試著找到學習的樂趣與意義，並自主地規劃好黃金四年的生活。

——林鴻瑞老師　撰

【延伸閱讀】

1. 林黛嫚：〈查無此人〉，《聯合報》聯合副刊（2012.06.21）。
2. 周保松：〈個人自主與意義人生——哈佛學生的兩難〉，《走進生命的學問》（北京：生活・讀書・新知三聯書店，2017.01）。
3. 楊索：〈回頭張望〉，《我那賭徒阿爸》（臺北：聯合文學，2013.09）。

我撿到了一張身分證

張曉風

似乎，事情如果不帶三分荒謬，就不足以言人生。

有個朋友Ｙ，明明是很好的水墨畫家，卻有幾分邋遢習性，畫作上不知怎的就會滴上幾點不經意而留下的墨跡，設計家Ｗ評此事，說：

「嗯，這好，以後鑑定他的畫就憑這個，不滴幾滴墨點的，就不算真跡。」

聖人的生命裡充滿聖蹟，偉人的生命裡寫滿了勳業，但凡人的生命則如我那位朋友的畫面，一方面縱橫著奇筆詭墨，一方面卻總要滴上幾滴無奈的濃濃淡淡的黑墨點子。

就像黑子是太陽的一部分，墨點也必須被承認為畫面的一部分。嗳！我且來說說我近日生活中的一滴暈散在素面畫紙上的墨點吧！

事情是這樣的，我的身分證掉了，我自己並不知道。直到有一天我去辦公室影印一份唐詩資料才警覺。那資料是一首短歌謠，只占半頁。我環保成性，總認為剩下半頁太可惜（雖然用的是舊紙的反面），便打算找出身分證來湊合著印，反正，身分證影本是個不時需要的文件。

但是，糟糕，它竟然不在我的皮包裡，我匆匆印完資料，把自己從全唐詩的巨帙裡拉回現實，並且追想我最後一次看到身分證是在什麼時候？啊，身分證真是一件詭異的事物──我是我，我確確實實的活著，然而一旦沒有那張巴掌大的小東西來證明我是我，我就會忽然變得什麼都不是。

一百六十公分的一個人沒人承認，人家只承認六公分乘以九公分的那張小紙片。

唉，我的那張小紙片在哪裡呢？我把資料丟在一旁，苦思冥想起來，一時大有「不了此事，誓不為人」的氣概。想著想著，倒也被我想起一些端倪來了，上一次，好像是去電視臺上楊照的節目，事後得了一筆錢，他們曾跟我要身分證影本供報帳，我便去印了給他們。

然而，那一次，我是在哪裡影印的呢？會不會影印完了我就把它放在影印機裡

忘了拿走了？想到這裡不禁悲從中來，覺得在此茫茫五百萬人口的大城裡，走失了一個「我」。也不知這個「我」流落何方？為何人所撿拾？悲傷啊！我怎麼都不知道「我」已成為失蹤人口？

我似乎是在統一超商影印的，家附近這種店有好幾家。趁著一個不用上班的星期天，我掛著一副悲戚的面容去一一走訪，仿佛去尋找「失蹤老人」或「失蹤小孩」，我殷殷打聽：

「請問有沒有人在影印機裡撿到一張身分證？」

咦？原來還真有，好心的店員拿給我看，有身分證，也有駕照，然而那一把證件上的人都不是我。我瞪著照片上那一雙雙的眼睛默默致意，希望它早日給認領回去。我繼續一家家去找，終於絕了望，嗒然返家。

仿佛是一場「自我追尋」的心理遊戲，卻碰了壁。我找不到「我」了，「我」消失了。更可怕的是，「我」可能淪落了。

這才開始悲傷起來，聽說有人專盜人家身分證去冒用，我的不必盜，只消撿就可以了。被冒用的身分證會變成什麼下場呢？聽說有的會賣給非法入境的人，而非法入境的女人會和色情業掛鉤，於是會有一個「我」出現在風月場中，這種事想像起來也令人魂飛魄散！又聽說有人會拿這種身分證去登記公司，於是「我」就成了董事長，人家就利用「我」去騙財，不久，「我」就有了上億的債務！啊，那張出走的「我」是可能給人家逼著去幹出各種事來的啊！「我」可以是任何人家派定的角色！

第二天是星期一，我下定決心去戶政事務所跑一趟，萬事之急，莫如此事之急。總算我還有一張戶籍謄本，一枚印章，和三張照片來作為輔佐證據，證明我自己的確是一具活著的合法生物。

我估量一下時間，電話中他們雖保證只消半小時就會辦好補發手續，但加上來去的車程，少說也要花掉一個半小時。而一個半小時是生命中多麼不可彌補的損失

啊！這一個半小時如果拿來對月、當花、與朋友聊電話、為自己煮一餐端端整整的海鮮義大利麵，對著公園裡一隻小鳥發痴發愣都不算浪費，唯獨拿去辦人間繁瑣無聊的手續才真是冤哉枉也！

我一面換衣服一面恨自己，恨自己糊塗大意，因此必須付上一個半小時的「生命耗損」以為懲罰——要知道，這一個半小時是永世永劫都扳不回來的啊！我感到像守財奴掉了金子一般揪心扒肝的痛。

衣服是一套去年在廣西陽朔外貿街買的水洗絲休閒服。外貿街，是我取的名字，其實是條老街，但專做老外生意。這件衣服介於藍綠色之間，鬱鬱的，像陰天的海水。衣服的質地極其柔軟，觸手柔滑如液體，我的心情稍稍好了一點。當下決定辦完手續便去朋友推薦的一家咖啡店，享受一杯咖啡，外加一塊玫瑰蛋糕。他在詩作裡曾經提過「玫瑰餅」害我垂涎，事後他坦白對我說，其實是玫瑰蛋糕，但因為湊韻律，所以改成「玫瑰餅」。詩人也真有點可惡，為了押韻竟篡改事實，散文家就比較老實。

但是，且慢，如果去喝咖啡，豈不浪費的時間更多了嗎？不，對我而言喝咖啡不叫浪費時間。生活裡的許多事都像音樂上的板眼，一個小節接著一個小節，一個二分音符等於二個四分音符，一切都得照節奏來，徐疾不得有誤。但喝咖啡的時間等於是那個延長符號，而延長符號是不納入節拍的，你愛拉多長便拉多長，它是時間方面的「外國租界」地，不歸本土管轄。它又像打籃球時叫一聲「暫停」，於是那段時間便不計在分秒必爭的戰局裡。

然而，荒謬的事發生了！就在此刻，正在我要離家去辦身分證補發申請，卻忽然覺得夾克的內層口袋裡有個怪怪的硬卡，伸手一摸，天哪，竟是我那「眾裡尋它千百度」的身分證，我以為自己永世再也見不到的「我」。證上的舊日照片與我互視良久，我把它重新放入皮包。喜悅興奮當中也不免微微失望，因為不必出門了，那杯咖啡也就取消了。

這天早上我感覺恍若撿到了一張身分證，而既然有了這張身分證，我便可以冒用上面的資料好好活下去！我好像又有理由來憑恃而可以在這個城市裡立足了。我

撿到了一個「我」──在我以為我們彼此已失之交臂的剎那。重逢不易，自宜珍惜。

這場前因後果說來真有點荒謬，不過，我不是已經說過了嗎？事情如果不帶三分荒謬，就不足以言人生。

好，我這樣告訴自己：

我撿到了一張身分證，在我夾克的內層口袋裡。仔細勘驗一下，這身分證上的女子其實蠻不錯哩！

她有個很令人怦然心動的職業，她是個文學教師，她可以憑著告訴別人何以「庭院深深深幾許」是個美麗的句子而謀得衣食。讓我且來冒充她，好好登壇說法，好讓頑石也點頭。

她且有個不錯的男子為丈夫，讓我也來扮演她，跟這個男子結緣相處。

還有，她的住址也令我羨慕，我打算頂她的名，替她住在那棟能遮風避雨的好屋子裡，並且親自澆灌她養大的蘭花和馬拉巴栗樹。

啊！容許我來認真的做一做她吧！

【賞析】

張曉風（1941年～）筆名為曉風、桑科、可叵，江蘇省銅山人，生於浙江金華，長於臺北、屏東。自東吳大學中文系畢業，曾任教東吳大學、香港浸信學院，於陽明醫學院通識教育中心退休。張曉風以散文著稱，曾得過中山、國家文藝獎、吳三連文學獎，當選過十大女性傑出青年，曾任第八屆立法委員。其作品以散文為主，也寫戲劇、雜文、小說、兒童文學。著作有《地毯的那一端》、《給你，瑩瑩》、《愁鄉石》、《安全感》、《黑紗》、《非非集》、《詩詩、晴晴與我》、《動物園中

的祈禱室》、《步下紅毯之後》、《花之筆記》、《你還沒有愛過》、《再生緣》、《幽默五十三號》、《給你》、《心繫》、《三弦》、《通菜與通婚》、《我在》、《從你美麗的流域》、《玉想》、《我知道你是誰》、《這杯咖啡的溫度剛好》、《你的側影好美》、《星星都已經到齊了》、《送你一個字》、《誰像天使？》等書，曾主編《中華現代文學大系》散文卷、《小說教室》等。

　　瘂弦稱張曉風是「散文的詩人」，而陳芳明綜觀而言：「張曉風的散文，其實也是在實驗中國文字的速度、彈性與密度。她勇於創新句法，敢於扭曲文字。……張曉風的想像過於豐富而敏銳，當然會求諸於文字的不斷刷新。她懂得使用『超現實主義』（王文興語）的技巧，也懂得後設的手法。」[1] 早期余光中論及張曉風即言：「她是亦秀亦豪，健筆縱橫的。」瘂弦也提到「性別的賦格」回應了文學史的閨閣論題，從這些評論中，我們能大致了解張曉風的書寫風景。

　　〈我撿到了一張身分證〉一文，從張曉風發覺身分證不見寫起，如文所寫：「仿佛是一場『自我追尋』的心理遊戲，卻碰了壁。我找不到『我』了，『我』消失了。更可怕的是，『我』可能淪落了。」張曉風遍尋不著此證（紙張/身分/我），且想到「一百六十公分的一個人沒人承認，人家只承認六公分乘以九公分的那張小紙片。」張曉風只得準備出門重辦這社會中的重要證件/符碼，她臨出門前在外套口袋找到了那張「硬卡」。最後，掉失身分證的女子，自撿回一張身分證，彷彿撿到陌生又熟悉的身分和一個人生，分裂出一個新的眼光，回視自己的日常。這個新的眼光，開啟幽默又嶄新的視角，推撥失去證件的愁苦、思索重辦證件的自惱。張曉風：「我撿到了一個『我』──在我以為我們彼此已失之交臂的剎那。重逢不易，自宜珍惜。」撿到身分證，等於回到日常生活，這個日常又似乎是過去的裝置，意識得以走回，得以「認真的做一做她」。又似脫鉤的生活秩序得以恢復，卻以一個新的、珍視的回視，認識了「暫時的擁有」與「非常的日常」。

──李怡儒老師　撰

[1]　陳芳明：〈序──在母性與女性之間〉，收錄於陳芳明、張瑞芬編《五十年來台灣女性散文・選文篇（上）》（臺北：麥田，2006），頁21。

【延伸閱讀】

1. 瘂弦：〈散文的詩人——張曉風創作世界的四個向度〉《新世紀散文家：張曉風精選集》（臺北：九歌，2004），頁 15-35。

2. 譚莉萍：〈張曉風及其散文之研究〉（臺北：中國文化大學中國文學系博士論文，邱燮友指導，2013）。

3. 張瑞芬：〈鞦韆外的天空——學院閨秀散文的特質與演變〉《逢甲人文社會學報》2 期，2001.05，頁 73-96。

4. 黃錦樹：〈力的散文，美的散文〉，收錄於黃錦樹、高嘉謙編《散文類：新時代「力與美」最佳散文課讀本》（臺北：麥田，2015），頁 3-17。

5. 陳芳明：〈序一在母性與女性之間〉，收錄於陳芳明、張瑞芬編《五十年來台灣女性散文・選文篇（上）》（臺北：麥田，2006），頁 11-30。

自挽詩

陶淵明

其一：

　　有生必有死，早終非命促。昨暮同為人，今旦在鬼錄。魂氣散何之？枯形寄空木。嬌兒索父啼，良友撫我哭。得失不復知，是非安能覺？千秋萬歲後，誰知榮與辱？但恨在世時，飲酒不得足。

其二：

　　在昔無酒飲，今但湛空觴。春醪生浮蟻，何時更能嘗？肴案盈我前，親舊哭我傍。欲語口無音，欲視眼無光。昔在高堂寢，今宿荒草鄉。一朝出門去，歸來良未央。

其三：

　　荒草何茫茫，白楊亦蕭蕭。嚴霜九月中，送我出遠郊。四面無人居，高墳正嶕嶢。馬為仰天鳴，風為自蕭條。幽室一已閉，千年不復朝。千年不復朝，賢達無奈何。向來相送人，各自還其家。親戚或餘悲，他人亦已歌。死去何所道，託體同山阿。

【賞析】

　　這幾首擬輓歌辭，吟詠的是死亡，表現的是作者心中面對死亡的想像與糾葛。

　　「其一」先由想像死亡當下的情景開始：雖然陶淵明一開始就表明「有生必有死，早終非命促」的豁達想法，似乎已能看透生死，但以下連寫「昨暮同為人，今旦在鬼錄。魂氣散何之？枯形寄空木」，只見死亡來臨之迅速，以及死後形神離散的可悲。在作者的想像之中，「嬌兒索父啼，良友撫我哭」，死後雖然有兒輩哭泣、親友在旁，無奈「得失不復知，是非安能覺」，死、生之間的永久隔絕，使他再也不能回應此世的呼喚。「千秋萬歲後，誰知榮與辱。但恨在世時，飲酒不得足」，最終作者回歸豁達的心境，試圖以此寬解面對死亡的焦慮，然而曠達的態度與死亡的焦慮之間的衝突，始終糾結在整組輓歌辭之中。而死、生之間的隔絕，正是詩人焦慮痛苦的根源。

「其二」接著想像死後接受祭奠，即將被送出埋葬的情景。「昔在無酒飲，今但湛空觴。春醪生浮蟻，何時更能嘗」，寫出生時貧窮無酒可飲、死後卻有酒祭祀的荒謬；無奈人已死，即使酒再如何美味，也已經品嘗不到了，而這依然是死、生隔絕的悲哀。「肴案盈我前，親舊哭我傍。欲語口無音，欲視眼無光」，在詩人的想像之中，死後雖然有祭品盈案、親舊哭泣在旁，但死者再也不能見到、再也無法言說，已經與生者的世界完全隔絕。詩人又說「昔在高堂寢，今宿荒草鄉」，再次感慨死亡來臨的迅速。最後詩人慨歎「一朝出門去，歸來夜未央」，一旦出殯，被埋葬在深山野外，就再也沒有歸來之期了。死亡之可悲，正是因為死是一去不回的旅程，且又無可迴避。

「其三」接著想像出殯埋葬之情景。「荒草何茫茫，白楊亦蕭蕭。嚴霜九月中，送我出遠郊」，是寫送葬的時節與景色，秋日嚴霜、荒草白楊，描繪出一片淒涼景象。而「四面無人居，高墳正嶕嶢。馬為仰天鳴，風為自蕭條」，同樣也寫出深山之中荒無人煙、惟有高墳聳立的悲涼情景，連拉靈車的馬也為之悲鳴，似乎連風也是冷清的。下葬之時已至，「幽室一已閉，千年不復朝。千年不復朝，賢達無奈何」，墓室一旦封閉，就再也沒有開啟的時刻，這正是死、生之間的永恆隔絕的悲哀，即使聖賢對此也無可奈何。詩人接著慨歎，「向來相送人，各自還其家。親戚或餘悲，他人亦已歌」，送葬之後，親友各自返家，親戚或者還會為了他的死悲傷，其他人卻已經開始唱歌作樂了。久而久之，死者終將被遺忘，這是何等可悲！但「死去何所道，託體同山阿」，人既然都死了，又能說什麼呢？只有接受這一切，回歸塵土。

死亡是人生不得不面對的終局，陶淵明在他的死亡想像之中透露了死之悲哀、死之無奈。看待死亡的曠達態度以及面對死亡的哀傷，看似矛盾，卻更真實、深刻地交織出詩人的心靈。

──謝如柏老師　撰

【延伸閱讀】

1. 錢志熙：《陶淵明傳》（北京：中華書局，2012）。
2. 葉嘉瑩：《陶淵明飲酒詩講錄》（臺北：桂冠圖書公司，2000）。
3. 楊玉成：《陶淵明文學研究——語言與民俗禮儀的綜合分析》（臺北：政大中文所博士論文，1993）。

愛戀人生——
文學中的愛情

陳正芳　編選

轉山‧瀘沽湖的女兒

謝旺霖

在邁進瀘沽湖前的十幾公里路，首先的印象便是那道橫路攔阻的閘門後方，坐著兩位翹腳抽菸的男人，要你先買門票才讓通行。見到這樣的場景，你的心裡不禁暗自咒罵著：他們有什麼權利，圈圍出一個如動物園般的領地，把這些少數民族和大地資源，賤賣給來往的遊客。但不管你再如何地不情願，滿腹牢騷，為了進入瀘沽湖，你仍是掏出了錢買下過路的門票。

你想要到一處人煙罕見的世外桃源，在那裡，有獨特的傳說，原始的曠野，熱情樸實的人，把你擁入他們的懷抱。但你能去的地方竟是這麼多，也那麼少，一位稍微吃苦耐勞的旅者同樣能到達。你應該就此收斂自己的野心，或者保持高度敏銳的意識，去搜羅那些被人忽視的平凡部分，不然，你就得更加冒險犯難，把腳步挺身到多數人無法企及的所在。總歸，兩者的擇取都必須付出相當的代價。

人類學學者已經一次次造訪這摩梭人的國度，研究她們母系社會裡特有的走婚制度；好奇的遊客們，自然也不會錯過這神祕風俗色彩的箇中奧妙。沿著環湖公路走，你未在那極負盛名的落水村停歇，因為那裡一切配置都是為了觀光的旅行團而設。你尋著地圖上的指示，繼續朝北行，繞過一座山樑後，遇到的里格村落顯得較為冷清寂寥些，或許，這才是適宜你落腳的地方。

里格村的十幾戶民居全是傍湖而建，每戶的家門前幾乎都興築起規模不一的旅社，酒吧。那些經營者大多屬於外地專善投資的漢人，當地村民顯然還沒有這種獨立的條件和能耐，於是把自己傳統的宿屋，搬遷至旅社後方，形成一種現代與傳統之間的結盟關係。

避開遊客叢聚之處，你順著湖邊的路徑往底走，涉過幾處淺水灘，便踩在了月兒彎彎的小島上，這裡蓋的旅社相對清幽許多。你是湖畔旅社唯一的光臨者，老闆出外旅遊，招呼你的是新嫁到旅社後方民居的摩梭人婦。她坐在挑高的石梯上，面湖啃著地瓜，腳踝浸在淺水中，對你說：「哇——你看，這裡下了好久好久的雨，湖水都滿到我的腳下。這兩日，太陽露臉了，湖水要清了，你的運氣真好。一來到瀘沽湖就碰上最美的時候。」你蹲在一旁聽她忘情講述直到雙腿麻了，她才似乎記起甚麼，引你進入屋內。

放下了背上的行李，你揭開木窗上的淺藍掛布，柳樹的掌葉就陡然甜甜地垂落眼前。窗外依稀掩映著向陽時的強光，近身的水岸像一片金子抖動，兩艘豬槽船悠然橫豎地浮躺在框線上；更遠一點的視線，還能望見蓋著緊簇白雲的綠山點著金黃油菜花的身形倒映於湖面上款款搖曳。你不由自主地燃起一根菸，倚在窗臺，專注感受輕風撩起的水波反覆拍打在窗沿下挑高的木梯腳，疏導陣陣舔舔的感覺至你的跟前，定住，麻痺，你恍若溢入畫裡，成為莫內筆中的一個點。

黃昏時，醉人的紅光斜偎在平波的湖面上。十歲大的小幫傭——卓瑪，在屋外的板凳上低頭作功課。你走到小女孩身旁，想看她正寫些甚麼，但她一見到你，毫不猶豫地把簿本搓成紙團塞進懷裡，「不要！不要！」尖呼著，不肯讓你分享。旁邊的幾位小男孩對卓瑪總是又訕弄，又譏笑，玩著一種童稚愚馴的遊戲。小女孩儘管噘著嘴，仍都靜靜地忍受下來了，她仿佛早熟得已領略到自己的本分和身世。聽說，這裡的老闆包她吃住和上學，每月給她五十元。

晚飯未開動前，你暫時離開那塊小男孩喧鬧的場地，隨意遊走。在不遠處，你望見了一位坐在湖畔的女人，她似乎若有所思，懷裡抱著一個正在哭的小孩。你朝那哭聲走近，保持了幾步的距離，問她，小孩怎麼了？女人低仰起頭說：「生病了，發燒好幾天。」小孩看醫生了嗎？「給她吃過衛生所的藥，但發燒沒退哩。」你不加思索地表明可拿點藥給小孩試試。女人有點驚訝，癡癡地漾起微笑，有些細紋扯在眼尾，她的輪廓感覺很年輕。

其實陽光低沉眩紅的顏色，讓你根本難以分辨她的面貌。聽到一聲「好」，你旋即轉身而去，走了十幾步，突然聽見女人從身後喚你：「我叫——」聲音被晚風吹散了，你沒聽清楚她說甚麼，祇看到她向後方一排木楞房指去，似乎在告訴你她家在哪。

你匆匆攜帶著藥品，準備出門時，竟被管家攔路說大夥兒都在等你開飯。望著室外漆暗的天色，你便不好意思再出門了。

老祖母在火塘前的地上，擺滿一盤盤熱菜，你正踟躕著該坐在哪裡以合乎祖母

屋內的禮儀，摩梭的壯丁就把你拖到中央的板凳上。這一連串的東慣例西規矩，說客人得吃滿三大碗米飯才准走出門外，你即使沒聽過也死撐著肚皮不敢違背。不到片刻，盤中的菜肴所剩無幾，不過被奉為尊貴的老祖母，窩坐在屋內暗隅，連碗筷都未拿起。你把在座的人都問煩了，祇得草草一句：「祖母吃別的。」這與你熟讀的摩梭知識大相逕庭，難道摩梭文化已經改寫，抑或你根本是理解錯誤。

雖然你們沒有明確約定，但你好像錯過了甚麼，心裡一直耿耿於懷。你嘗試摸黑往赴先前的路徑，想著能否遇到那女人還等在附近，一個步伐沒走好，半隻腿便陷在泥濘之中。你祇好打退堂鼓，狼狽地返回旅社。

管家正呼朋引伴邀人參加篝火晚會，你說自己不會唱歌又不會跳舞，就免了罷，幾個摩梭男人卻把你架出門外，堅持不讓你一人在此自閉。

大概所有的遊客還在享受酒酣耳熱的晚餐，會場冷冷清清，一尺見方的枯木圍堆就是晚會的篝火。你趁著他們去找朋友時脫逃了，一心想趕回安靜的房間裡。

黑暗濕滑的半途上，前方倏然出現幾個窸窣的人聲，手電筒燈光忽滅忽亮。當你與他們交肩而過，中間一個溫柔的聲音把你喊住了。是她，即使在黑暗中，你依然能辨認那聽過的聲音。你把口袋準備的藥品交到她手中，總算鬆了一口氣。「去嘛，去嘛！」女人希望你一同參加晚會，像是摯友的說服力，或許這種熟悉和親切的感覺，可以讓你不再那麼害怕去面對那陌生人眾的環境。

除了摩梭人外，入場遊客照例一個人次收取十元，這是你一晚住宿費用的一半。晚會還沒開始，女人告訴你關於瀘沽湖的生活模式：「每戶摩梭家庭至少得派出一位代表參加篝火晚會，賺到的錢，多是用來建設村裡的公物設備，如果還有多餘，我們才各戶均分。」「你遊湖了嗎？（你搖著頭）像那些白天帶領遊客划船遊湖的工作，也都是由我們各家派人輪替，不能隨著遊客的喜好指定或殺價。」他們竟能如此有條不紊地經營著自己的家園，這在你聽來相當驚訝，你突然對現今里格村的摩梭人所執行的共產制度，產生了更多意外的好奇。

你還不知道她的名，因為它被黃昏的風吹散了。

晚會開始，出席的摩梭男人個個高壯，頂著牛仔帽，身穿或黃或青的斜釦上衫；摩梭女人則傳統盛裝，長髮盤頭鑲著粉花，珠鏈，一襲豔紅的外衣，配對白紗百褶裙。祇有她在背肩上披著一條小羊皮毛，她說那是為了凸顯自己與別人的不同。為了炒熱氣氛，摩梭男女就參雜在遊客之間，眾人圍成圓圈，手牽著手，腿蹬著腿，跟隨領頭俊俏的摩梭青年高歌起舞。人影在篝火的映照下縮短，拉長，拉長了又縮短，祇有你獨自倚在老遠的廊柱下靜靜地欣賞歌舞。

哪位是扎西先生？他是大陸網站上遊客流言中的多情公子，聽說部分女遊客到里格半島的目的，都是為了想親澤扎西先生柔情萬種一夜的鋒芒。或許就是那位最高最帥的人吧！你無端地想著，究竟會有多少的男男女女在這曠野聯歡的晚會中，以自然和風俗的名義，等待或主動，用摩梭人慣有摳摳手心的暗示方法，對他們賞心悅目的人送出愛意。

喧鬧的舞動告一段落，摩梭人與遊客分成兩隊人馬準備對歌：

「對面的女孩看過來，看過來，看過來──」

「甜蜜蜜，你笑得甜蜜蜜。好像花兒開在春風裡── 開在……」

「你問，我愛你有多深──我愛你有幾分──」何時自你家鄉的流行歌曲竟也跨越過千萬里，流傳到這女兒國度來。你又好笑又感歎，為何你有那麼多的慨歎呢？歌聲到激昂處，戛然終止。晚會結束，遊客們紛紛爭相與摩梭的俊男美女拍照。她似乎是摩梭女人群中最受歡迎的一個，你看她耐心地滿足完眾多男女遊客的要求，最後，她朝著角落的你走過來說：「你不想與我拍照嗎？」你突然一陣臉紅，不知該如何回答。

你與她和她的表妹、阿姨，隨行走回旅社的路上。她的家到了，她邀你明天一早來家裡吃早飯，你欣喜答應。那摩梭阿姨竟天外飛來一筆：「不要知道人家住哪，晚上就偷偷跑來走婚喔。」讓你們彼此道別晚安的氣氛，徒增一陣暈熱。

然而，你還不知道她的名，因為那聲音被黃昏的風吹散了。

你把行裝擱在房裡，走出戶外消磨最後一個早晨的時光。陽光灑落在軟柔的湖面上，透露著一種無可名狀的溫暖。你的腦海突然模糊浮現起昨夜的夢境，一句熟悉又陌生的聲音：「有一天，我將出發追尋。」有一天，我將出發追尋，代表著甚麼？你懷疑是不是自己究竟失落過甚麼，才會在隱約的夢境，迴盪出這種輾轉反覆的聲音呢。胸口上鼓宕的壓力彷彿釋出依稀，似有若無的思想交擊在面湖的額上，你專注凝望著那逐漸被商業侵擾的摩梭國度，驚覺自己的確有某種惆悵的情緒在提示著，萌芽著。或許從內在延伸到外在，你應該去追尋，季風的姐姐似乎在向陽深處等你，等你去追索一些陰晴的故事──關於這裡的女兒，她們仍有話要說。

你答應她在臨走前，去她家說道別的。那道門柵輕輕虛掩著，你推開門進去，一位老婦正坐在庭埕剝玉米。你難以啟齒說要找那位還不知道名字的她，所以祇能逕自地傻笑點頭。老婦彷彿早已知道你是誰，勉強說了幾句單音詞的漢語，「阿，坐，去」把你請進祖母屋內，便使喚著爐灶旁年輕的姑娘去叫那位你想找的人。

「松娜，松娜──」叫了幾聲，她還在睡覺。

那一根根厚實木柱所搭建的祖母屋，是每位摩梭人的家庭中心，祇有當家的媽媽或祖母才夠資格入住。

光束從屋頂上的破瓦投射進屋內，微細的塵埃無聲地旋舞，旋舞，火塘裡的火從來不滅，煙氣直接在室內盛放，屋樑都燻黑了，這樣可以避免蟲蛀，櫥櫃上的豬膘肉都燻黑了，燻燻兩年三年愈久愈香；神龕上的藏傳神只也燻黑了，作困神明來守家；酥油點燃，這樣神明才不會飢餓負氣，溜出家外雲遊四方。

年輕的姑娘彎起月眉對你說：「摩梭人是晚上偷偷摸進來，早上偷偷溜出去的意思。」

直到老婦為你端上一碗麵條時，松娜才帶著惺忪的睡眼踏入昏暗的屋內。她掏出一隻鬆軟如水煙袋般的奶，餵著襁褓中的孩子，自在地向你介紹她的媽媽和表妹：「孩子的燒還沒退，照顧她一整夜，所以睡得那麼晚。」你一面吃著麵條，一面拘謹地點頭，從口袋再掏出一包藥品給她。

　　松娜問你何時離開，你說訂好中午的車子，這裡作客完便回旅社拿行李，準備明天出發到中甸，然後一路騎著單車去拉薩。松娜露出惋惜的口吻：「你剛來就要走了，還有很多地方沒玩吧？」你表明自己可不是來玩的，衹是純粹想來感受瀘沽湖的況味。

　　她問你為何不搭車反而要選擇騎單車呢？那山那麼高，路那麼長，身體怎堪受得了，你們盤旋在你如何獨自旅行闖蕩的話題間許久。你不時暗自地看錶，松娜說：「要你能多待幾天，我帶你去那些一般人不知道的地方。」你驚訝地反問她，去哪？松娜與媽媽用母語交談著，回頭開始解釋：「去山上，我想去湖的另一側——四川邊境有座神女山，以前聽媽媽說——她懷我之前一直流產，後來有人介紹她去神女山裡的一處洞穴，用手去摸摸那洞裡的『女陰』，神女就保佑不再流產了。我很想去那，那裡算我真正出生的地方。」

　　你聽到此，耳目一亮，怎麼去呢？松娜與她媽媽再次低頭交語，接著說：「走很遠很遠的路喔！要先到媽媽以前住在四川那邊的小村子，再轉村子後的山路上去，還要兩天。」你完全被她的話熨服了。

　　她說你不像一般的遊客，會騎車去拉薩聖地的人，想必也能吃苦爬到神女山上。可你躊躇了一會，擔心地問她：「妳的工作、小孩怎麼辦？」松娜果決地說她已經很久沒出過家門，去過最遠一次的地方是麗江，其餘的人生便待在這湖畔度過。她的家人此刻都贊成她跟你同行，自願幫她照顧小孩，分擔工作。她說如果這次沒你跟著，自己以後可能再沒有勇氣去了。你彷彿獲得一種莫名的感動與信任，於是把原先的計畫延後，答應松娜。

　　她的全名叫「阿它・松娜七朵」，換好一身牛仔便裝，在岔路口等你。

　　松娜領著你走出環湖公路外，攀爬，下切各種意想不到的捷徑，有時穿越密密的樹叢，有時橫過比人高的玉米田。

　　一路上，你們遇到的摩梭人都會對她親切地招呼，你好奇都走了這麼遠，為何她還能遇見認識的人。松娜說：「這湖就那麼大，摩梭人就一丁點，這些人若不是

親戚，就是爸爸的朋友。我爸爸以前當過村長。」你帶著可疑的口吻：摩梭人不是應該都不知道自己的爸爸是誰嗎？她燦燦地笑著：「有些人的確不知道自己的爸爸是誰啊，但我很幸運知道。以前摩梭人走婚，到文革時期政府就禁止了。他們說結婚才是文明人的行為，然後我的爸爸媽媽便辦理結婚。不久後，政府有天不知為甚麼，突然又說可以恢復走婚了，但我爸爸媽媽結完婚沒改變過，一直到現在，爸爸還與我們住一起。」聽著松娜講述，你彷彿覺得她親身遭遇過那時代的一切，你心裡暗地對那些把摩梭人標本化的作者憤憤不平。妳自己呢？她接著說：「我與丈夫是走婚。以前他到我們村裡當路工時認識的。他見我就喜歡我，回去找了他的媽媽來我們家送禮，與我爸爸媽媽商談。我願意，兩人便在一起了。一年中，有兩三個月他會從寧蒗過來，住在我們家。」

你問松娜喜歡走婚還是結婚，她毫不遲疑說結婚好，向她追索原因，她勉強微笑，掩著一聲長吁：「結婚比較有保障啊，自從走婚後，我生了小孩子，丈夫就沒有責任感，不關心我們的生活，我覺得對這種關係很沒有把握。有時，我在想是不是我的丈夫外面已經有別的女人了。」

為了避免靜默的氣氛尷尬太久，你強謅出一句沒腦的話：既然如此，為何不再找新的對象。「我和丈夫沒說清楚要分開，女人就不能再找其他的對象，否則在村裡會抬不起頭的。我媽媽說我是家裡最聰明的女兒，已把家裡的一切準備傳給我，所以我必須更小心更有責任，這樣才能扛起我的家。」松娜眼睛睜得斗大認真地說，根本無視頭頂上的豔陽如何刺眼。

摩梭人面對走婚情愛的嚴謹程度，遠遠超過你的想像，她們到底還存在著多少恆久與不變的思想。在松娜的身上，你看到了新舊血液的相互交織。過去傳統的走婚，早已不復存在今日的瀘沽，而未來呢？你衹能希冀，面對外來強勢衝擊的摩梭文化尚有自己的一縷餘燼；但，你知道終究每個自主的生命，都有權利去選擇自己未來的導向和命運。思索至此，你的心不禁微微漲痛了起來。

松娜是摩梭傳統下被挑選出來延續自己傳承的女兒，她亮出手腕上那只銀環，告訴你這手環愈戴會愈細，因為它會滲進每位戴過它的人的血液裡，這就是她的

命運和責任，以後她也將把它再傳到下一個掌管祖母屋的女兒身上。這位瀘沽湖二十一歲的女兒，知命沉著，兩頰間竟已微微長出了些白鬢。她的兩位姊姊都在遙遠的都市打工，然而，她確信有一天她們將回來，繼續做湖的女兒。

你終於忍不住拿起相機，對著湖面上所切割的天工，一連拍攝幾個水波蕩漾的鏡頭。松娜指著湖邊峭起的岩壁，開始述說——最早以前，這塊湖泊本是乾涸貧瘠的土地，曾有個小孩就在那岩壁下方的洞裡，發現了一條大魚，於是大魚跟小孩約定，若能保密牠的所在，小孩每天便可割下一塊牠身上的肉。很神奇地，那魚竟能長好前一天被取走的肉，使得小孩和他的家人不再受飢荒所苦。可是有一天，這祕密不知為何在村中走漏了，貪婪的人因此都想藉機占有那條神魚，便夥同眾人到洞裡把大魚抓出。想不到當大魚被拖出洞口，地底的水卻洶湧而出，淹沒了整片村莊。所幸一位機警的母親即時把她的小孩抱進正在餵豬的木槽，但自己卻淹死了。後來，那倖存的小孩就成為我們摩梭人最早的祖先，而為了紀念那位犧牲生命的母親，這塊淹沒的土地便命名為「母親湖」。

噢——你茅塞頓開，原來這就是妳們豬槽船和瀘沽湖也被稱作母親湖的由來啊！聽松娜說故事，你多麼希望這沿湖迤邐的路徑，可以無止盡地漫長下去。

從雲南的瀘沽湖徒步到四川邊境的摩梭村落，已過了一天光影。松娜在村頭的小商店買了米酒，香菸，餅食，準備去拜訪她的阿姨與舅舅們。這裡是她童時成長的地方，她充滿回憶的神情，指著那裡是以前的學校，那裡是玩水的池塘。八年來，僅僅十幾公里路程，她卻再也沒有回到這母親的故鄉。松娜在記憶中找尋阿姨的住處時，遇上了某位認出她的表哥，她把我們的計畫告訴他。之後，松娜塞了一百元給他，她說表哥有肺病無法工作，這裡又比較落後，賺不到錢。

松娜轉述：「表哥說那條上山的路很難走喔，我們要租兩匹馬，帶上棉被，糧食，飲水和蠟燭，還得僱一位熟悉山路且能與彝族溝通的導遊。否則兩天內不是走不到神女山，就是先遭那地盤上的彝族流氓搶或殺。」聽完，你耳根後不禁緊縮，問了松娜的看法，她一臉不容妥協的表情。一名女人冒險犯難的追尋之旅，「有一天，我將出發追尋。」不僅是她，或許也是你自己的。

在踏進松娜阿姨家前，她衹交代你一句話：「不能談起關於『走婚』的問題。」儘管你沒有好奇到會無故去問這類問題，當然還是點頭悉數照辦。四川境內的摩梭村，單調、簡樸，中年以上的女人幾乎無法聽懂漢語，男人則相對踏實努力工作，早出晚歸；雲南那幾個旅遊村落中的男人，整天衹會打牌、唱歌、跳舞，幹點輕鬆的閒活。這個母系的國度裡雖然重女，卻不輕男。經過八年，松娜的阿姨們都擁有自己的祖母屋了。火塘裡的火從未熄滅。

松娜帶著你走臨三位阿姨的家，由於語言的隔閡，你衹能靜靜地坐在火塘邊聽她們講述空白了八年光影的話，從松娜的語氣和態度判斷，她顯然已成為真正獨當一面的女人了。

月光的觸角緩緩從高崖垂壁落到樹梢、屋簷，延伸至湖面，形成一座上達天聽的皎亮階梯。四面山巒波紋般微笑環圍著黑夜裡的瀘沽湖。

辛勞的女人們都留守在家，松娜衹能宴請到表哥與舅舅們在路邊吃燒烤。這場家庭聚會，並不因為多了你的存在而有生澀的氣息，你意外地與他們融洽得像一家人，他們盡情唱著摩梭歌迎接你的到來。兩杯黃湯，你回他們「望春風」和「阿里山的姑娘」。松娜一杯杯痛飲後還一直為你擋酒，你啜了一口她就灌下一杯，你知道那絕不是一種正常的方式，儘管看了有點心疼卻也不能多說些甚麼。

聚會遲至子夜，才終於散去。你原本以為松娜與你都將投宿到她某個親戚家中，但她卻一步一拐地去找夜宿的地點。她醉眼暈茫地說：「謝謝你，我好久好久沒有這麼快樂過了。跟你偷偷說一件事情，可是不要生我的氣好嗎？（你點著頭）我的親戚們，都以為你是孩子的爸爸。我沒有向他們解釋，你會生氣嗎？」你雖然回答「不會」，但卻不知如何把話再接續下去，獨自悶悶地想，為何她不跟那些親戚們解釋呢？走進房間，她整個人直趴在眠榻上沒有一點聲息。你躺在另一張床上輾轉倒看窗外的星斗位移，竟難以成眠。

秋天的芒草向水源頭處試探，傳遞著信語。一個從來沒有去過的所在，可否能成為追尋自己的地方呢？第二次公雞啼鳴時，你們整裝就緒，走進一片茂密的山林。

　　強烈的日照，鬆軟滑溜的泥土，陡斜的山徑，荒草雜生高過膝。在翻越第三道山路時，你遠遠落在彝族老嚮導與松娜之後，他們長久在田野練就的筋肉勁腿，如深根的麥穗般飽實、堅強，完全勝過你在城市裡適應平鋪水泥地的弱足。

　　松娜停在峭滑的土坡上，伸手拉你，這一拉，她的手卻始終毫無鬆弛的跡象，害得你的臉一陣紅一陣白，分不清楚哪種呼吸頻率出了問題，手心微微冒現羞怯的汗。為什麼你的手不主動抽出來？為什麼她還不鬆手呢？你的心千頭萬緒在翻騰、在攪動著。

　　這山徑或許是一條川滇茶馬古道的分支，土丘裸岩上依稀可辨識出馬蹄踩過的印記，你們彷彿重現古代的馬幫穿梭在林間田野裡，祇是這次不是運輸貨品，而是「尋鄉」——尋找那一位瀘沽湖女兒心中的原鄉。

　　你拿出指南針與地圖交叉比對，判斷順著此條小徑直往北走，應該會到達四川木里地帶——約瑟夫‧洛克（Joseph F. Rock，1884－1962，美籍奧地利人，曾以美國《國家地理雜誌》的探險家、撰稿人和攝影家等身分，從泰緬邊境進入中國雲南，先後在中國西南部地區雲南、四川進行二十多年之久的科學考察與探險活動）的手記曾描繪那裡有牛奶般的河水，及神偉壯麗的貢嘎雪山，央邁勇雪山；詹姆斯‧希爾頓（James Hilton，1900－1954）所描繪的《消失的地平線》一書中，所命名的「香巴拉」（香格里拉），似乎隱隱約約，也是指涉著那熠熠生輝的地帶。

　　老嚮導牽著馬匹直往前走，總一副不想跟人說話的模樣，祇有你遞上香菸時他才咧嘴笑一笑，得意翹露出鞋面上的腳拇指。

　　這僻遠山鄉疏落的民居，大多都築起人高的木刺圍籬，當你們行過時，家犬便會突然跳出，凶狠吠叫，在門首觀瞻動靜的主人們多是鷹眼的表情，警示意味濃重。可你們也有遇上戴著傘帽的彝族婦人，拿出竹筐中的蘋果，大方供你們充飢解渴。一路上，你們都是默默地爬，用浹背的汗水取代了言語。

　　「苦不苦？」松娜拿起手巾想為你拭汗，你反射動作偏開了頭，接過她手中的巾條。晚間你們落腳在一處空曠的平野，升起火堆，煮水，吃著泡麵。彝族嚮導一

直催促你們多喝點水，要每人都在離火堆十米的地方灑些尿水，據說這樣一來可以對鄰近的野獸宣示領地，二來還可防止孤魂野鬼無端的干擾。

你將棉被折成兩折，裹身在夾縫裡，松娜悶不吭聲把她的被褥移至你的頂方，對你微微笑。你一邊躺著，一邊心想是不是該跟她聊上幾句話呢，想法還正盤旋在腦海，身體卻先睡著了。

夜時的蟲鳴聲大噪，你彷彿在夢中仍然可以聽到山的聲音，樹的呼吸，草在拔高，花在煽情，遠方瀘沽湖底的水沟湧無波，寂靜但騷動。

早晨的露水悄然凝重，你們先往北切，再往西南走。松娜意外扭傷了腳踝，但她堅持續行，咬著牙，額上的汗珠愈滲愈大，且不容你來攙扶她。她幾乎要把嘴唇咬破了還硬著性子說，自己就算爬也要爬到那裡。

又再經過一天的光影，你們才終於看見神女山頭飄搖的五彩旗旗。洞壁外，立著兩根鬆紅的木柱，那洞隙衹容得下一人側身通行。老導遊說，還得繼續往裡走百尺，才能抵達神女最私祕的部位。你和松娜擎著微弱的燭火步入洞內的甬道，彼此的咳氣聲清晰地在兩壁間迴旋反覆，你能感覺她是緊張的。她緊繃的心情如同初破羊水的嬰兒，現在她要自那母腹中的陰道，重新上溯，返歸到她曾經安然熟睡的地方。

甬道尾端敞開一處兩米長寬的空間，四面貼滿各種面額紙幣，最底部的岩牆上微微腫起兩葉層狀的摺皺，表面油亮光滑，中央綻裂著細小的孔隙，還不斷滑滲出滴滴甘露，那下方正好生成一碗狀凹槽石盆，恰恰臨接這天然的流液。你看著松娜磕倒在女陰面前虔誠閉掌祈禱，兩頰上靜靜淌著透明的淚光，不禁莫名也感動了起來。這女陰崇拜的歷史不知流傳了多久，尋鄉的松娜不知，老嚮導也不知。他們盡心地朝拜，從不多去質疑信仰的緣由。

第四天的夕陽下，你們回到了瀘沽湖畔。松娜說她終於完成自己生命中一場必然的旅行。相對於你的偶然，這何嘗不是一種必然的牽引，松娜輕輕問你是否會跟她一同返回里格村。你搖頭說自己將取道去湖畔東側的草海後，將沿著寧蒗的路線

回麗江準備自己另一次出發的行李。

「這是我們最後的時間嗎？你以後還會不會到瀘沽湖呢？」松娜臉上泛著湖水的閃光，似乎渴盼地想聽到你肯定的回答。一個終點的意識，突然點燃起你海潮般的思維，你微微領略的心，彷彿再也不能寧靜。你將如何去看待，甚至去回應這短暫旅途的終站，始能合宜地證明自己這樣的追求，無非是為了歸航的承諾。

【後記】

經過一個完整的秋季，你果真踽踽獨行到了拉薩。松娜曾經對你說旅途完成後，一定要撥電話告訴她那個你最後到達的地方，否則她將一直為你擔心下去。

你遵守了承諾嘗試撥電話給松娜，從拉薩到雲南。電話那頭偏遠的聲音是松娜的母親，你沒說你是誰，怕她根本不記得你了，她卻用生澀的語句告訴你松娜去工作了，還問「你」去哪裡去了那麼久，怎麼還不回來？當場，你竟然無言立即回答這位老母親的問題。她為什麼還記得你這位僅僅是一面之緣的過客？她為甚麼竟會發出那種召喚親人似的聲音？你祇告訴她，你在一個很遙遠遙遠的地方，要經過很久很久才能回去。你不知道她能不能理解。

掛斷電話，你突然意識到——所有的路途竟都祇是行過，而無所謂完成的，那未來將一直未來，似乎有一種未完整的情緒尚在等待填滿。

關於瀘沽湖的女兒，她們仍有話要說。

——本文選自《轉山·瀘沽湖的女兒》，
遠流出版事業股份有限公司

【賞析】

〈瀘沽湖的女兒〉是謝旺霖單騎走西藏寫成了《轉山：邊境流浪者》的一個篇章，但瀘沽湖不在西藏，而是位於雲南北方和四川交界處。那裡住著的摩梭人有走婚的風俗和母系為主的家族群落，謝旺霖原是要探看一處「人煙罕見的世外桃源」，卻在瀘沽湖經歷了一場若有似無的情感迷霧。

小說家郝譽翔曾說：「當旅行是在追尋一場心靈的放逐、反省與思考現有創作，而不只是拿著相機，囫圇饕餮異國風景的時候，『旅行』方才有進入『文學』的可能性。」《轉山》內蘊作者的冒險旅途和尋覓人生答案，正是旅行文學的佳品，而筆力飄逸流暢，自成風格，則屬遊記散文。如此看來，〈瀘沽湖的女兒〉要算是書中的異數。全書自此篇開始，均以第二人稱下筆，也就是說，作者本該以「我」詳述旅程始末，卻採取人稱代名詞「你」為敘述者，產生作者與讀者錯置的閱讀樂趣。此外，「你」在〈瀘沽湖的女兒〉有讓作者和敘述真實保持距離的作用，畢竟這是一段具有私密性的情感敘事。《轉山》的主軸為描寫異地風光和單車行遠及攀高的艱險，第二章的〈瀘沽湖的女兒〉就如天外飛來的一筆，一則是因為第一章是以聽到白馬雪山路降雪的消息作結，第三章首句為：「苦騎了三天白馬雪山」，第二章的置入，切斷旅程的連續性，暗合文中敘及的偶遇。再則，又彷彿抒情小說的插入，而孕育自西方現代主義的第二人稱敘事，本來就多為小說所用。

故事從「你」來到了瀘沽湖的里格村開展，這裡少了點觀光的人工配置，多了點自然清幽。「你」在等候晚餐的隨意遊走，邂逅了名字被晚風吹散了的女人，一包發燒藥是關係建立的橋樑，後來，女人請吃早餐，「你」才聽到「松娜」的名字。謝旺霖對瀘沽湖的地景和人事描寫對焦清楚，從晚餐到篝火晚會，就把觀光者必得感受的他者文化說盡。誠如他在文章起首自訂的規則：若是到了別的旅者同樣能到之地，就要「蒐羅那些被人忽視的平凡部分」，不然就要「挺身到多數人無法企及的所在」。「瀘沽湖」的寫景敘事大致是依著前者，接受松娜邀約共赴神女山則是後者，兩處各占文章的二分之一，貫穿人物就是松娜，也是篇名之所以為〈瀘沽湖的女兒〉的理由。

松娜或許是千百個瀘沽湖的女兒中的一個，走婚、預備承繼掌管祖母屋的人生，在她的母系社會是再正常不過。但在謝旺霖的筆下，她卻是為了與眾不同，在肩上披條小羊皮毛；摩梭人慣習走婚，她卻覺得結婚好；意外扭傷腳踝，卻硬著性子說，就算爬也要爬到神女山上，松娜因而有了靈動的形象。換個父系社會的說法，她深具女性自覺意識。然而在面對感情，摩梭人自有一套思維：走婚男女未經確認分手，是不可以另找對象走婚，否則在村里抬不起頭。沒有一紙婚約，仍有感情的忠誠，畢竟瀘沽湖的女兒是以家為重，愛情只占人生一小塊。

職是之故，儘管受「你」的暖男風格吸引，又有了共攀高峰的革命情感，松娜既不壓抑情感，也不任由傾洩，而是在感情的收放間，大方而有節制：在滑坡上，她拉上「你」的手就再也不放；遠地親人以為「你」是孩子的爸，她也不辯解，只在旅程終點，也是文章末段，輕輕追問「你」還會再來嗎？於是我們禁不住要問：是否愛只能在瀘沽湖發生，這又是什麼樣的情呢？

──陳正芳老師　撰

【延伸閱讀】

1. 謝旺霖：《轉山：邊境流浪者》（臺北：遠流，2008）。
2. 孟樊：《旅行文學讀本‧旅行文學作為一種文類》（臺北：揚智，2004）。
3. 張伯山：《正在消失的中國古文明：古民俗》（北京：國家行政學院，2012）。
4. 周華山導演：《三個摩梭女子的故事》DVD（香港：影意志公司，2001）。

陽羨書生

張系國

白流蘇從陽羨書生那兒買來風月葫蘆之前，原是個正常安分的小婦人。

正常，因為她永遠悒鬱不樂；安分，因為她先生林大風擁有九百七十三臺機器人。

當初白流蘇答允嫁給林大風，絕沒有料想到他今天會發達成這般模樣。她的雙親早逝，書癡的父親留給她一個怪名字，一臺只懂得下棋的機器人，和滿屋子的舊書。書陸續當古董變賣掉，只會下棋的機器人卻無人問津，成了白流蘇唯一的嫁粧。天生麗質的白流蘇，還擁有一頭長可及膝的秀髮，和一雙修長纖細的手；那雙手觸及感應琴的琴鍵時，便會奏出最美妙的音樂來。可惜迷上了她的音樂的男人，往往因著她的名字，誤會她是某種身分的女人，都不肯對她認真。唯一誠心誠意追求過她的，就是林大風了。林大風那時節比她還窮，連一臺機器人都沒有，白天擔任送貨員，晚上讀夜校。也虧得這樣，他才肯娶她——否則誰還會要一個名字那麼奇怪的女人？

結婚第二天，林大風就開始展露他的才華。他撫摸著白流蘇的秀髮，說：

「流蘇，從今天起，妳不必去餐廳彈琴了，我們要開始新生活。」

「大風，」白流蘇十分感動，「我答允嫁給你，就是看重你肯上進。我再工作幾年，供你讀完夜校，好不好？」

「不必！」林大風很有志氣的說：「我絕不要妳供養。再說，妳有一臺機器人，為什麼不讓他發揮潛力呢？」

「你說君山嗎？」白流蘇不禁失笑，「君山除了下棋，什麼也不會。我們能要他做什麼？」

「可做的事情可多著呢。如果妳不反對，讓我來試試開導他。」

當下林大風徵得白流蘇同意，把她唯一的嫁妝喚來，對機器人說：

「君山，從今天起，你不能再遊手好閒，該做點正經事了。」

「胡說！」名喚君山的機器人勃然大怒：「老主人在日，從來不曾叫我幹任何粗活。機器人可殺不可辱。你再逼迫我，我就死給你看！」

說著機器人果真一頭朝牆上撞去，卻被林大風攔腰抱住。林大風趁勢把君山肚內的控制記憶版抽出，換上預先準備好的另一塊控制記憶版。機器人經過這番修理，鬥志全消，乖乖聽任林大風擺佈。

「君山，」林大風笑瞇瞇說：「開始幹活吧。」

機器人肚內咕咕做響，不多時嘴巴一張，果真吐出一具微電腦來。白流蘇驚訝的目瞪口呆；自從她有記憶起，這是她第一次看見機器人做了樁正經事。

從此林大風和白流蘇的生活就變得優裕起來。

林大風略施小技，收服君山，迫機器人改邪歸正後，就指揮他生產這生產那。原來這會下棋的機器人，本是性能絕佳的Ａ七七型工作母機，不久就替林大風裝配好一臺Ｂ五型機器人，然後又是一臺……等到君山裝配完第二百臺機器人，林家已儼然成為當地首富。

然而林大風並不因此志得意滿。他野心勃勃，繼續擴充他的機器人隊伍，企業也越辦越大。他又埋首著作，出版如何管理機器人的專書，「機器人與你」、「林大風賺錢術」……本本暢銷，洛陽紙貴。這時他已是全國知名的企業家，眾人稱羨的決策者。天視電臺不時訪問他，「地上」雜誌專文介紹他；林大風成了天下地上到處出現的大忙人。

每個成功的男人背後，總有個寂寞的女人。林大風越忙碌，白流蘇越鬱鬱不樂。她現在當然不必到餐廳拋頭露面了，每天在家裏梳梳頭彈彈琴，生活卻變得白開水般平淡無趣。原本指望廝守一輩子的男人，成天忙得人影子都看不見。雖說林大風是靠她的嫁粧起家的，她應該滿意才對，然而她又獲得了什麼呢？

一晚，林大風又遲遲不歸。白流蘇獨坐窗前，望著大廈窗外掠過的對對鴛鴦火箭艇，珠淚暗彈。早知如此，不如讓君山繼續下棋也罷。想到這裡，她不禁恨恨將

茶杯朝機器人扔過去。

「小心點！」機器人靈巧的用機械臂吸盤接住茶杯。「虐待機器人是犯法的行為。」

「君山，」白流蘇一掠長髮，擡起瓜子臉，清水瞳淚光閃閃，酸楚的說：「你看我怎麼辦？」

「找椿有意義的工作，例如參加保護蟑螂協會。妳知道全世界現在只剩下三十二萬五千六百四十二隻蟑螂嗎？試想沒有蟑螂，這會是怎樣的世界？妳該到普天下去，傳消息給萬民聽。」

荒唐，白流蘇想。她平生最痛恨蟑螂，一想到就全身起雞皮疙瘩。機器人又說：

「他忙，妳要比他更忙，他才會注意到妳。我們只有一個地球，妳也只有一個老公。」

最後一句話深深打入白流蘇的心坎。第二天她就加入保護蟑螂協會，到處為營救那不得人心的蟲兒奔走呼號。林大風接受地上雜誌另一次訪問的同時，白流蘇也在天視螢幕上侃侃而談。

「的確，蟑螂不怎麼可愛，可是它畢竟是地球上最古老、最頑強的生物。假如連蟑螂都無法生存下去，我們人類還有指望嗎？」

「講得好極了！」白流蘇回家後，機器人告訴她。「當然，我的講稿也寫得不賴。妳老公一定會妒忌。他要我再度捉刀寫如何管理機器人的續集，我始終沒動筆呢。」

「我還是覺得荒唐。」白流蘇凝視梳粧鏡裏半卸裝的美人兒，自覺儀態萬千。「保護蟑螂協會的會員都不怎麼可愛，真是蟑頭鼠目……也許我該參加保護獅子協會，或是保護駱駝協會什麼的。」

「最後一頭獅子前天死了，全世界的駱駝也只剩下十一頭。妳要活得忙碌而且有意義，唯有保護蟑螂。記住，妳越忙，妳老公越發疼妳。」

白流蘇不知道林大風是否因此更疼她，但是旁的男人顯然對她發生了濃厚興趣。保護蟑螂協會的女會員本來就不多，像白流蘇這麼漂亮的人兒更絕無僅有。許多男會員死命追她，白流蘇都瞧不上眼。追得最緊的是擁有九百七十四臺機器人的藥廠老闆陳和平。看在陳老闆比林大風還多一臺機器人的份上，白流蘇對他略假辭色，但也僅是略假辭色而已。如果不是遇見天視電臺的記者范某，白流蘇真算做到守身如玉了。

其實白流蘇是個思想保守的好女人。那濃眉大眼的天視記者藉著編排保護蟑螂節目的機會，不露痕跡的追求她，她總是在恰當時機讓他知道適可而止。但是看多了爬滿醜陋蟲兒的畫面，誰都會產生追求浪漫情調的逃避心理。一晚范某送白流蘇回家，終於趁機吻了她。雖僅是輕輕一吻，卻令白流蘇心跳不止。她不免對機器人剖露一番──到底，機器人是她唯一能信任的心腹之「人」。

「我總算有個情人了。君山，你看大風會吃醋嗎？」

機器人頭也不擡，專心練字（自從被林大風修理過後，他就不再下棋），嘴裡喃喃唸道：

「石魚湖，似洞庭，夏水欲滿君山青。老主人給我起名字，字字都有來歷。妳看夏水欲滿君山青，這句子多好！」

「那麼我的名字又有何來歷呢？」

機器人不回答，卻說：「情人者，心中的青春影像也。情人是胸口的硃砂痣，床前的明月光。那影兒才下眉頭，又上心頭，方是真正的情人。」

白流蘇思前想後，范某似有情似無情，也不知他有幾分真情。陳老闆呢？更擔當不起情人兩字。她想著又懊喪起來。什麼保護蟑螂協會，她真後悔自己多事。機器人彷彿看穿了她的心思，說：

「古中國有個北京城，城郊有個潭柘寺，寺裏有個大鐵鍋，能供數百名和尚熬粥。據說熬粥的火，晝夜永不熄滅。那大鐵鍋的灶上有個愁佛的像，整天對著熊熊

烈焰發愁。愁佛心中愁的是什麼，無人知道。是愁烈焰晝夜煎熬？還是愁爐火有熄滅的一天？也許愁佛兩者都愁。佛尚且如此矛盾，何況人呢？」

「算了罷，」白流蘇沒好氣的說：「沒有靈魂的機器，你懂得什麼是愁？噯……」

白流蘇最後一聲「噯」還沒有說完，突覺眼前一黑。她起先還以為是停電，又懷疑是機器人故意跟她開玩笑，正想罵君山，眼前突地又一亮。定睛看時，自己置身於一間陳設華麗的客廳裡，面前站著個滿臉堆笑的胖子，手裏緊緊握著個葫蘆。

「陳老闆，你……我怎麼會到這裡來的？」

陳和平欠身道：

「歡迎，歡迎。流蘇，妳肯賞光，駕臨寒舍，真太令我高興了。」

「別……」白流蘇技巧的躲過陳和平的一吻。「陳和平，你老實告訴我，怎麼把我攝來的？不然我可要生氣了。」

「全靠它了。」陳和平得意洋洋，揮動手中的葫蘆。「這風月葫蘆還真管用。流蘇，我好想妳，請可憐可憐我，賜給我一個溫柔的夜吧。」

白流蘇半夜方才脫身回家，林大風居然還沒有回來。她又是悔恨又是傷心，把機器人喚來。

「君山，風月葫蘆是什麼法寶？你會造嗎？」

「不會，」機器人老實說：「希格力場的理論，我約略知道一二，但絕不能稱得上精通。」

「希格力場？什麼是希格力場？」

「這就得從開天闢地講起了。想當年，宇宙剛剛誕生，還不到十的卅四次方分之一秒那麼老時，祇有芥子般大。在這芥子大小的混沌宇宙裏，所有的力都是統一的。等到宇宙開始膨脹，統一的力就分解，成了重力、電磁力、弱作用力及強作用力。

宇宙變得像雞子那麼大時，各種力場都已出現。後來宇宙膨脹又膨脹，終於變成今天這般肥腫模樣。但宇宙雖大，它的雛型，其實在第一秒時就鑄造好了。」

「除了重力、電磁力、弱作用力、強作用力這四種力場，還有一種希格力場，可以說是宇宙胚胎時期，偶然出現的局部變態，後來也隨著宇宙的膨脹，散佈到各個角落裏。希格力場既是一種變態，一般的物理法則，在其中都不適用。風月葫蘆，就是操縱希格力場的機器……」

機器人說到這裏停下來，躺在沙發上的白流蘇早已睡熟，長髮披散，面頰還掛著一滴晶亮的淚珠。

「可憐，老主人如果還在，真要心疼死了。」機器人自言自語道，溫柔的抱起白流蘇，將她送回臥房，自己守在房門外。機器人是用不著睡覺的，他可以將自己的主電腦關掉，但他並沒有這麼做，一逕思考著。老主人的書雖然都被白流蘇賣掉，他卻記得全部內容。人類擺脫不了生老病死的悲劇，不是為情所苦就是為慾所奴。機器人悲憫的站在黑暗裏思考，一遍遍搜索記憶器裏的浩瀚資料。如果有人這時候看見機器人，或許會驚訝那鋼鐵的臉龐上，竟然出現愁容。

林大風直到快天亮才回來，一眼瞥見站在黑暗角落裏的機器人，便怒斥道：

「君山，又偷懶了？還不趕快去工作！昨天吩咐你再造十架Ｃ三千型機器人，造好了嗎？」

機器人垂首不語，半晌才說：

「林先生，昨晚女主人……」

「什麼林先生！」林大風大怒。「跟你講過多少次，我是你的主人，懂不懂？你不要以為我少不了你。告訴你，再敢對我不尊敬，我就送你去機器人牛棚勞改，讓你嚐嚐山溝子裏的滋味！」

機器人不敢再辯，眼看林大風進了臥室，不一會裏面就傳出吵鬧的聲音。第二

天中午，等林大風去上班後，白流蘇把機器人喚來，矇著一隻青紫的眼睛，對機器人說：

「君山，我要風月葫蘆。」

「女主人，」機器人嘆息道：「這風月葫蘆……還是不要也罷。」

「不行！我要風月葫蘆。」

機器人無法，只好說：

「風月葫蘆，我是不會造的。要買，倒有地方可以買。」

「跟誰去買？」白流蘇奇道，暫時忘記臉上的疼痛。「難道說有人專賣風月葫蘆？」

「這人的真姓名，我也不知道，只知道大家都喚他陽羨書生。妳真想要風月葫蘆，我就帶妳去找他。不過，老主人如果在的話，絕不會同意……」

「我不管！我要風月葫蘆。」

當天下午，白流蘇就逼著機器人帶她去找陽羨書生，在彎彎曲曲的窄巷裏走了許久，終於找到一家小小的藥舖。陽羨書生羽扇綸巾，端坐其中，見到兩人就說：

「又是買葫蘆的，拿去。」

機器人接過葫蘆，左右端詳，說：

「是希格力場轉移器吧？」

「倒是個識貨的機器人。」陽羨書生呵呵笑道：「這年頭識貨的人不多，難為你鐵頭矽腦，還有這般見識。」

白流蘇看那葫蘆沒有任何特別的地方，不免問道：

「這風月葫蘆怎麼用？」

「用法可多了。摩西過紅海，孔明借東風，全仗我這小小的葫蘆。」陽羨書生說：「葫蘆的好處，一時也數說不盡。妳的心事我知道，祇要唸 ㄓㄣˇ ㄐㄧㄥ ㄈㄨˇ ㄈㄚˇ 一遍，連喚他名字三聲，就可把他攝來。其他的用法，妳也不必全學。」

白流蘇將咒語牢牢記住。機器人說：「葫蘆有語音識別開關，這個並不難做到。攝入之法，一定是將人縮小，吸入葫蘆內的希格力場，再依樣葫蘆，將他還原。這法子的確巧妙。除了風月葫蘆，您還賣別的法寶嗎？」

「過去也賣鏡子，名喚風月寶鑑。」陽羨書生說：「可惜世人多不愛反照寶鏡，自從在賈府試用過一次，後來就滯銷，因此我也不做了。這風月葫蘆卻行情甚好，還外銷世界各地，為國家賺來不少外匯。其實，寶鏡是虛，葫蘆是實；世人多避虛就實，卻不知那風月之事，真即是假，實即是虛。」

陽羨書生說完，嘴裏唸唸有辭，化為一道黑氣，遁入牆上掛的葫蘆裏。機器人嗟嘆了一會，對白流蘇說：

「這希格力場轉移器果然不同凡響。然而風月葫蘆也好，風月寶鑑也好，原都是警世之物。世人不知，誤以風月為風流，真是大錯特錯。」

機器人的話，白流蘇一句也沒聽進去。她緊抱著葫蘆回到家裏，就匆忙唸道：

「ㄓㄣˇ ㄐㄧㄥ ㄈㄨˇ ㄈㄚˇ，范柳原，范柳原，范柳原！」

機器人在旁聽到，大喫一驚，嘆道：「真是前世的冤孽。老主人泉下有知，恐怕要悔不當初了。」

自此以後，白流蘇每天等待林大風出門，就將范柳原攝來。有時候白流蘇也會被陳老闆攝去。好在陳和平的太太天性並不和平，監視他甚嚴；這種事情不常發生，白流蘇也逐漸安之若素。

林大風在家的時間越來越少，除了逼迫機器人增產，家裏的事一概不聞不問。

白流蘇自從有了柳原，對林大風也漠不關心。倒是機器人看不過眼時，會罵他們兩句。機器人的脾氣越變越壞，不僅敢和林大風頂嘴，對白流蘇也不如以往服從。白流蘇忍不住講他，機器人就說：

「我寧可變成個西瓜。西瓜以肉身佈施，至少別人會幫他播種。我呢？替你們造了多少臺機器人，妳老公還要逼我。我寧可做西瓜！」

「但是我們家的機器人都是你的後裔啊，君山，難道你還不滿足嗎？」

機器人悻悻然扭開天視。最後一頭鯨魚正衝上沙灘自殺，最後一隻蜜蜂筋疲力竭死在玫瑰花瓣上。機器人悲聲道：「飛鳥走獸都絕跡，想做西瓜也不成。」

白流蘇默然。她已經好久沒參加保護蟑螂協會的活動了。世界上還有蟑螂嗎？或許蟑螂也不再存在。可是只要柳原還愛她，她的世界仍舊如昔。她拿起風月葫蘆，誠心誠意唸：

「ㄓㄨㄣㄈㄥㄈㄢˋ，范柳原，范柳原，范柳原！」

范柳原並沒有如往常一般立即出現。白流蘇注意到機器人悲愴的望著她。她愣了一下，說：

「君山……」

機器人還來不及回答，白流蘇已落進虛空裏。她什麼也看不見，在黑暗中大聲呼號：「柳原！柳原！」

回答她的卻是另一個聲音。

「流蘇！流蘇！」

「陳老闆，你怎麼會在這裏？」白流蘇大為駭異。「我並沒有召喚你呀。」

「正好相反，」陳和平的聲音說：「我用風月葫蘆請妳，妳怎麼反而把我弄到葫蘆裏來了？」

白流蘇不知道該如何回答。這時葫蘆裏光亮了些，她看見范柳原遠遠站著，陳和平怔怔站在另一旁，還有兩名陌生女子，還有……林大風！她簡直糊塗了，似乎感覺葫蘆頂透光處越昇越高──不，是她的身軀越縮越小！不僅是她，其餘五人的身軀都急劇在縮小，離她也越來越遙遠。白流蘇著急的喊：「柳原！」范柳原卻對另一個女子喊：「瓊瓊！」瓊瓊不理會范柳原，一逕對林大風呼喚：「大風！」大風朝著第二個女子的方向飛奔，嚷道：「小鳳！」小鳳絕望的嘶吼：「和平！」陳和平卻對白流蘇尖叫：「流蘇！」

白流蘇突然明白了。他們六人竟不約而同，每個人都用風月葫蘆召喚另一個人。葫蘆同時將他們攝進希格力場，因為沒有人在葫蘆外面，誰也無法復原，反而都不斷在縮小。白流蘇感到一種絕望的驚怖，又羞憤的想：

「好啊！原來你們都另有情人，你們都欺騙了我！」

她氣憤的想做什麼，但是畢竟什麼都來不及了。陷身在希格力場裏的六人，迅速化為六點微塵，朝著宇宙洪荒初始的一剎那前進，前進，前進……。

註：陽羨書生，見梁吳均《續齊諧記》。唐元結詩：石魚湖，似洞庭，夏水欲滿君山青。山為樽，水為沼，酒徒歷歷坐州島。長風連日作大浪，不能廢人運酒舫。我持長瓢坐巴邱，酌飲四座以散愁。

【賞析】

張系國（1944～），筆名醒石、域外人、白丁，臺大電機系畢業，美國柏克萊加州大學博士，曾任伊利諾理工學院電機系主任，匹茲堡大學計算機系主任，華生研究中心研究員，中央研究院數學、資訊研究所研究員，現任匹茲堡大學教授。自高中時期即投身創作，著有《皮牧師正傳》、《棋王》、《香蕉船》、《昨日之怒》、《星雲組曲》、《夜曲》、《五玉碟》、《龍城飛將》、《一羽毛》、《橡皮靈魂》、《男人的手帕》等小說、散文三十餘種。

　　本篇選自張系國《夜曲》，全書由八篇短篇小說集合而成，名曰「星塵組曲」，「寫的多半是人海微塵的小事。」（《夜曲‧序》）然而，所謂「人海微塵的小事」，呈顯的卻是人類如何面對婚姻與愛情的共同問題，當婚姻無法滿足個人需求，能否向外尋求愛情；當愛情成為一種召喚和配合，能否另尋所愛？

　　小說取名「陽羨書生」，乃取梁朝吳均〈陽羨書生〉為故事雛型，加入科幻的色彩，同時更深刻探討人性與情愛的渴求和慾望。吳均的〈陽羨書生〉，安排許彥在路途中巧遇書生，書生因腳痛求寄鵝籠，書生為答謝恩情，口吐珍饈招待，並吐出一女子伴飲，待書生醉臥，女子同樣口吐一男子相會，待女子與書生共臥時，男子則口吐另一名女子共飲調笑，許彥作為一旁觀者，始終保守秘密，不干涉亦不評論。張系國的〈陽羨書生〉，將許彥這個角色改為君山機器人，面對女主人白流蘇在婚姻裡的寂寞，君山機器人像軍師一般提供計策，以忙碌引起丈夫林大風的注意，卻沒料到引來眾多追求者，其中范柳原的出現更讓白流蘇心動不已。為了滿足渴望，白流蘇向陽羨書生買來風月葫蘆，以攝人之法和范柳原相會，面對這樣的變化，機器人不願當一旁觀者，反而化身為理性睿智的勸諫者，提醒「人類擺脫不了生老病死的悲劇，不是為情所苦就是為慾所奴。」但好不容易得到寶物的白流蘇豈能聽進風月葫蘆原是警世之物的勸告，最終陰錯陽差每個人都被攝入風月葫蘆的希格力場，這才真相大白，原來白流蘇喜歡范柳原，范柳原喜歡瓊瓊，瓊瓊喜歡林大風，林大風喜歡小鳳，小鳳喜歡陳和平，陳和平喜歡白流蘇，每個人心中都另有所愛，所有人的愛情和婚姻都充滿隱瞞和欺騙，但最後六個人都無法復原，身陷力場，就此化為六點微塵。

　　本篇雖是科幻小說，關注的仍是現實、人性、婚姻、愛情等問題，張系國《夜曲‧序》談到創作科幻小說的動機：「我們在星光燦爛的夜裏，也會體驗到時間和空間的關係，一種驚異虔敬的感覺於是油然而生。這種感覺，刺激了許多科學家和哲學家窮畢生之力探索宇宙的根本奧秘，也是許多科幻小說家靈感的泉源。科幻小說，重新奇也重幻想，但是不能完全脫離科學。科幻小說裏所提到的幻想，有的已經實現（例如登陸月球、鐳射、生物工程、機器人等），有的反映人類互古不變的渴望

（例如時間旅行、長生不老、永恆的愛情等）。」本篇人物取白流蘇、范柳原之名（張愛玲〈傾城之戀〉人物），談的正是人類亙古不變的愛情渴望與慾求，余光中稱張系國小說「審視的人性，是弱點，不是罪惡。」（余光中〈天機欲覷話棋王〉）以這一篇小說來看，作者巧妙地以君山機器人為對照，更是徹底映照出人性的野心與貪婪、婚姻的孤寂與背叛、愛情的慾望與佔有，省思和諷刺意味十足。

＊〈陽羨書生〉原文：

　　東晉陽羨許彥於綏安山行，遇一書生，年十七八，臥路側，云腳痛，求寄鵝籠中。彥以為戲言。書生便入籠，籠亦不更廣，書生亦不更小，宛然與雙鵝並坐，鵝亦不驚。彥負籠而去，都不覺重。前行息樹下，書生乃出籠，謂彥曰：「欲為君薄設。」彥曰：「甚善。」乃口中吐出一銅盤奩子，奩子中具諸饌殽，海陸珍羞方丈，其器皿皆銅物，氣味芳美，世所罕見。酒數行，乃謂彥曰：「向將一婦人自隨，今欲暫邀之。」彥曰：「甚善。」又於口中吐一女子，年可十五六，衣服綺麗，容貌絕倫，共坐宴。俄而書生醉臥，此女謂彥曰：「雖與書生結好，而實懷外心，向亦竊將一男子同來，書生既眠，暫喚之，願君勿言。」彥曰：「甚善。」女人於口中吐出一男子，年可二十三四，亦穎悟可愛，乃與彥敘寒溫。書生臥欲覺，女子口吐一錦行障。書生仍留女子共臥。男子謂彥曰：「此女子雖有情，心亦不盡。向復竊將女人同行，今欲暫見之，願君勿洩言。」彥曰：「善。」男子又於口中吐一女子，年二十許，共讌酌。戲調甚久。聞書生動聲，男曰：「二人眠已覺。」因取所吐女子，還內口中。須臾，書生處女子乃出，謂彥曰：「書生欲起。」更吞向男子，獨對彥坐。然後書生起，謂彥曰：「暫眠遂久，君獨坐當悒悒耶？日又晚，便與君別。」還復吞此女子，諸銅器悉內口中。留大銅盤，可廣二尺餘，與彥別曰：「無以藉君，與君相憶也。」後太元中，彥為蘭臺令史，以盤餉侍中張散。散看其銘，題云是漢永平三年所作也。
～出自梁‧吳均《續齊諧記》。

──徐秀菁老師　撰

【延伸閱讀】

1. 張系國：《夜曲》（臺北：知識系統出版有限公司，1985）。
2. 張系國：《星雲組曲》（臺北：洪範書店，2002）。
3. 〈外國道人〉，李昉等：《太平御覽》（臺北：臺灣商務，1983），卷 359、737，頁 1655、3270；《荀氏靈鬼志》，魯迅校錄：《古小說鉤沉》（濟南：齊魯書社，1997），頁 124 ～ 125。
4. 吳均：〈陽羨書生〉，徐志平：《中國古典短篇小說選注》（臺北：洪葉文化，2003），頁 194 ～ 196。
5. 張曉風：〈人環〉，張曉風：《曉風小說集》，（臺北：道聲出版社，1976），頁 189 ～ 204。

杜十娘怒沉百寶箱

馮夢龍編

掃盪殘胡立帝畿，龍翔鳳舞勢崔嵬；左環滄海天一帶，右擁太行山萬圍。
戈戟九邊雄絕塞，衣冠萬國仰垂衣；太平人樂華胥世①，永永金甌共日輝。

這首詩，單誇我朝燕京建都之盛。說起燕都的形勢，北倚雄關，南壓區夏，真乃金城天府，萬年不拔之基。當先洪武爺②掃蕩胡塵，定鼎金陵，是為南京。到永樂爺③從北平起兵靖難，遷於燕都，是為北京。只因這一遷，把個苦寒地面，變作花錦世界。自永樂爺九傳至於萬曆爺④，此乃我朝第十一代的天子。這位天子，聰明神武，德福兼全，十歲登基，在位四十八年，削平了三處寇亂。那三處？

日本關白平秀吉，西夏哱承恩，播州楊應龍。

平秀吉侵犯朝鮮，哱承恩、楊應龍是土官謀叛，先後削平。遠夷莫不畏服，爭來朝貢。真個是：

一人有慶民安樂，四海無虞國太平。

話中單表萬曆二十年間，日本國關白作亂，侵犯朝鮮。朝鮮國王上表告急，天朝發兵泛海往救。有戶部官奏准：目今兵興之際，糧餉未充，暫開納粟入監⑤之例。原來納粟入監的，有幾般便宜：好讀書，好科舉，好中，結末來又有個小小前程結果。以此宦家公子、富室子弟，到不願做秀才，都去援例做太學生。自開了這例，兩京太學生各添至千人之外。內中有一人，姓李名甲，字干先，浙江紹興府人氏。父親李布政，所生三兒，惟甲居長。自幼讀書在庠，未得登科，援例入於北雍⑥。因在

---

① 華胥世：《列子・黃帝》曾描述黃帝晝寢而夢，入華胥氏之國遊歷。後以「華胥夢」指夢境、仙境，「華胥世」指理想國度、太平盛世。

② 洪武爺：指明朝開國皇帝，明太祖朱元璋。

③ 永樂爺：指明成祖朱棣。受封為燕王時，發動靖難之役。在位年號為永樂，故稱為永樂帝。

④ 萬曆爺：指明神宗朱翊鈞，在位期間經歷三場規模浩大的軍事征戰，分別為西南播州（今貴州遵義）楊應龍叛亂、西北寧夏哱拜（承恩之父）、哱承恩之亂、東北日本豐臣秀吉入侵朝鮮的戰事行動，史稱為「萬曆三大征」，也就是下文所指的三處寇亂。

⑤ 入監：讀書人捐獻錢粟進入國子監（國家最高學府）念書。

⑥ 北雍：北京國子監。

京坐監⑦，與同鄉柳遇春監生同遊教坊司院內，與一個名姬相遇。那名姬姓杜名媺⑧，排行第十，院中都稱為杜十娘，生得：

> 渾身雅豔，遍體嬌香，兩彎眉畫遠山青，一對眼明秋水潤。臉如蓮萼，分明卓氏文君；唇似櫻桃，何減白家樊素。⑨可憐一片無瑕玉，誤落風塵花柳中。

那杜十娘，自十三歲破瓜，今一十九歲，七年之內，不知歷過了多少公子王孫。一個個情迷意蕩，破家蕩產而不惜。院中傳出四句口號來，道是：

> 坐中若有杜十娘，斗筲之量飲千觴；院中若識杜老媺，千家粉面都如鬼。

卻說李公子，風流年少，未逢美色，自遇了杜十娘，喜出望外，把花柳情懷，一擔兒挑在她身上。那公子俊俏龐兒，溫存性兒，又是撒漫的手兒，幫襯的勤兒，與十娘一雙兩好，情投意合。十娘因見鴇兒貪財無義，久有從良之志，又見李公子忠厚志誠，甚有心向他。奈李公子懼怕老爺，不敢應承。雖則如此，兩下情好愈密，朝歡暮樂，終日相守，如夫婦一般，海誓山盟，各無他志。真個：

> 恩深似海恩無底，義重如山義更高。

再說杜媽媽，女兒被李公子占住，別的富家巨室，聞名上門，求一見而不可得。初時李公子撒漫用錢，大差大使，媽媽脅肩諂笑，奉承不暇。日往月來，不覺一年有餘，李公子囊篋漸漸空虛，手不應心，媽媽也就怠慢了。老布政在家聞知兒子闞⑩院，幾遍寫字來喚他回去。他迷戀十娘顏色，終日延捱。後來聞知老爺在家發怒，

---

⑦ 坐監：指在國子監讀書。

⑧ 媺：ㄇㄟˇ，好、善之意。

⑨ 卓氏文君、白家樊素：《西京雜記》云：「文君姣好眉色如望遠山，臉際常若芙蓉，肌膚柔滑如脂。」又說〈白頭吟〉乃卓文君自絕司馬相如之作。白家樊素，指白居易家中歌姬樊素，《本事詩》記載白居易嘗為詩曰：「櫻桃樊素口，楊柳小蠻腰。」形容善歌的樊素唇似櫻桃，善舞的小蠻腰肢纖細。據說白居易年老時放還家中侍姬，樊素不忍離去。

⑩ 闞：同「嫖」字。

越不敢回。古人云：「以利相交者，利盡而疏。」那杜十娘與李公子真情相好，見他手頭愈短，心頭愈熱。媽媽也幾遍教女兒打發李甲出院，見女兒不統口⑪，又幾遍將言語觸突⑫李公子，要激怒他起身。公子性本溫克，詞氣愈和。媽媽沒奈何，日逐只將十娘吒罵道：「我們行戶⑬人家，吃客穿客，前門送舊，後門迎新，門庭鬧如火，錢帛堆成垛。自從那李甲在此，混帳一年有餘，莫說新客，連舊主顧都斷了。分明接了個鍾馗老，連小鬼也沒得上門。弄得老娘一家人家，有氣無煙，成什麼模樣！」杜十娘被罵，耐性不住，便回答道：「那李公子不是空手上門的，也曾費過大錢來。」媽媽道：「彼一時，此一時，你只教他今日費些小錢兒，把與老娘辦些柴米，養你兩口也好。別人家養的女兒便是搖錢樹，千生萬活，偏我家晦氣，養了個退財白虎。開了大門七件事，般般都在老身心上。到替你這小賤人白白養著窮漢，教我衣食從何處來？你對那窮漢說，有本事出幾兩銀子與我，到得你跟了他去，我別討個丫頭過活卻不好？」十娘道：「媽媽，這話是真是假？」媽媽曉得李甲囊無一錢，衣衫都典盡了，料他沒處設法，便應道：「老娘從不說謊，當真哩。」十娘道：「娘，你要他許多銀子？」媽媽道：「若是別人，千把銀子也討了。可憐那窮漢出不起，只要他三百兩，我自去討一個粉頭⑭代替。只一件，須是三日內交付與我，左手交銀，右手交人。若三日沒有銀時，老身也不管三七二十一，公子不公子，一頓孤拐，打那光棍出去。那時莫怪老身！」十娘道：「公子雖在客邊乏鈔，諒三百金還措辦得來。只是三日忒近，限他十日便好。」媽媽想道：「這窮漢一雙赤手，便限他一百日，他那裏來銀子？沒有銀子，便鐵皮包臉，料也無顏上門。那時重整家風，嬫兒也沒得話講。」答應道：「看你面，便寬到十日。第十日沒有銀子，不干老娘之事。」十娘道：「若十日內無銀，料他也無顏再見了。只怕有了三百兩銀子，媽媽又翻悔

⑪ 不統口：不同意、不答應。
⑫ 觸突：冒犯、衝撞。
⑬ 行戶：妓院。
⑭ 粉頭：妓女。

起來。」媽媽道：「老身年五十一歲了，又奉十齋⑮，怎敢說謊？不信時與你拍掌為定。若翻悔時，做豬做狗。」

從來海水斗難量，可笑虔婆意不良；料定窮儒囊底竭，故將財禮難嬌娘。

是夜，十娘與公子在枕邊，議及終身之事。公子道：「我非無此心。但教坊落籍⑯，其費甚多，非千金不可。我囊空如洗，如之奈何！」十娘道：「妾已與媽媽議定只要三百金，但須十日內措辦。郎君遊資雖罄，然都中豈無親友可以借貸？倘得如數，妾身遂為君之所有，省受虔婆之氣。」公子道：「親友中為我留戀行院，都不相顧。明日只做束裝起身，各家告辭，就開口假貸路費，湊聚將來，或可滿得此數。」起身梳洗，別了十娘出門。十娘道：「用心作速，專聽佳音。」公子道：「不須分付。」公子出了院門，來到三親四友處，假說起身告別，眾人到也歡喜。後來敘到路費欠缺，意欲借貸。常言道：「說着錢，便無緣。」親友們就不招架。他們也見得是，道李公子是風流浪子，迷戀煙花，年許不歸，父親都為他氣壞在家。他今日抖然要回，未知真假。倘或說騙盤纏到手，又去還脂粉錢，父親知道，將好意翻成惡意，始終只是一怪，不如辭了乾淨。便回道：「目今正值空乏，不能相濟，慚愧！慚愧！」人人如此，個個皆然，並沒有個慷慨丈夫，肯統口許他一十二十兩。李公子一連奔走了三日，分毫無穫，又不敢回決十娘，權且含糊答應。到第四日又沒想頭，就羞回院中。平日間有了杜家，連下處也沒有了，今日就無處投宿。只得往同鄉柳監生寓所借歇。柳遇春見公子愁容可掬，問其來歷。公子將杜十娘願嫁之情，備細說了。遇春搖首道：「未必，未必。那杜媺曲中第一名姬，要從良時，怕沒有十斛明珠，千金聘禮。那鴇兒如何只要三百兩？想鴇兒怪你無錢使用，白白占住他的女兒，設計打發你出門。那婦人與你相處已久，又礙卻面皮，不好明言。明知你手內空虛，故意將三百兩賣個人情，限你十日。若十日沒有，你也不好上門。

⑮ 十齋：指每月一、八、十四、十五、十八、二十三、二十四、二十八、二十九、三十日，這十天持齋受戒。

⑯ 落籍：古時妓女列入樂籍受管轄，從良後可將名字從樂籍名冊中除去，稱為「落籍」。

便上門時，他會說你笑你，落得一場褻瀆，自然安身不牢，此乃煙花逐客之計。足下三思，休被其惑。據弟愚意，不如早早開交⑰為上。」公子聽說，半晌無言，心中疑惑不定。遇春又道：「足下莫要錯了主意。你若真個還鄉，不多幾兩盤費，還有人搭救；若是要三百兩時，莫說十日，就是十個月也難。如今的世情，那肯顧緩急二字的！那煙花也算定你沒處告債，故意設法難你。」公子道：「仁兄所見良是。」口裡雖如此說，心中割捨不下。依舊又往外邊東央西告，只是夜裡不進院門了。公子在柳監生寓中，一連住了三日，共是六日了。

杜十娘連日不見公子進院，十分着緊，就教小廝四兒街上去尋。四兒尋到大街，恰好遇見公子。四兒叫道：「李姐夫，娘在家裡望你。」公子自覺無顏，回復道：「今日不得功夫，明日來罷。」四兒奉了十娘之命，一把扯住，死也不放，道：「娘叫咱尋你。是必同去走一遭。」李公子心上也牽掛着婊子，沒奈何，只得隨四兒進院。見了十娘，嘿嘿⑱無言。十娘問道：「所謀之事如何？」公子眼中流下淚來。十娘道：「莫非人情淡薄，不能足三百之數麼？」公子含淚而言，道出二句：「

　　不信上山擒虎易，果然開口告人難。

一連奔走六日，並無銖兩，一雙空手，羞見芳卿，故此這幾日不敢進院。今日承命呼喚，忍恥而來。非某不用心，實是世情如此。」十娘道：「此言休使虔婆知道。郎君今夜且住，妾別有商議。」十娘自備酒餚，與公子歡飲。睡至半夜，十娘對公子道：「郎君果不能辦一錢耶？妾終身之事，當如何也？」公子只是流涕，不能答一語。漸漸五更天曉。十娘道：「妾所臥絮褥內藏有碎銀一百五十兩，此妾私蓄，郎君可持去。三百金，妾任其半，郎君亦謀其半，庶易為力。限只四日，萬勿遲誤！」十娘起身將褥付公子，公子驚喜過望，喚童兒持褥而去。

逕到柳遇春寓中，又把夜來之情與遇春說了。將褥拆開看時，絮中都裹着零碎

⑰　開交：結束、分開。

⑱　嘿嘿：嘿同「默」。嘿嘿無言，就是默默無言。

銀子，取出兌時，果是一百五十兩。遇春大驚道：「此婦真有心人也。既係真情，不可相負。吾當代為足下謀之。」公子道：「倘得玉成，決不有負。」當下柳遇春留李公子在寓，自出頭各處去借貸。兩日之內，湊足一百五十兩交付公子道：「吾代為足下告債，非為足下，實憐杜十娘之情也。」李甲拿了三百兩銀子，喜從天降，笑逐顏開，欣欣然來見十娘，剛是第九日，還不足十。十娘問道：「前日分毫難借，今日如何就有一百五十兩？」公子將柳監生事情，又述了一遍。十娘以手加額道：「使吾二人得遂其願者，柳君之力也！」兩個歡天喜地，又在院中過了一晚。次日，十娘早起，對李甲道：「此銀一交，便當隨郎君去矣。舟車之類，合當預備。妾昨日於姊妹中借得白銀二十兩，郎君可收下為行資也。」公子正愁路費無出，但不敢開口，得銀甚喜。說猶未了，鴇兒恰來敲門叫道：「嫩兒，今日是第十日了。」公子聞叫，啟門相延道：「承媽媽厚意，正欲相請。」便將銀三百兩放在桌上。鴇兒不料公子有銀，嘿然變色，似有悔意。十娘道：「兒在媽媽家中八年，所致金帛，不下數千金矣。今日從良美事，又媽媽親口所訂，三百金不欠分毫，又不曾過期。倘若媽媽失信不許，郎君持銀去，兒即刻自盡。恐那時人財兩失，悔之無及也。」鴇兒無詞以對。腹內籌畫了半晌，只得取天平兌准了銀子，說道：「事已如此，料留你不住了。只是你要去時，即今就去。平時穿戴衣飾之類，毫釐休想！」說罷，將公子和十娘推出房門，討鎖來就落了鎖。此時九月天氣。十娘才下床，尚未梳洗，隨身舊衣，就拜了媽媽兩拜。李公子也作了一揖。一夫一婦，離了虔婆大門。

鯉魚脫卻金鉤去，擺尾搖頭再不來。

公子教十娘且住片時：「我去喚個小轎抬你，權往柳榮卿寓所去，再作道理。」十娘道：「院中諸姊妹平昔相厚，理宜話別。況前日又承他借貸路費，不可不一謝也。」乃同公子到各姊妹處謝別。姊妹中惟謝月朗、徐素素與杜家相近，尤與十娘親厚。十娘先到謝月朗家。月朗見十娘禿髻舊衫，驚問其故。十娘備述來因，又引李甲相見。十娘指月朗道：「前日路資，是此位姐姐所貸，郎君可致謝。」李甲連連作揖。月朗便教十娘梳洗，一面去請徐素素來家相會。十娘梳洗已畢，謝、徐二美人各出所有，翠鈿金釧，瑤簪寶珥，錦袖花裙，鸞帶繡履，把杜十娘裝扮得煥然

一新，備酒作慶賀筵席。月朗讓臥房與李甲、杜媺二人過宿。次日，又大排筵席，遍請院中姊妹。凡十娘相厚者，無不畢集，都與他夫婦把盞稱喜。吹彈歌舞，各逞其長，務要盡歡，直飲至夜分。十娘向眾姊妹一一稱謝。眾姊妹道：「十姊為風流領袖，今從郎君去，我等相見無日。何日長行，姊妹們尚當奉送。」月朗道：「候有定期，小妹當來相報。但阿姊千里間關，同郎君遠去，囊篋蕭條，曾無約束，此乃吾等之事。當相與共謀之，勿令姊有窮途之慮也。」眾姊妹各唯唯而散。是晚，公子和十娘仍宿謝家。至五鼓，十娘對公子道：「吾等此去，何處安身？郎君亦曾計議有定着否？」公子道：「老父盛怒之下，若知娶妓而歸，必然加以不堪，反致相累。展轉尋思，尚未有萬全之策。」十娘道：「父子天性，豈能終絕？既然倉卒難犯，不若與郎君於蘇、杭勝地，權作浮居。郎君先回，求親友於尊大人面前勸解和順，然後攜妾于歸，彼此安妥。」公子道：「此言甚當。」次日，二人起身辭了謝月朗，暫往柳監生寓中，整頓行裝。杜十娘見了柳遇春，倒身下拜，謝其周全之德：「異日我夫婦必當重報。」遇春慌忙答禮道：「十娘鍾情所歡，不以貧窶[19]易心，此乃女中豪傑。僕因風吹火，諒區區何足掛齒！」三人又飲了一日酒。次早，擇了出行吉日，僱倩轎馬停當。十娘又遣童兒寄信，別謝月朗。臨行之際，只見肩輿[20]紛紛而至，乃謝月朗與徐素素拉眾姊妹來送行。月朗道：「十姊從郎君千里間關，囊中消索，吾等甚不能忘情。今合具薄賑[21]，十姊可檢收，或長途空乏，亦可少助。」說罷，命從人挈一描金文具[22]至前，封鎖甚固，正不知什麼東西在裡面。十娘也不開看，也不推辭，但殷勤作謝而已。須臾，輿馬齊集，僕夫催促起身。柳監生三盃別酒，和眾美人送出崇文門外，各各垂淚而別。正是：

他日重逢難預必，此時分手最堪憐。

[19] 貧窶：貧困。窶，音「ㄐㄩˋ」。

[20] 肩輿：轎子。

[21] 賑：ㄐㄧㄣˋ，臨別時餽贈的路費、財物。

[22] 描金文具：勾畫金色花紋之箱匣。

　　再說李公子同杜十娘行至潞河，舍陸從舟，卻好有瓜洲差使船轉回之便，講定船錢，包了艙口。比及下船時，李公子囊中並無分文餘剩。你道杜十娘把二十兩銀子與公子，如何就沒了？公子在院中嫖得衣衫藍縷，銀子到手，未免在解庫㉓中取贖幾件穿着，又制辦了鋪蓋，剩來只夠轎馬之費。公子正當愁悶，十娘道：「郎君勿憂，眾姊妹合贈，必有所濟。」乃取鑰開箱。公子在傍自覺慚愧，也不敢窺覷箱中虛實。只見十娘在箱裡取出一個紅絹袋來，擲於桌上道：「郎君可開看之。」公子提在手中，覺得沉重，啟而觀之，皆是白銀，計數整五十兩。十娘仍將箱子下鎖，亦不言箱中更有何物。但對公子道：「承眾姊妹高情，不惟途路不乏，即他日浮寓吳越間，亦可稍佐吾夫妻山水之費矣。」公子且驚且喜道：「若不遇恩卿，我李甲流落他鄉，死無葬身之地矣。此情此德，白頭不敢忘也！」自此每談及往事，公子必感激流涕，十娘亦曲意撫慰。一路無話。不一日，行至瓜洲，大船停泊岸口，公子別僱了民船，安放行李。約明日侵晨㉔，剪江而渡。其時仲冬中旬，月明如水，公子和十娘坐於舟首。公子道：「自出都門，困守一艙之中，四顧有人，未得暢語。今日獨據一舟，更無避忌。且已離塞北，初近江南，宜開懷暢飲，以舒向來抑鬱之氣，恩卿以為何如？」十娘道：「妾久疏談笑，亦有此心，郎君言及，足見同志耳。」公子乃攜酒具於船首，與十娘鋪氈並坐，傳盃交盞。飲至半酣，公子執卮㉕對十娘道：「恩卿妙音，六院㉖推首。某相遇之初，每聞絕調，輒不禁神魂之飛動。心事多違，彼此鬱鬱，鸞鳴鳳奏，久矣不聞。今清江明月，深夜無人，肯為我一歌否？」十娘興亦勃發，遂開喉頓嗓，取扇按拍，嗚嗚咽咽，歌出元人施君美《拜月亭》雜劇上「狀元執盞與嬋娟」一曲，名〈小桃紅〉。真個：

　　聲飛霄漢雲皆駐，響入深泉魚出遊。

㉓ 解庫：當鋪。
㉔ 侵晨：天快亮時。
㉕ 卮：ㄓ，盛酒的器具。
㉖ 六院：明初南京最著名的妓院有六處，稱為六院，後遂以指妓院。

　　卻說他舟有一少年，姓孫名富，字善賚，徽州新安人氏。家貲巨萬，積祖揚州種鹽㉗。年方二十，也是南雍㉘中朋友。生性風流，慣向青樓買笑，紅粉追歡，若嘲風弄月，到是個輕薄的頭兒。事有偶然，其夜亦泊舟瓜洲渡口，獨酌無聊。忽聽得歌聲嘹亮，鳳吟鸞吹，不足喻其美。起立船頭，佇聽半晌，方知聲出鄰舟。正欲相訪，音響倏已寂然。乃遣僕者潛窺蹤跡，訪於舟人。但曉得是李相公僱的船，並不知歌者來歷。孫富想道：「此歌者必非良家，怎生得她一見？」展轉尋思，通宵不寐。捱至五更，忽聞江風大作。及曉，彤雲密布，狂雪飛舞。怎見得，有詩為證：

　　千山雲樹滅，萬徑人蹤絕。扁舟簑笠翁，獨釣寒江雪。

因這風雪阻渡，舟不得開。孫富命艄公㉙移船，泊於李家舟之傍。孫富貂帽狐裘，推窗假作看雪。值十娘梳洗方畢，纖纖玉手揭起舟傍短簾，自潑盂中殘水，粉容微露，卻被孫富窺見了，果是國色天香。魂搖心蕩，迎眸注目，等候再見一面，杳不可得。沉思久之，乃倚窗高吟高學士㉚〈梅花詩〉二句，道：

　　雪滿山中高士臥，月明林下美人來。

李甲聽得鄰舟吟詩，舒頭出艙，看是何人。只因這一看，正中了孫富之計。孫富吟詩，正要引李公子出頭，他好乘機攀話。當下慌忙舉手，就問：「老兄尊姓何諱？」李公子敘了姓名鄉貫，少不得也問那孫富。孫富也敘過了。又敘了些太學中的閒話，漸漸親熟。孫富便道：「風雪阻舟，乃天遣與尊兄相會，實小弟之幸也。舟次無聊，欲同尊兄上岸，就酒肆中一酌，少領清誨，萬望不拒。」公子道：「萍水相逢，何

㉗　種鹽：指製作鹽或是從事鹽業的鹽商。製鹽時引鹽水於田畦池中製鹽，故稱種鹽。明清時揚州是兩淮鹽運司衙門所在地，鹽商多聚集於此，而揚州鹽商以徽商、晉商所占比例最多。

㉘　南雍：南京國子監。

㉙　艄公：船夫，操舵駕船之人。艄，音「ㄕㄠ」。

㉚　高學士：即元末明初文人高啟，以詩才見長。

當厚擾？」孫富道：「說那裡話！『四海之內，皆兄弟也』。」喝教艄公打跳㉛，童兒張傘，迎接公子過船，就於船頭作揖。然後讓公子先行，自己隨後，各各登跳上涯。行不數步，就有個酒樓。二人上樓，揀一副潔淨座頭，靠窗而坐。酒保列上酒餚。孫富舉杯相勸，二人賞雪飲酒。先說些斯文中套話，漸漸引入花柳之事。二人都是過來之人，志同道合，說得入港㉜，一發成相知了。孫富屏去左右，低低問道：「昨夜尊舟清歌者，何人也？」李甲正要賣弄在行，遂實說道：「此乃北京名姬杜十娘也。」孫富道：「既係曲中姊妹，何以歸兄？」公子遂將初遇杜十娘，如何相好，後來如何要嫁，如何借銀討他，始末根由，備細述了一遍。孫富道：「兄攜麗人而歸，固是快事，但不知尊府中能相容否？」公子道：「賤室不足慮。所慮者老父性嚴，尚費躊躇耳！」孫富將機就機，便問道：「既是尊大人未必相容，兄所攜麗人，何處安頓？亦曾通知麗人，共作計較否？」公子攢眉而答道：「此事曾與小妾議之。」孫富欣然問道：「尊寵必有妙策。」公子道：「他意欲僑居蘇杭，流連山水。使小弟先回，求親友宛轉於家君之前，俟家君回嗔作喜㉝，然後圖歸。高明以為何如？」孫富沉吟半晌，故作愀然之色，道：「小弟乍會之間，交淺言深，誠恐見怪。」公子道：「正賴高明指教，何必謙遜？」孫富道：「尊大人位居方面㉞，必嚴帷薄之嫌㉟，平時既怪兄遊非禮之地，今日豈容兄娶不節之人？況且賢親貴友，誰不迎合尊大人之意者？兄枉去求他，必然相拒。就有個不識時務的進言於尊大人之前，見尊大人意思不允，他就轉口了。兄進不能和睦家庭，退無詞以回復尊寵。即使流連山水，亦非長久之計。萬一資斧困竭，豈不進退兩難！」公子自知手中只有五十金，此時費去大半，說到資斧㊱困竭，進退兩難，不覺點頭道是。孫富又道：「小弟還有句心腹之談，兄肯俯聽否？」公子道：「承兄過愛，更求盡言。」孫富道：「疏

㉛ 打跳：安置下舟的跳板。

㉜ 入港：投契、投緣。

㉝ 回嗔作喜：不再發怒生氣，心情逐漸好轉。

㉞ 方面：能獨力承擔重任的官職。

㉟ 必嚴帷薄之嫌：帷薄引伸指男女歡愛，此句是指對於男女不合宜之交往必定嚴加避嫌。明代曾頒布律令，禁止官吏宿娼，李甲之父官至布政，必當對此事有所忌諱。

㊱ 資斧：旅費、盤纏。

不間親，還是莫說罷。」公子道：「但說何妨？」孫富道：「自古道：『婦人水性無常。』況煙花之輩，少真多假。他既係六院名姝，相識定滿天下；或者南邊原有舊約，借兄之力，挈帶而來，以為他適之地。」公子道：「這個恐未必然。」孫富道：「既不然，江南子弟，最工輕薄。兄留麗人獨居，難保無逾牆鑽穴之事。若挈之同歸，愈增尊大人之怒。為兄之計，未有善策。況父子天倫，必不可絕。若為妾而觸父，因妓而棄家，海內必以兄為浮浪不經之人。異日妻不以為夫，弟不以為兄，同袍不以為友，兄何以立於天地之間？兄今日不可不熟思也！」公子聞言，茫然自失，移席問計：「據高明之見，何以教我？」孫富道：「僕有一計，於兄甚便。只恐兄溺枕席之愛，未必能行，使僕空費詞說耳！」公子道：「兄誠有良策，使弟再睹家園之樂，乃弟之恩人也。又何憚而不言耶？」孫富道：「兄飄零歲餘，嚴親懷怒，閨閣離心，設身以處兄之地，誠寢食不安之時也。然尊大人所以怒兄者，不過為迷花戀柳，揮金如土，異日必為棄家蕩產之人，不堪承繼家業耳！兄今日空手而歸，正觸其怒。兄倘能割衽席之愛㊲，見機而作，僕願以千金相贈。兄得千金，以報尊大人，只說在京授館，並不曾浪費分毫，尊大人必然相信。從此家庭和睦，當無間言。須臾之間，轉禍為福。兄請三思，僕非貪麗人之色，實為兄效忠於萬一也！」李甲原是沒主意的人，本心懼怕老子，被孫富一席話，說透胸中之疑，起身作揖道：「聞兄大教，頓開茅塞。但小妾千里相從，義難頓絕，容歸與商之。得其心肯，當奉復耳。」孫富道：「說話之間，宜放婉曲。彼既忠心為兄，必不忍使兄父子分離，定然玉成兄還鄉之事矣。」二人飲了一回酒，風停雪止，天色已晚。孫富教家僮算還了酒錢，與公子攜手下船。正是：

　　逢人且說三分話，未可全拋一片心。

　　卻說杜十娘在舟中，擺設酒果，欲與公子小酌，竟日未回，挑燈以待。公子下船，十娘起迎。見公子顏色匆匆，似有不樂之意，乃滿斟熱酒勸之。公子搖首不飲，一言不發，竟自床上睡了。十娘心中不悅，乃收拾杯盤，為公子解衣就枕，問道：「今日有何見聞，而懷抱鬱鬱如此？」公子歎息而已，終不啟口。問了三四次，公子已

㊲ 衽席之愛：引伸指男女情愛。

睡去了。十娘委決不下，坐於床頭而不能寐。到夜半，公子醒來，又歎一口氣。十娘道：「郎君有何難言之事，頻頻歎息？」公子擁被而起，欲言不語者幾次，撲簌簌掉下淚來。十娘抱持公子於懷間，軟言撫慰道：「妾與郎君情好，已及二載，千辛萬苦，歷盡艱難，得有今日。然相從數千里，未曾哀戚。今將渡江，方圖百年歡笑，如何反起悲傷？必有其故。夫婦之間，死生相共，有事盡可商量，萬勿諱也。」公子再四被逼不過，只得含淚而言道：「僕天涯窮困，蒙恩卿不棄，委曲相從，誠乃莫大之德也。但反覆思之，老父位居方面，拘於禮法，況素性方嚴，恐添嗔怒，必加黜逐。你我流蕩，將何底止？夫婦之歡難保，父子之倫又絕。日間蒙新安孫友邀飲，為我籌及此事，寸心如割！」十娘大驚道：「郎君意將如何？」公子道：「僕事內之人，當局而迷。孫友為我畫一計頗善，但恐恩卿不從耳！」十娘道：「孫友者何人？計如果善，何不可從？」公子道：「孫友名富，新安鹽商，少年風流之士也。夜間聞子清歌，因而問及。僕告以來歷，並談及難歸之故，渠意欲以千金聘汝。我得千金，可藉口以見吾父母；而恩卿亦得所天[38]。但情不能捨，是以悲泣。」說罷，淚如雨下。十娘放開兩手，冷笑一聲道：「為郎君畫此計者，此人乃大英雄也！郎君千金之資既得恢復，而妾歸他姓，又不致為行李之累，發乎情，止乎禮，誠兩便之策也。那千金在那裡？」公子收淚道：「未得恩卿之諾，金尚留彼處，未曾過手。」十娘道：「明早快快應承了他，不可錯過機會。但千金重事，須得兌足交付郎君之手，妾始過舟，勿為賈豎子[39]所欺。」時已四鼓，十娘即起身挑燈梳洗道：「今日之妝，乃迎新送舊，非比尋常。」於是脂粉香澤，用意修飾，花鈿繡襖，極其華豔，香風拂拂，光采照人。

　　裝束方完，天色已曉。孫富差家僮到船頭候信。十娘微窺公子，欣欣似有喜色，乃催公子快去回話，及早兌足銀子。公子親到孫富船中，回復依允。孫富道：「兌銀易事，須得麗人妝臺為信。」公子又回復了十娘，十娘即指描金文具道：「可便抬去。」孫富喜甚，即將白銀一千兩，送到公子船中。十娘親自檢看，足色足數，

---

[38] 所天：指能仰賴之人，此處指「丈夫」。

[39] 賈豎子：輕蔑的說法稱呼商人。

分毫無爽。乃手把船舷，以手招孫富。孫富一見，魂不附體。十娘啟朱唇，開皓齒道：「方才箱子可暫發來，內有李郎路引⑩一紙，可檢還之也。」孫富視十娘已為甕中之鱉，即命家僮送那描金文具，安放船頭之上。十娘取鑰開鎖，內皆抽屜小箱。十娘叫公子抽第一層來看，只見翠羽明璫，瑤簪寶珥，充牣於中，約值數百金。十娘遽投之江中。李甲與孫富及兩船之人，無不驚詫。又命公子再抽一箱，乃玉簫金管。又抽一箱，盡古玉紫金玩器，約值數千金。十娘盡投之於大江中。岸上之人，觀者如堵。齊聲道：「可惜可惜！」正不知什麼緣故。最後又抽一箱，箱中復有一匣。開匣視之，夜明之珠，約有盈把。其他祖母綠、貓兒眼，諸般異寶，目所未睹，莫能定其價之多少。眾人齊聲喝彩，喧聲如雷。十娘又欲投之於江。李甲不覺大悔，抱持十娘慟哭，那孫富也來勸解。十娘推開公子在一邊，向孫富罵道：「我與李郎備嘗艱苦，不是容易到此。汝以奸淫之意，巧為讒說，一旦破人姻緣，斷人恩愛，乃我之仇人。我死而有知，必當訴之神明，尚妄想枕席之歡乎！」又對李甲道：「妾風塵數年，私有所積，本為終身之計。自遇郎君，山盟海誓，白首不渝。前出都之際，假托眾姊妹相贈，箱中韞藏百寶，不下萬金。將潤色郎君之裝，歸見父母，或憐妾有心，收佐中饋⑪，得終委托，生死無憾。誰知郎君相信不深，惑於浮議，中道見棄，負妾一片真心。今日當眾目之前，開箱出視，使郎君知區區千金，未為難事。妾櫝中有玉，恨郎眼內無珠。命之不辰，風塵困瘁，甫得脫離，又遭棄捐。今眾人各有耳目，共作證明，妾不負郎君，郎君自負妾耳！」於是眾人聚觀者，無不流涕，都唾罵李公子負心薄倖。公子又羞又苦，且悔且泣，方欲向十娘謝罪。十娘抱持寶匣，向江心一跳。眾人急呼撈救。但見雲暗江心，波濤滾滾，杳無蹤影。可惜一個如花似玉的名姬，一旦葬於江魚之腹。

　　三魂渺渺歸水府，七魄悠悠入冥途。

當時旁觀之人，皆咬牙切齒，爭欲拳毆李甲和那孫富。慌得李、孫二人，手足無措，急叫開船，分途遁去。李甲在舟中。看了千金，轉憶十娘，終日愧悔，鬱成狂疾，

⑩ 路引：通行憑證。

⑪ 佐中饋：中饋指妻子，佐中饋指輔助正妻之妾也。

終身不痊。孫富自那日受驚，得病臥床月餘，終日見杜十娘在傍詬罵，奄奄而逝。人以為江中之報也。

　　卻說柳遇春在京坐監完滿，束裝回鄉，停舟瓜步。偶臨江淨臉，失墜銅盆於水，覓漁人打撈。及至撈起，乃是個小匣兒。遇春啟匣觀看，內皆明珠異寶，無價之珍。遇春厚賞漁人，留於床頭把玩。是夜夢見江中一女子，凌波而來，視之，乃杜十娘也。近前萬福，訴以李郎薄倖之事。又道：「向承君家慷慨，以一百五十金相助，本意息肩⑫之後，徐圖報答。不意事無終始；然每懷盛情，悒悒未忘。早間曾以小匣托漁人奉致，聊表寸心，從此不復相見矣。」言訖，猛然驚醒，方知十娘已死，歎息累日。後人評論此事，以為孫富謀奪美色，輕擲千金，固非良士；李甲不識杜十娘一片苦心，碌碌蠢才，無足道者。獨謂十娘千古女俠，豈不能覓一佳侶，共跨秦樓之鳳⑬，乃錯認李公子。明珠美玉，投於盲人，以致恩變為仇，萬種恩情，化為流水，深可惜也！有詩歎云：

　　　不會風流莫妄談，單單情字費人參；若將情字能參透，喚作風流也不慚。

【賞析】

　　在馮夢龍編纂的《情史》卷十四情仇類，收錄〈杜十娘〉一文，文末云：「浙人作〈負情儂傳〉」，指的是明代萬曆年間宋懋澄據民間真實事件所作之〈負情儂傳〉，而馮夢龍以此為藍本，加以改寫為〈杜十娘怒沉百寶箱〉收入他編纂的《警世通言》。經馮夢龍編寫的〈杜十娘怒沉百寶箱〉更具小說家筆法，人物性格藉由對話動作展現，生動而飽滿；情節藉由角色上場、事件推衍，環環相扣起伏跌宕，成為《三言》中出色的名篇。

⑫　息肩：除去肩上重擔歇息時，指等到安排妥當、生活穩定。
⑬　秦樓之鳳：比喻琴瑟和鳴的神仙眷侶，典出弄玉、蕭史故事。相傳秦穆公之女弄玉好樂，而蕭史善吹簫，公以弄玉妻之。蕭史遂教弄玉，簫聲如鳳鳴，更吸引鳳凰來止。公為之作鳳樓，兩人居此樓，不下數年，一日，兩人皆乘鳳飛去。

　　小說一開始就道出誤落風塵的杜十娘「久有從良之志」，因李甲忠厚志誠決心從一而終，小說就此埋下懸念，故事環繞著十娘能否一償宿願與李甲遠走高飛發展。就在十娘與李甲歷經籌款贖身的波折後，讀者以為好事將成，沒料到鼓舌如簧的孫富出現帶來另一波起伏，遭到情人背叛的十娘憤而自沉，命喪江濤之中。

　　十娘遭遇令人感歎，然而細讀故事更能發現其中耐人尋味之處。老鴇對於握於手心的第一名姬落籍，只開出三百兩的要求，看似大意或許早就落入十娘細密的盤算中。十娘要求李甲籌錢，實則早已儲藏贖身銀兩，交出銀兩前，猜測鴇母貪財無義，絕不允許她帶走院內分毫，因此預先備好行資，將寶箱託付姊妹保管。鴇母有悔意，十娘以人財兩失威脅，一則看出十娘將愛情與自由看得比金錢與性命還重，一則展現出十娘熟諳人性之聰慧，一則更突顯為實現「從良之志」的機關用盡。

　　相較於堅決果斷的十娘，李甲的怯懦在小說展露無遺，遭遇難事面對十娘時總是「流涕滿面，不能答一語」。十娘歷經多少公子王孫，閱人無數，卻獨鍾李甲，或許就是因為他初始的「未逢美色」、「撒漫用錢」，一股腦投入戀情的赤誠痴迷。最後當他將十娘轉賣，「十娘微窺公子，欣欣似有喜色」，十娘終於看清李甲將她視為商品，視為累贅麻煩。

　　隱藏的寶箱最後終於開啟，這是十娘心中最深沉的期盼，卻也是最悲哀的矛盾，在金錢面前，十娘的美貌與歌藝，柔順與全心付出都失去效用，金錢發揮十足威力使李甲出賣了十娘。寶箱象徵著救贖與沉淪，風塵數年積攢的財寶讓十娘完成從良之志，卻也是金錢讓她被李甲拋棄。她自身的價值也需要財寶的幫襯，她期待以珍寶得到李甲父親接納，重回她渴望的人倫序列，但是不知情的李甲卻賣了她。更可悲的是，她將一匣一匣的珍寶拋入江中，她竟然得用寶箱（金錢）才能讓李甲幡然悔悟，才能報復孫富與李甲。最後的沉江，成為最極致且哀痛的自我訴說，錢跟命她都不要了，因為她想擺脫被視為玩物、可以用金錢轉讓的宿命。她要的是不被金錢左右的真摯愛情，但是她卻以金錢考驗李甲，證明愛情。

　　李甲未必沒看出十娘的試探，身為一個官家子弟，因囊篋空虛被一介女流掌握

於股掌中，或許這也導致他選擇背棄諾言，因為孫富的話處處說進心坎：「使弟再睹家園之樂」、「承繼家業」，他想找回自我的主導權，想要得到父親寬恕，重返家族羽翼的庇護，甚至重返仕途，而不是浮寓吳越的雅樂。更諷刺的是，看似軟弱的李甲，實則主導著十娘的命運。

　　小說反映晚明以來傳統士儒（李甲）與逐漸興起的商儒（孫富）的社會現象，還反映文人與名妓交往的青樓文化，名妓看似自由，可是她們的身分與身價卻最需要仰賴男性，且大多數女性的社會身分，需通過與男性建立關係而獲得。此外，《情史》最後評述：「女不死不俠，不痴不情，于十娘又何憾焉！」卻無意暴露名教倫理以生命交換聲名的規則，以及男性的凝視，值得與此文參照閱讀。

——陳冠妤老師　撰

【延伸閱讀】

1. 馮夢龍編撰：〈蔣興哥重會珍珠衫〉，收錄於馮夢龍編撰、徐文助校注，《喻世明言》（臺北：三民書局股份有限公司，1998），頁 1-41。
2. 張愛玲：〈傾城之戀〉，收錄於張愛玲，《傾城之戀》（臺北：皇冠文化出版有限公司，1991），頁 187-231。
3. 朱少麟：《傷心咖啡店之歌》（臺北：九歌出版社有限公司，1996）。

單元三

水煙紗漣——
愛上埔里、
在地關懷

劉恒興　編選

明鑑——詠日月潭

向陽

白鶺鴒飛過 lalu ①島的肩胛時
天方才醒轉過來
把月潭的水波留給昨夜咀嚼
而茄苳樹則迎著朝陽
以日潭為鏡
在晨風中梳理亂髮
彷彿白鹿②還奔馳於潭畔小路
翻過山，越過嶺，在山桂花的指點下
眼前奔入一泓明珠
這才睜開了邵族的天空

三百年來，風來過，雨來過
水草搖曳，把日精月華
送到祖靈 paclan ③安居的 lalu
這一切，老茄苳以年輪清楚銘刻
潭畔的山櫻或許也依稀記得
蔓草中深烙的邵人腳印
如何狂奔如何匍匐如何抬起而又跌落
一樁樁心事，且交玉山古月鑑照
明潭本是邵族家鄉
今為臺灣靈魂之窗

① lalu：日月潭中的小島，為邵族祖靈居住地。
② 白鹿：文中所指為邵族世代相傳的白鹿傳說，相傳邵族祖先打獵時追趕白鹿而發現日月潭，並定居於此地。
③ paclan：邵族的最高祖靈。

【賞析】

　　此詩乃向陽在 2007 年擔任「櫻花・詩情・日月潭」徵詩決審委員時，有感而發之作，活動結束後於當年 3 月 27 日發表於《聯合報》副刊。〈明鑑——詠日月潭〉再次展現出向陽對臺灣土地的關懷與省思，以充滿想像的筆調與豐富的畫面感，敘寫邵族的歷史與生存空間，從眼前所見景物回溯傳說，又從過往開展至此刻當下。向陽以「臺語詩」與「十行詩」在詩壇樹立獨特風格，國中時閱讀《楚辭》，《楚辭》以楚語、楚聲記楚地之事的特質顯然在無形中引導他找出自我的寫作路線。

　　向陽出生於南投鹿谷，家鄉日月潭之美景享譽國際，然而此詩並不著重刻寫山光水色，而是在敘說日月潭與邵族之間的牽連。傳說邵族祖先狩獵時追逐白鹿翻山越嶺發現日月潭，祖先帶領族人移居，日月潭從此成為邵族家鄉。潭中小島稱為 lalu（拉魯）島，是邵族的聖地，島上有一株巨壯茂盛的茄苳樹，邵族以此樹象徵族中綿延興旺的生命力。此外，邵族人相信最高祖靈 paclan 就居住在 lalu 島上，凡想學做「先生媽」（邵族語「Misshishi」）的婦女，都必須乘船登島，感受祖靈啟示，得到祖靈應允。「先生媽」是邵族的女性祭司，透過唱唸祭詞咒語與祖靈溝通，首要職責就是主持各項祭典與告祖儀式，是祖靈與族人的重要媒介，也是文化傳承者，正因日常生活與文化祭儀與先生媽、祖靈息息相關，lalu 島在邵族心中的神聖性和象徵意義不可言喻，但 lalu 島在漢人移墾，以及日本人興建水庫後因水位上升，島上族人被迫遷移，逐漸喪失 lalu 島的主權④，人口也大量減少。⑤

---

④ 2012 年，邵族曾登上 lalu 島抗議，要求管理此島的主權。2017 年 4 月 1 日，日月潭管理處應邵族申請，在新任「先生媽」登島舉行儀式時，封閉日月潭碼頭禁航。

⑤ 據原住民族委員會網站 2017 年 4 月的臺閩縣市統計資料，邵族人口總數為 776 人，南投縣共計 417 人。已較瓦歷斯・諾幹在文章中指出的 290 人增長不少。但這幾年中與之增加、移入南投縣或是日月潭一帶的平地人（閩、客等）有多少人，也應一併納入考量。檢索網站：http://www.apc.gov.tw/portal/docDetail.html?CID=940F9579765AC6A0&DID=0C3331F0EBD318C2E375558A9C5F85F5。查詢日期：2017.05.20

　　如今日月潭遊人如織，遊艇往來頻繁，邵族的過往正如傳說中被砍倒的茄苳樹般逐漸衰微；他們的歷史被銘刻在坦露的年輪中，逐鹿而來深烙的腳印亦淹沒於蔓草中。最末兩句，「明潭本是邵族家鄉　今為臺灣靈魂之窗」，道出日月潭替臺灣打開了世界之眼，成為國際間認識與觀看臺灣的一個角度。觀賞聞名於世的美景時卻常忽略背後的人文與歷史意義，因而又回應了第一段末兩句「眼前奔入一泓明珠　這才睜開了邵族的天空」，邵族逐鹿而來，定居此處，在水光照映中開展了他們的生命，潭水清明如鏡，「明鑑」著邵族三百年來所歷經的衝擊與艱困。lalu島和茄苳樹迎著晨光醒來，然而這個被瓦歷斯‧諾幹比喻為珍稀如「熊貓」的邵族，他們的明日是否充滿希望？

　　臺灣近年來致力發展觀光，卻常在各地重複模刻相似的故事與景致，此詩也讓我們反思，觀光與商業對當地的文化與歷史，到底是遮蔽還是保護？向陽在〈立場〉一詩中曾言：「人類雙腳所踏，都是故鄉。」一個地方的歷史與文化，只有在不被忽視與遺忘之下，才能進入生活，隨著人群增添更多活力，產生出更新的文化與自我特色。

——陳冠妤老師　撰

【延伸閱讀】

1. 陳黎：〈白鹿四疊〉，收錄於陳黎，《貓對鏡》（臺北：九歌出版社有限公司，1999），頁 182-188。
2. 廖鴻基：〈魷魚灘〉，收錄於廖鴻基，《大島小島》（臺北：有鹿文化事業有限公司，2015），頁 245-253。
3. 夏曼‧藍波安：〈台灣來的貨輪〉，收錄於夏曼‧藍波安，《冷海情深》（臺北：聯合文學出版社有限公司，1997），頁 185-192。

伊是埔里人

蔡珠兒

「伊是埔里人啦！」

冷雨簌簌的清晨，Ｙ帶我去菜市場，從做批發，滿地筐簍的第二市場，逛到小農擺攤的北環早市。Ｙ是本鎮名人，一路手揮目送，不斷跟人招呼談笑，又熱絡把我介紹給人，最後總是加上這句。

伊是埔里人啦，說的人和聽的人，都充滿自豪。儘管Ｙ沒說我叫什麼名字，就算說了，人家也不知道我是什麼碗糕，但就憑這句話，沿途笑臉相迎，非常招搖風光。

山菜尚青 一碰喀嗞

膏腴之土，潤澤之氣，孕出琳琅美物。看哪，花菜直徑如鍋蓋，芥菜蓬蓬似小樹，蕪菁（結頭菜）肥得像排球，芹菜管粗圓青嫩，過貓蜷曲油翠，高麗菜如巨形玫瑰，層瓣捲裹，花心尖凸（Ｙ告訴我，高山菜才有尖頂，平地種的呈圓頂）。所有的菜都沾露帶土，鮮活生脆，一碰就喀嗞作響，彷彿要出聲說話。

走遍五大洲三大洋，逛過世界各地的菜市場，想不到，最鮮美最動人的，就在我的故鄉啊！

父母都是南投人，我在母親的娘家埔里出生，雖然6歲就來到臺北，求學成長就業，在這盆地住了20多年，可是我做不了臺北人，內心深處，我還是一個埔里人，簡素憨樸，帶著山城的認知和感官。

阿公疼孫 賞枝仔冰

童年最快樂的事，就是寒暑假回埔里，一聽說要去阿公阿嬤家，前晚總是興奮得睡不著覺。那年代，返鄉之路很漫長，先搭火車到臺中，換客運到埔里，再坐三輪車到珠仔山，最後跑過田間阡陌，終於來到刺竹圍繞的老厝，黃狗汪汪亂叫，阿嬤在樹下微笑。怎麼個快樂法，記憶大半已漫漶，但牢牢記得幾樣。爬樹採芭樂，鑽進大灶找貓，在清澈的溝圳摸蜊仔，黃昏在稻埕吃地瓜飯，晚上在田埂照水蛙。

有一次跟著阿公去買菜，他挽藤籃，打赤腳，默默走在前面，日頭炎炎，一隻泥鰍從水田躍起。我們穿過田間，走過隆生橋，好久好久才到埔里街上，阿公買了枝仔冰給我，他自己喝路邊的奉茶桶。

我13歲那年，阿公病逝，阿嬤搬去臺中跟大舅住，從此，再也沒有老家可回。這些年我漂泊海外，回臺時就算多次到埔里，也總匆匆路過，悵然遠望愛蘭橋。

這一趟，終於返鄉，在埔里落腳住了幾天。40多年後，我又來到大街的菜市仔，看著鮮翠芳美的豐饒鄉產，聽著拉長尾韻的獨特鄉音，人情地氣，源源湧來。闊別數十年，這裡已經沒有親戚，鄉情卻暖熱澎湃，譬如Ｙ，和他才認識一天，他就為我領路，又請我去家裡吃早飯。「伊是埔里人」，這身分非但是通行證，簡直是獎賞，深深刻在血緣的勳章。

說起故鄉就忘形，請恕我敝帚自珍，沾沾自喜，然而埔里就是這麼好。生命深處有個故鄉，如原點牽繫彼岸，如寶珠在潭底隱隱發光，是何等的福澤恩賜。埔里，是母親給我最好的資產。

【賞析】

蔡珠兒，一九六一年生於埔里鎮，臺大中文系畢、英國伯明罕大學文化研究系碩士，曾任《中國時報》記者、研究員、資深記者等職，曾獲第二十屆吳魯芹散文獎，著有《花叢腹語》、《南方絳雪》、《雲吞城市》、《紅燜廚娘》、《饕餮書》、《種地書》等散文集。

本文可分成三個段落，分別從人、物、事的角度，表現出山城裡人的熱情、鮮甜的植蔬、溫厚的兒時記憶與豐沛的田園山水。一篇美好的在地書寫，有時會朝名人偉景入筆，歷敘鄉賢或是陳述美景，有時則從地方典故著手，在故事中折疊出歷史深度，本文作者則以緬懷自己的生活經驗切入，娓娓敘來，看似微小的生活斷片，實為故鄉令人愛戀、思念的生活基礎。

一開始作者在友人的介紹下，用「伊是埔里人」點出作者的身分，也呈現出全

文主旨，「埔里人」是作者與鄉親們共同的記憶與連結。作者出生與居住六年的山城，雖然已離開多年，卻在這句話中與自己產生了千絲萬縷、難以斷絕的牽絆。「伊是埔里人」同時帶有口語的日常與趣味性，在地人向本地人介紹曾經在這裡長大的埔里人，讓這句話顯得既親切又陌生。藉由市場中豐饒農產的描繪中，此語也使作者對久違的故土由生疏轉向親近、充滿自豪。雖然自己在山城中只住了短暫的六年，但屬於出生地的母土，始終讓作者帶著回鄉的渴望，「埔里人」彷彿成為一種生命共同體，似乎也象徵埔里物產豐饒與人文薈萃。

第二段以「山菜尚青，一碰喀嗞」為標題，「尚青」方言的使用具在地性，「青」菜雙關語產生視覺效果，青菜採摘時「喀嗞」的清脆聲響，使人聯想埔里植蔬水分飽滿的鮮甜。

接著作者以畫面般的呈現，鋪排各種蔬菜，白描樸素的語言風格，加之以聽覺的擬人化描寫，語言充滿活力。作者從植蔬的飽滿新鮮折射埔里的好山好水，以自身行走世界的經驗證明埔里市場的特別，這種獨特性來自埔里的「簡素憨樸」，也來自作者對出生地的想念。

末段敘述童年寒暑假期間重返埔里時，與阿公出外買菜的經驗。農村的風景「刺竹圍繞的老厝」、「黃狗汪汪亂叫」，以及鄉下的生活「爬樹採芭樂」、「摸蜊仔」、「稻埕上吃地瓜飯」、「枝仔冰」、「奉茶桶」，呈現一幕幕美好的田園風光，而阿嬤的微笑與阿公的疼愛，是故鄉之所以讓人懷念的源頭。文章末了談及儘管人事變遷，但此地令人引以為傲的血脈感，使作者對「埔里人」的稱呼，視為一枚光耀動人的「勳章」，足以驕傲，難以遺忘。

——嚴敏菁老師 撰

【延伸閱讀】

1. 蔡珠兒：《花叢腹語》（臺北：聯合文學，1995）。
2. 黃錦樹：〈在一座島嶼中間〉，《焚燒》（臺北：麥田出版，2007）。
3. 巫永福：〈泥土〉，收錄於巫永福著、沈萌華編：《巫永福全集詩卷 1》（臺北：傳神福音文化事業有限公司，1996）。

水沙連紀程

鄧傳安

　　水沙連歸化生番共二十四社，在彰化縣界外；非與生番互市之社丁不能至，而越界私墾有屬禁焉。嘉慶二十年，今淡水司馬吳樸庵性誠知縣事，因奉檄往逐占墾埔裏社之漢民，作詩以紀其事。越七年而余來為北路理番同知，讀樸庵詩而嘉歎之。適又有熟番潛入者，當事廑涓涓不絕之慮，疊檄申禁。余念非親往不能察實，況佳山水之得自傳聞何如目睹，豈憚險遠而不一行。顧深入異域，未可無衛，於是先次廣盛莊，令眾社丁屬徒百人，益以屯丁四十人，田頭社生番亦率眾來迓，願為先導，乃鞻弓、箙矢、執戈、揚盾以往。

　　過油車坑口，路陡而狹，擎兜上下，如挽如縋。又沿溪行數里，登雞胸嶺。從嶺上望社仔舊社，蓋二十四社之最近者；既被漢民占墾，生番不能禦，俱遷往山內矣。水裏社土目率眾番迓於嶺上。過土地公案五里，皆密樹。過牛勝澤五里，皆修竹陰翳，並不見日，然樹林有濕氣侵人，未若竹林之瀟灑可愛。此入山之最奧處，海外所未見也。過滿丹嶺至田頭社，由奧得曠，心目頓開。兩社番男婦跪迓道旁，裝束不名一狀；見官長皆欣然喜，因留宿焉。時當秋莫，山氣夕佳；社丁指點，兩山相向，形似龜蛇，延佇久之。

　　次早，過水裏社，望見日月潭中之珠仔山①：藍鹿洲《東征集》所紀之水沙連即此。因番未艤舟留俟，回輿暢遊。過貓蘭及審轆，昔為生番兩社，自被占墾，番徙社虛，漢民既逐，鞠為茂草。由審轆而東，穿林下坡，行坑中，兩山聳峙，夾以巨石，溪流湍急，淺處可厲，深處不可涉。登山伐木，推而下之，頃刻成梁，如《左氏傳》之除道梁溠者，以人眾易為力耳；亦有不可梁處，仍擎兜渡水，縱橫灣轉，更險於油車坑。

　　險盡而夷、奧盡而曠，遙見埔裏社，一望皆平原，此界外之最曠處也。埔裏社番及招來諸熟番皆跪迓於路，即延館於覆鼎金山下之番寮。山之高不三丈，登而眺遠，四望如一；乃知二十里平曠，中惟埔裏一社，餘社俱依山。草萊若闢，可得良

---

①　日月潭中的小島，為邵族祖靈居住地。

田千頃。生番不能深耕，薄殖薄收，已有餘糧。即招來之熟番，亦不能如漢人之盡地力。今熟番聚居山下者二十餘家，猶藉當日民人占築之土圍以為蔽，誅茅為屋，器具粗備；官長隨從多人，皆免露處。生番既供薪米，並以牛豕犒眾。聞椎牛屠豕聲，不啻于京斯依之蹌蹌濟濟矣。

明日，以熟番為引導，履勘田原。新墾地不及三十甲，尚未成田；舊墾田十倍於此，早已荒蕪。此地東通秀孤鸞，南連阿里山，北連未歸化之沙里興，為全臺適中之地，而平曠膏腴彷彿內地莆田一縣，真天地自然之美利，惜其越在界外也。民人生齒日繁，番黎生齒日耗，不知何故？余經過處，已見三社為墟，疑他處亦有似此者。過埔裏社，見其番居寥落，不及十室；詢知自被漢民擾害後，社益衰、人益少。鄰近眉裏、致霧、安里萬三社皆強，常與嗜殺之沙里興往來，其情叵測；偪處者實惴惴焉。番性貴貨易土，何所愛於曠土而不招熟番以自衛耶？余既知以番招番之由，仍召四社土目，詰以曠地之可開與否。音須重譯以通，而社丁及熟番之能生番語者各懷私見，互是非；及求得能漢語之生番為通事，乃悉其實。蓋眉裏諸社之不願開，藉口於社仔社之因招墾而亡；其理甚正。埔裏社之孤立自危，不但汲汲招墾，即薙髮為熟番亦所心願，其情可憫矣。且此次越入之熟番，實緣生番招來，異乎當日漢民之強占者。特以開墾不利於社丁，未免俯張其辭，以聞於上。當事慮有奸民混入其中，漸次藏垢納汙，不得不察實申禁耳。余所見已異乎所聞，並逆料熟番之開墾，將來必無成功，不必如往歲實力驅逐；惟諭令具狀，俟歲事既畢各還本社，可以安番眾而復土。官何多求焉！

遂於明日回輿，為水裏社之遊。是歲，道光三年也。

【賞析】

本文選自鄧傳安《蠡測彙鈔》，作者描述親自深入水沙連，處理番社越界屯墾的事宜，並記錄一路上所見風光。清政府治理臺灣時期，對原住民的治理有「以番招番」的政令，本文緣起於道光三年（1823），當時水沙連地區傳出違背政令、越

界侵墾的消息，鄧傳安身為臺灣北路理番同知，負責嘉義以北原住民事務，因此親率民兵前往埔里盆地了解詳情。他將這次撫番而還的過程寫成一篇遊記，一方面記錄協調處理的經過，一方面也記錄沿途所見所聞。從遊記中得以略窺見二百年前埔里的人文風貌，同時也對當時清朝的治理，有一概括認識。文章名為紀程，作者以逐日推進的方式，記錄當時彰化二十四番社之人文風景與自然地理形勢，文中雖未詳述清朝對原住民的管理制度，但從首段鄧氏對番社的好奇與疑慮，以及招募壯丁的描寫來看，清朝對當時被視為生番②的原住民仍屬陌生，也不敢輕忽接觸的風險。對於原住民的管理，類似現今保留地的方式劃歸漢人、生番、熟番的領地，未經許可，不得越界。首段即從查探番人越界為由，開始一連串的紀行。

　　二、三段從作者進入水沙連的路徑為視角，帶領讀者一步步揭開水沙連神祕的面紗，看見原始的山水風光。一路上有「修竹陰翳」的瀟灑，有時茂林「濕氣侵人」，渡河時需「伐木成梁」，有時「擎兜渡水，縱橫瓦轉」，呈現了未經開發的面貌。作者描述埔里社的地形「山之高不三丈，登而眺遠，四望如一。二十里平曠，中惟埔里一社，餘社俱依山。草萊若闢，可得良田千頃。」一望無際的平原在作者的眼中是適合墾殖的沃土。對於埔里社人的描寫「社番及招來諸熟番皆跪迓於路」，當地人的迎接等候，消除了作者於首段的隱憂，鄧氏引用《詩經・大雅・公劉》典故，暗喻辛勤治理後安居樂業的景象。

　　末段為處理熟番越界屯墾的過程，鄧氏深入調查並發現番社間的矛盾，同時試圖調解不睦，也理解番民越界、自我防禦的苦衷，鄧氏賦予自身勤政愛民的形象，在呈報時同時免除外界對番社危險的想像。本文雖不著重文采鋪敘，但行文流暢，記景同時也描述人事，理番的過程可看出清朝對原住民的治理，也讓讀者得以看見水沙連有別於現今的的原始風貌。

——嚴敏菁老師　撰

②「生番」、「熟番」為清治時期對原住民劃分的依據，本文並無不敬之意，請讀者諒察。

【延伸閱讀】

1. 鄧傳安：〈臺灣番社紀略〉，《蠡測彙鈔》，《臺灣歷史文獻叢刊》（南投：臺灣省文獻委員會，1994）。

2. 李欣芸：〈日月潭：水沙漣的月光〉《故事島 4CD》CD2（臺北：風潮音樂，2009）。

3. 孫少英：《水彩日月潭》（南投：日月潭國家風景區，2003）。

單元四

情感的生命——
　春暉與知音的
　　交響

曾守仁　編選

油麻菜籽

廖輝英

　　大哥出生的時候，父親只有二十三歲，而從日本唸了新娘學校，嫁妝用「黑頭仔」轎車和卡車載滿十二塊金條、十二大箱絲綢、毛料和上好木器的母親，還不滿二十一歲。

　　當時，一切美滿得令旁人看得目眶發赤，曾經以豔色和家世，讓鄰近鄉鎮的媒婆踏穿戶限，許多年輕醫生鎩羽而歸的醫生伯的么女兒——「黑貓仔」，終於下嫁了。令人側目的是，新郎既非醫生出身，也談不上門當戶對，僅只是鄰鎮一個教書先生工專畢業的兒子而已。據說，醫生伯看上的是新郎的憨厚，年輕人那頭不曾精心梳理的少年白，使他比那些梳著法國式西裝頭的時髦醫生更顯得老實可靠。

　　婚後一年，一舉得男，使連娶六妾而苦無一子的外祖父，笑得合不攏嘴；也使許多因希望落空而幸災樂禍，準備瞧「黑貓仔」好看的懸著的心霎時攤了下來。

　　那樣的日子不知持續了幾年，只知道懂事的時候，經常和哥哥躲在牆角，目睹父親橫眉豎目、摔東擲西，母親披頭散髮、呼天搶地。有好多次，母親在劇戰之後離家，已經學會察顏觀色，不隨便號哭的哥哥和我，被草草寄放在村前的傅嬸仔家。三五天後，白髮蒼蒼的外祖父，帶著滿臉怨惱的母親回來，不多話的父親，在沒有說話的外祖父跟前，更是沒有半句言語。翁婿兩個，無言對坐在斜陽照射的玄關上，那財大勢大「嚇水可以堅凍」的老人，臉上重重疊疊的紋路，在夕陽斜暉中，再也不是威嚴，而是老邁的告白了。老人的沉默對女婿而言，與其說是責備，毋寧是說在哀求他善待自己那嬌生慣養的么女吧，然而，那緊抿著嘴的年輕人，那裡還是當年相親對看時，老實而張惶得一屁股坐在臉盆上的那一個呢？

　　我拉著母親的裙角，迤迤邐邐伴送外祖父走到村口停著的黑色轎車前，老祖父回頭望著身旁的女兒，喟歎著說：

　　「貓仔，查某囡仔是油麻菜籽命，做老爸的當時那樣給你挑選，卻沒想到，揀呀揀的，揀到賣龍眼的。老爸愛子變作害子，也是你的命啊，老爸也是七十外的人了，還有幾年也當看顧你，你自己只有忍耐，尪不似父，是沒辦法挺寵你的。」

　　我們回到家時，爸爸已經出去了。媽媽摟著我，對著哥哥斷腸的泣著：

「憨兒啊！媽媽敢是無所在可去？媽媽是一腳門外，一腳門內，為了你們，跨不開腳步啊！」

那樣母子哭成一團的場面，在幼時是經常有的，只是，當時或僅是看著媽媽哭，心裡又慌又懼的跟著號哭吧？卻那裡知道，一個女人在黃昏的長廊上，抱著兩個稚兒哀泣的心腸呢？

大弟出生的第二年，久病的外祖父終於撒手西歸。媽媽是從下車的公路局站，一路匍匐跪爬回去的。開弔日，爸爸帶著我們三兄妹，楞楞的混在親屬中，望著哭得死去活來的母親。我是看慣了她哭的，然而那次卻不像往日和爸爸打架後的哭，那種傷心，無疑是失去了天底下唯一的憑仗那樣，竟要那些已是未亡人的姨娘婆們來勸解。

爸爸是戴孝的女婿，然而和匍匐在地的媽媽比起來，他竟有些心神不屬。對於我們，他也缺乏耐性，哭個不停的大弟，居然被他罵了好幾句不入耳的三字經。一整日，我怯怯的跟著他，有時他走得快，我也不敢伸手去拉他的西褲。我後來常想，那時的爸爸是不屬於我們的，他只屬於他自己，一心一意只在經營著他婚前沒有過夠的單身好日子，然而，他竟是三個孩子的爸呢。或許，很多時候，他也忘了自己是三個孩子的爸吧。

可是，有時是否他也曾想起我們呢？在他那樣忙來忙去，很少在家的日子，有一天，居然給我帶了一個會翻眼睛的大洋娃娃。當他揚著那金頭髮的娃娃，招呼著我過去時，我遠遠的站著，望住那陌生的大男人，疑懼參半。那時，他臉上，定然流露著一種寬容的憐惜，否則，許多年後，我怎還記得那個在鄉下瓦屋中，一個父親如何耐心的勸誘著他受驚的小女兒，接受他慷慨的餽贈？

六歲時，我一邊上廠裡免費為員工子女辦的幼稚園大班，一邊帶著大弟去上小班；而在家不是幫媽媽淘米、擦拭滿屋的榻榻米，就是陪討人嫌的大弟玩。媽媽偶然會看著我說：

「阿惠真乖，苦人家的孩子比較懂事。也只有你能幫歹命的媽的忙，你哥哥是男孩子，成天只知道玩，一點也不知媽的苦。」

其實我心裡是很羨慕大哥的。我想哥哥的童年一定比我快樂，最起碼他能成天在外呼朋引伴，玩遍各種遊戲；他對愛哭的大弟沒耐性，大弟哭，他就打他，所以媽也不叫他看大弟；更幸運的是，爸媽吵架的時候，他不是在外面野，就是睡沉了吵不醒。而我總是膽子小，不乾脆，既不能丟下媽媽和大弟，又不能和村裡那許多孩子一樣，果園稻田那樣肆無忌憚的鬼混。

哥哥好像也不怕爸爸，說真的，有時我覺得他是爸爸那一國的，爸爸回來時，經常給他帶「東方少年」和「學友」，因為可以出借這些書，他在村裡變成人人巴結的孩子王。有一回，媽媽打他，他哭著說：「好！你打我，我叫爸爸揍你。」媽聽了，更發狠的揍他，邊氣喘吁吁的罵個不停：「你這不孝的夭壽子！我十個月懷胎生你，你居然要叫你那沒見笑的老爸來打我，我先打死你！我先打死你！」打著打著，媽媽竟大聲哭了起來。

七歲時，我赤著腳去上村裡唯一的小學。班上沒穿鞋的孩子不只我一個，所以我也不覺得怎樣。可是一年下學期時，我被選為班長，站在隊伍的前頭，光著兩隻腳丫子，自己覺得很覺覷。而且班上沒穿鞋的，都是家裡種田的。我回家告訴媽媽：「老師說，爸爸是機械工程師，家裡又不是沒錢，應該給我買雙鞋穿。她又說，每天赤腳穿過田埂，很危險，田裡有很多水蛇，又有亂草會扎傷人。」

媽媽沒說話。那天晚飯後，她把才一歲大的妹妹哄睡，拿著一支鉛筆，叫我把腳放在紙板上畫了一個樣，然後拿起小小的紫色包袱對我說：

「阿惠，媽媽到臺中去，你先睡，回來媽會給你買一雙布鞋。」

我指著包袱問：

「那是什麼？」

「阿公給媽媽的東西，媽去賣掉，給你買鞋。」

那個晚上，我一直半信半疑的期待著，拚命睜著要闔下來的眼皮，在枕上傾聽著村裡唯一的公路上是否有公路局車駛過。結果，就在企盼中迷迷糊糊的睡著了。

第二天醒來時，枕邊有一雙絳紅色的布面鞋，我把它套在腳上，得意揚揚的在榻榻米上踩來踩去。更高興的是，早餐時，不是往常的稀飯，而是一塊一福堂的紅豆麵包，我把它剝成一小片一小片的，從周圍開始剝，剝到只剩下紅豆餡的一小塊，才很捨不得的把它吃掉。

那以後，媽媽就經常開箱子拿東西，在晚上去臺中，第二天，我們就可以吃到一塊紅豆麵包。而且，接下來的好幾天，飯桌上便會有好吃的菜，媽媽總要在這時機會教育一番：

「阿惠，你是女孩子，將來要理家，媽媽教你，要午時到市場，人家快要收市，可以買到便宜東西，將來你如果命好便罷，如果歹命，就要自己會算計。」

漸漸的，爸爸回來的日子多了，不過他還是經常在下班後穿戴整齊的去臺中；也還是粗聲粗氣的在那只有兩個房間大的宿命裡，高扯著喉嚨對著媽媽吼。他們兩人對彼此都沒耐性，那幾年，好像連平平和和的和對方說話都是奢侈的事。長久處在他們那「厝蓋也會掀起」的吵嚷裡，吵架與否，實在也很難分辨出來。然而，父親橫眉豎目，母親尖聲叫罵，然後，他將她揪在地上拳打腳踢的場面，卻一再的在我們的眼前不避諱的演出著。

日子就這樣低緩的盪著，有一回，看了爸爸拿回的薪水袋，媽媽當場就把它摜在榻榻米上，高聲的罵著：

「你這沒見笑的四腳的禽獸！你除了養臭女人之外，還會做什麼?! 這四個孩子如果靠你，早就餓死了！一千多塊的薪水，花得只剩兩百，怎麼養這四個？在你和臭賤女人鬼混時，你有沒有想到自己的孩子快要餓死了？現世啊！去養別人的某！那些雜種囝仔是你的子嗎？難道這四個卻不是？」

他們互相對罵，我和弟妹縮在一角，突然，爸爸拿著切肉刀，向媽媽丟過去！

刀鋒正好插在媽媽的腳踝上，有一刻，一切似乎都靜止了！直到那鮮紅的血噴湧而出，像無數條歹毒的赤蛇，爬上媽媽白皙的腳背，我才害怕的大哭起來。接著，弟妹們也跟著號哭；爸爸望著哭成一團的我們三個，悻悻然跂著木屐摔門出去。媽媽沒有流淚，只是去找了許多根煙屁股，把捲菸紙剝開，用菸絲敷在傷口上止血。

那一晚，我覺得很冷，不斷夢見全身是血的媽媽。我哭著喊著，答應要為她報仇。

升上二年級時我仍然是班上的第一名，並且當選為模範生。住在同村又同班的阿川對班上同學說：

「李仁惠的爸爸是壞男人，他和我們村裡一個女人相好，她怎樣能當模範生呢？」

我把模範生的圓形勳章拿下來，藏在書包裡，整整一學期都不戴它，而且從那時開始，也不再和阿川講話。每天，我仍然穿著那雙已經開了口的紅布鞋，甩著稻稈，穿過稻田去學校。但是，我真希望離開這裡，離開這個有壞女人和背後說我壞話的同學啊。一定有一個地方，那裡沒有人知道爸爸的事，我要帶媽媽去。

有一晚，我在睡夢中被一種奇怪的聲音吵醒。睜開眼，聽著狂風暴雨打在屋瓦和竹籬外枝枝葉葉的可怖聲音，身旁的哥哥和弟妹都沉沉睡著。黑暗中我聽到媽媽細細的聲音喚我，我爬過大哥和弟妹，伏在媽媽的身邊，媽媽吃力的說：

「阿惠，媽媽肚子裡的囝仔壞了，一直流血。你去叫陳家嬸仔和傅家嬸仔來幫忙，你敢不敢去？本來要叫你阿兄的，可是他睡死了，叫不醒。」

媽媽的臉好冰，她要我再拿一疊草紙給她。我一骨碌爬起來，突然覺得媽媽會死去，我大聲說：

「媽媽，你不要死！我去找伊們來，你一定要等我！」

我披上雨衣，赤著腳跨出大門。村前村後搖晃的尤加利樹，像煞了狂笑得前俯

後仰的巫婆。跑過曬穀場時，我也顧不得從前阿川說的這裡鬧鬼的事，硬著頭皮衝了過去。我跌了跤，覺得有鬼在追。趕快爬起來又跑。雨打在瞳裡，痛得張不開眼來。一腳高一腳低的跑到傅家，拚死命敲開門，傅家嬸嬸叫我快去叫陳家的門，讓陳嬸仔先去幫忙，她替我去請醫生。

於是，我又跑過半個村子，衝進陳家的竹籬笆，他家那隻大狗，在狗籠裡對我狂吠著。陳嬸仔聽完我的話，拿了支手電筒，裹上雨衣，跟著我出門。

「可憐哦。你老爸不在家嗎？」

我搖搖頭，她望著我也搖搖頭。走在她旁邊，我突然覺得全身的力量都使完了，差一點就走不回去。

醫生走了以後，媽媽終於沉沉睡去，陳嬸仔說：

「歹命啊，嫁這種尪討歹命，今天若無這個八歲囡仔，伊的命就沒啦。」

「伊那個沒天良的，也未知在那裡匪類呢？」

我跪在媽媽旁邊，用手摸她的臉，想確定她是不是只是睡去。傅嬸仔拉開我的手，說：

「阿惠，你媽好好的，你去睡吧。阿嬸在這裡看伊，你放心。」

媽媽的臉看來好白好白，我不肯去裡間睡，固執的趴在媽旁邊望住她，不知怎的，竟也睡去了。

那一年的年三十，年糕已經蒸好，媽一邊懊惱發糕發得不夠膨鬆，表示明年財運又無法起色；一邊嘀咕著磨亮菜刀，準備要去把那頭養了年餘的公雞抓來宰掉。就在這時，家裡來了四、五個大漢，爸爸青著臉被叫了出來。他們也不上屋裡，就坐在玄關上，既不喝媽媽泡的茶，也不理媽媽的客套，只逼著爸爸質問：

「也是讀冊人，敢也賽做這款歹事？」

「旁人的某，敢也賽睏？這世間，敢無天理？」

「像這款，就該斬後腳筋！」

那幾個人怒氣填膺的罵了一陣，爸爸在一旁低垂著頭，媽媽紅著眼，跌坐一旁，低聲不斷的說著話。吵嚷了一個上午，我無聊的坐在後院中看著那隻養在那兒的大公雞，牠兀自伸直那兩隻強健的腿子，抖著脖子在啄那隻矮腳雞。唉，今天大概不殺牠了，否則媽媽最少也會給我一支大翅膀。我傷心的轉頭去看那一群明年七月十五才宰得了的臭頭火雞，唉，過年喲，別說新衣新鞋了，連最起碼的白切肉和炒米粉也吃不到！那些粗裡粗氣的人，究竟什麼時候才走！

那像番仔的大弟開始嗚嗚哭了起來，我肚子餓得沒力氣理他，何況我自己也很想哭，所以我仍舊坐在後院子裡，動也沒動。他開始大聲的哭，大哥用手摀他的嘴，他就哭得更大聲，大哥啪的一下子就給他一巴掌，於是他嘩的一下子，喧天價響的哭了開來，把原來乖乖躺著的妹妹嚇哭了！

媽媽走過去，順手就打了大哥一巴掌，又狠狠的對著我罵：「你死了喲，阿惠！」

我只好不情願的爬上榻榻米，一邊抱起妹妹，一邊罵了那番仔大弟：「你死了喲，阿新！」

唉，這叫什麼過年嘛？

就在我們這樣鬧成一團時，那幾個人站了起來，領頭的說：

「這款天大地大的歹事，兩千塊只是擦個嘴而已。要不是看在你們四個囝仔也要過年的分上，今天也沒這麼便宜放你要了。這款見笑歹事，要要也得做夠面子，今晚七點在我厝裡等你們，別忘了要放一串鞭炮。過時那誤了，大家翻面就歹看了。」

爸媽跪在玄關上目送他們揚長而去。轉入屋裡，媽媽逕自走進廚房，拿起才蒸好的軟軟的年糕，在砧板上切成一片一片的。爸爸站了會，訥訥的跟進廚房，說：

「晚上的錢，要想想辦法。」

媽媽的聲音，一下子像豁了出去的水，兜頭就嚷：

「想辦法？！歹事是你做的，收尾就自己去做。查某是你睏的，遮羞的錢自己去設法！只由著你沒見沒笑的放蕩，囝仔餓死沒要緊？你呀算人喔？你！」

媽媽一開了罵，便沒停的，邊罵邊掉眼淚。年糕切了半天，也沒見她放進鍋裡。爐門仍用破布塞著，不趕快拿開來，爐火怎麼會旺呢？可是她那樣生氣，我也不敢多嘴多舌的提醒她。

好不容易煎好了年糕，媽媽又去皮箱裡搜了半天，紅著眼睛用包袱包起一大包的東西，爸爸推出那輛才買不久的「菲力浦」二十吋鐵馬，站在前門等媽媽。媽媽對哥哥和我說：

「阿將、阿惠，媽媽出去賣東西，當鐵馬，拿錢給人家。你們兩個大的要把小的顧好，餓了先吃年糕，媽媽回來再煮飯給你們吃。卡乖咧，聽到沒？」

我望著他們走出去，很想問媽還殺不殺那隻公雞，結果沒敢出口。只問大哥：

「阿兄，『當』是什麼？」

「憨頭！就是賣嘛！賣東西換錢的意思，這也不懂！」

那天到很晚的時候，爸媽才回來。當然，那隻公雞也就沒有殺了。晚上，我們吃的是媽媽煮的鹹稀飯。沒拜拜，當然也就沒有好吃的菜了，不過那隻公雞反正是逃不掉的，早晚總要宰了牠，這樣想著，我還是在沒有壓歲錢的失望中，懷著一絲安慰睡著了。

開學以後，媽媽幫哥哥和我到學校去辦轉學，想到要離開這個地方，我高興得顧不得從前發的誓，跑到阿川面前，對他放下一句話：

「哼！我們要搬到臺北去了！」

看到他那副吃驚的笨蛋樣子，我得意揚揚的跑開，什麼東西嘛！愛說人家壞話的臭頭男生。

搬到臺北，我們租的是翠紅表姨的房子。媽媽把那些火雞和土雞，養在抽水泵浦旁邊；又在市場買了幾隻美國種的飼料雞，據說這種雞長得快，四個月就可以下蛋，以後我們不必花錢就可以吃到那貴得要命的雞蛋了。

爸爸買了一輛舊鐵馬，每天騎著上下班。他現在回家的時候早了，客廳裡張著一幅畫框，他得空的時候，常常穿著短褲，拿著各種顏料在那兒作畫。左鄰右舍有看到的，經常來要畫，爸爸一得意，越畫越起勁。媽雖然沒叫他不畫，但卻經常撇撇嘴說：「未賺吃的剝頭歹事，有什麼用？」有時心情不好，也會怨懟：「別人的尪，想的是怎麼賺吃，讓某、子過快活日子。你老爸啊，只拿一份死薪水，每個月用都用不夠。」

雖然這樣，我還是很高興經常可以見到爸爸在家，而且，現在他也較少和媽媽打架了。他很少和我說話，我想，他不知道怎樣跟我說話吧，從小，我就是遠遠看著他的。不過，他倒是常常牽著小弟，抱著妹妹，去買一角錢一支的「豬血粿」，回來總沒忘了給哥哥和我一人一支。

大哥和我一起插班進入過了橋的小學，他上五年級，我讀三年級。當時，小學惡補從三年級就已經開始，全班除了五、六個不準備升學的同學，必須幫老師做些打雜的事之外，其餘清一色都要參加聯考，因此，也都順理成章的參加補習，因為許多正課，根本都是在補習才教的。

轉了學，才發現臺北的老師出的功課都是參考書上的，在鄉下，我們根本連參考書都沒聽過。當時參考書一本要十幾塊錢，大哥是高年級，比較接近聯考，一學期必須買好幾種，家裡一下子拿不出那麼多，媽媽便決定先買他的。結果，連續三、四個禮拜，我每天都因沒做功課而挨老師用粗籐條打手心，當時，老師一定以為我這鄉下來的孩子「不可教」吧？

每到月底，老師便宣佈「明天要繳補習費」，第二天，看著六十多名同學，一個個排隊到講臺上去繳補習費，當時的行情價是三十塊錢一個月，有錢的繳到兩百塊、一百塊不等。我羞赧的坐在那裡，眼看著壯觀的隊伍逐漸散去，然後硬著頭皮

聽老師大聲宣佈還沒繳錢的名字。接下來的一兩個禮拜，幾乎每天都要讓老師點到名，到最後，往往只剩我一個沒繳，實在熬不過了，我便和媽媽商量：

「我不要補習了。」

「很多功課，老師不是都在補習的時候才教？」

我點點頭，說：

「我也不一定要考初中。」

「你要像媽媽一世人這款生活嗎？」媽陡地把臉拉下來，狠狠地數說了我一頓：

「沒半撇的查某，將來就要看查埔人吃飯。如果嫁到可靠的，那是伊好命沒話講，要是嫁個沒責沒任的，看你將來要吃沙啊。媽媽也不是沒讀過冊的，說起來還去日本讀了幾年。少年敢沒好命過？但是，嫁尪生囝，拖累一生，沒去到社會做事，這半世人過得跟人沒比配……」

「可是，」我捏著衣角，囁嚅著：「補習費沒繳，老師每天都叫名字，大家都轉頭來看我，好像我是個臭頭仔。」

「過兩日讓你繳，媽媽準備二十塊銀。」

「人家都繳三十塊，那是最少的。」

「有繳就好了，減十塊銀也沒辦法，我們窮啊。」

每個月的補習費就是在這種拖拖拉拉的情況下勉強湊出去的。常常，我才繳了上個月的，同學們又開始繳下個月的了。被老師指名道姓在課堂宣讀，和讓同學側目議論的差恥，不久就被每次月考名列前茅的榮譽扯平了。

第二年，哥哥以一點五分之差，考上第二志願，雖有點遺憾，但媽總還是高興的吧？那是她的頭生子啊。一個鄉下孩子，從五年級下學期才接觸到補習和參考書，能擠進省中窄門，連一向溫吞著不管孩子事的爸爸，似乎也很樂呢。只是，為了張

羅兩百多塊錢的省中學費和幾十塊錢的制服費，媽媽畢竟是擠破了頭的。爸爸像鴕鳥一樣，沒事人似的躲著，儘管媽媽扯著喉嚨屋前屋後「沒路用」的罵了不下千百遍，他還是躲在牆角，若無其事的畫著他的畫。

那幾年，媽每天天濛濛亮就到屋外去生火，先是我們用過的三兩張揉成團的簿本紙張，再架上劈得細細的柴，最上面才是生煤炭，等我們起床時，桌上已擺著兩碗加蓋的剛煮熟的白飯，哥哥碗裡是兩只雞蛋，我碗裡僅有一只。

這種差別，媽媽的解釋是，哥哥是男孩子，正在長，飯吃得多，所以蛋多一只。

有一回，我把拌著蛋的飯吃掉，剩下兩口白飯硬是不肯吃掉，媽媽罵著說：

「討債啊，阿惠，你知道一斤米多少錢嗎？」

「是怎樣我不能吃兩粒蛋？」我嘀咕著：「雞糞每晚都是我倒的，阿兄可沒侍候過那些雞仔。」

媽楞住了，好半晌才說：

「你計較什麼？查某囝仔是油麻菜籽命，落到那裡就長到那裡。沒嫁的查某囝仔，命好不算好。媽媽是公平對你們，像咱們這麼窮，還讓你唸書，別人早就去當女工了。你阿兄將來要傳李家的香火，你和他計較什麼？將來你還不知道姓什麼呢？」

媽聲音慢慢低了下去，收起碗筷轉身就進去。

自那次以後，我學會沉默的吃那拌著一只蛋的飯，也不再去計較為什麼我補習回來，還要做那麼多家事，而哥哥卻可以成天游泳、打籃球，連塊碗也不必洗了。

聯考前的那兩年，功課逼得很緊，我在學校盡本分的唸著，回家除了做功課，就不再啃書了。想到每次註冊費都要籌得家裡劍拔弩張的，媽媽光是填補每月不夠的家用和哥哥的學費就已那樣拚了命的，所以那兩年，在心底深處，我是懷著考不取就不要唸的心事過的。

　　六年級時，我參加全校美術比賽得了第一名，獲得一盒二十四色的水彩和兩支畫筆，得意揚揚的回去獻寶。正在洗碗的母親，突然把眼一翻，厲聲說：

　　「你以為那是什麼好歹事？像你那沒出脫的老爸，畫、畫、畫，畫出了金銀財寶嗎？以後你趁早給我放了這破格的東西！」

　　沒想到母親會生那麼大氣，挨了一頓罵，連那一向買不起的獎品看來也挺沒趣的。以後，我參加作文比賽、壁報比賽，都再也不回家說嘴了。那時，我每回拿回成績單，媽看過蓋上章子，既不問這個月怎麼退成第二名，也不誇這個月拿了第一。我無趣的想，唸好唸壞又有什麼關係？反正也沒人在意。在這樣不落力的情況下，也不曾參加老師晚間再加的補習，而成績卻始終在第三名前徘徊著。

　　初中聯考放榜那天，母親把正在午睡的我罵醒：

　　「你睏死了嗎？收音機都播一個下午了，那準沒考上，看你還能安穩睏得像豬一樣！」

　　我爬起來，站到隔壁家的門廊上去聽廣播，站得腿都快斷了，還在播男生的板中。我既不敢折回家，又不知要等到何時，正在躊躇，卻見遠遠爸爸騎著鐵馬回來，還沒到家門口，就高興的嚷：

　　「考取了！考取了！」

　　媽從屋裡出來，著急但沒好氣的說：

　　「誰人不知考取了，問題是考取那一間？」

　　「第一志願啦，我早就知是第一志願啦，」爸停好鐵馬，眉飛色舞的招我回去：

　　「報紙都貼出來啦，你家這要聽到當時？」

　　那幾天大概是最風光的日子了。一向不怎麼拿我的事放在嘴上說的父親，不知為什麼那麼高興，一再重複的對別人說：

「比錄取分數加好幾分呢，作文拿了二十五分，真高呢。」

媽媽是否也高興呢，她從不和任何人說，只像往常一樣忙來忙去。輪到我做的家事，也並不因聯考結果而倖免。

那一陣子，爸接了幾件機械製圖工作，事先也沒和人言明收費多少，媽一罵他「不會和人計較」，他便一副很篤定的樣子：「不會啦，不會啦，人家不會讓我們吃虧啦。」結果畫了幾個通宵，拿到的卻是令爸爸自己也瞠目的微少數目。從此，他也就不怎麼熱中去接製圖工作了。

註冊時，爸爸特地請了假，用他的鐵馬載我去學校。整整一個上午，我們在大禮堂的長龍裡，排隊過了一關又一關。爸爸不知怎的，閒不住似的拚命和周圍的家長攀談，無非是問人家考幾分，那個國小畢業的。每當問到比我低分的，便樂得什麼似的對我說：「你看，差你好幾分，差一點就去第二志願。」量制服時，他更是合不攏嘴，一再的說：「全臺北市只有你們穿這款色的制服。」

那天中午，爸爸帶我去吃了一碗牛肉麵，又塞給我五塊錢，然後叮嚀我說：

「免跟你老母講啦。這個帳把伊報在註冊費裡就好。」

我雖覺得欺騙那樣節省的媽媽很罪過，但是想到這一向那般拮据，好不容易才有機會對女兒表示這樣如童稚般真切的心意的爸爸時，我只有悶聲不響了。

開學後，爸爸對我的功課比我自己還感興趣，每看到我拿著英文課本在唸，他就興致勃勃的說：

「來！來！爸爸教你！」

然後拿起課本，忘我的用他那日式發音一課一課的唸下去，直到媽媽開了罵：

「神經！囡仔在讀冊，你在那邊吵！囡仔明早要考試，你是知麼？」

初中那些年，爸爸對於教我功課，顯得興致勃勃，那時他最常說的話就是：「阿

惠最像我！」要嘛就是：「阿惠的字水，像我。」反正好的、風光的都像他。而媽媽總是毫不留情的潑他冷水：「像你就衰！像你就沒出脫！」

那幾年，爸爸應該是個自得其樂的漢子吧？他常常塞給我幾毛錢，然後示意我不要講。有幾次，看著他把錢拙劣的藏在皮鞋裡，我就預卜一定會被媽媽搜出，果然不錯，那以後，他又東藏西匿，改塞在其他自以為安全的地方。或許是藏匿時時間緊迫、心慌意亂，或許是藏多了竟至健忘，每當事過境遷，他要找時，往往遍尋不著，急得滿頭大汗，不惜冒著挨罵遭損的危險，開口詢問媽媽。結果，不是爆發一場口角，就是大家合力幫他找尋，然後私房錢又順理成章的繳了庫。所以，我雖深知他手邊常留點私用錢，給自己買包舊樂園香煙，或者給孩子幾毛錢，但我總不忍心跟媽媽講，或者是因他那分顢頇的童稚，或竟是覺得他那樣沒心機、沒算計、實在不值得人家再去算計他吧。

儘管小錢不斷，但孩子註冊的時候，每每就是父親最窘迫的時候。事情逼急了，媽媽要我們向爸爸要。他往往會說：

「向你老母討。」

「媽媽叫我跟你討。」

「我哪有？薪水都交給伊了，我又不會出金！」

如果我們執拗的再釘上一句，他準會冒火：

「沒錢免讀也沒曉！」

碰了釘子回來，一次次的，竟覺得父親像頭籠中獸，找不到出口闖出來。他是個落拓人，只合去浪蕩過自己的日子，要他負起一家之主的擔子，便看出他在現實生活中的無能。他太年輕就結婚，正如媽媽太早就碎夢一樣，兩個懷著各自的無邊夢境的人，都不知道怎樣去應付粗糙的婚姻生活。

日子在半是認命、半是不甘的吵嚷中過去。三十七歲時，媽媽又懷了小弟。每天，她挺著肚子的身影，時而蹲在水龍頭下洗衣服，時而在屋裡弄這弄那，蹣跚而

心酸的移動著。臨盆前，我拿出存了兩年多，一直藏在床底下的竹筒撲滿，默默遞給媽媽。她把生鏽了的劈柴刀拿給我，說：

「錢是你的，你自己劈。」

言未畢，自己就哭了起來。

一刀劈下，嘩啦啦的角子撒了一地。我那準備要參加橫貫公路徒步旅行隊的小小的夢，彷彿也給劈碎了似的。然後，母女倆對坐在陰暗的廚房一隅，默默的疊著那一角錢、兩角錢……。

日子怎會是這樣的呢？

初中畢業時，我同時考取了母校和女師，母親堅持要我唸女師，她說：

「那是免費的，而且查某囡仔讀那麼高幹什麼？又不是要做老姑婆。有個穩當的頭路就好。」

不知那是因我長那麼大，第一次忤逆母親，堅持自己的意思；還是那年開始父親應聘到菲律賓去，有了高出往常好多倍的收入，母親最後居然首肯了讓我繼續升高中的意願。

那些年，一反過去的坎坷，顯得平順而飛快。遠在國外的父親，自己留有一份足供他很愜意的再過起單身生活的費用。隔著山山水水，過往尖銳的一切似乎都和緩了。每週透過他寄回的那些關懷和眷戀的字眼，他居然細心的關顧到家裡的每一個人。偶然，他迢迢託人從千里外，指名帶給我們一些不十分適用的東西；或者，用他那雙打過我們、也牽過我們的手，層層細心的包裹起他憑著記憶中我們的形象買來的衣物，空運回來。

媽媽時而叨念著他過去不堪的種種，時而望著他的信和物，半是嗔怨，半是無可奈何的哂笑著。然而，這樣的日子有什麼不好？居然我們也有了能買些並不是必須的東西的餘錢了。她也不必再為那些瑣瑣碎碎的殘酷生計去擠破頭了。

　　然後，當我考上媽媽那早晚一炷香默禱我千萬一定能進入的大學時，她竟衝著成績單撇撇嘴：

　　「豬不肥，肥到狗身上去。」

　　真是一句叫身為女孩的我洩氣極了的話。

　　然而，她卻又像忘了自己說過的話，急急備辦起鮮花五果，供了一桌，叫我跪下對著菩薩叩了十二個響頭。在香煙氤氳中，媽媽那張輪廓鮮明的臉，肅穆慈祥，猶如家中供奉的那尊觀世音，靜靜的俯看著跪下的我。

　　我仍是傻傻的，不怎麼落力的過著日子，既不爭要什麼，也不避著什麼。像別人一樣，我也兼做家教，寫起稿子，開始自己掙起錢來，在那不怎麼繽紛的大學四年裡，我半兼起「長姐如母」的職責，這樣那樣的拉拔著那一串弟妹；母親，則不知何時，開始勤走寺廟，吃起長齋，做起半退休的主婦，那「紅塵」中的兒女諸事，自然就成了我要瓜代的職務了。

　　父親輝煌的時期已過，回國以後，他早過了人家求才的最高年限，憑著技術和經驗，雖也謀定職業，然而，總是有志難伸吧，他顯得缺乏常性，人也變得反覆起來。有時，他會在下班換車時，到祖師廟裡去為媽媽買份素麵回來，殷勤的催著她趁熱快吃；有時卻又為了她上廟吃齋的事大發雷霆，做勢要將供桌上的偶像砸毀。有時，他耐性十足的逐句為媽媽講解電視上的洋片和國語劇；有時卻又對母親來北後因長期困守家中，居然連公車也不會坐，最起碼的國語也不能講而訕笑生氣。經過了苦難的幾十年，媽媽仍然說話像劈柴，一刀下去，不留餘地，一再結結實實的重數父親當年的是是非非；父親，竟也相當不滿於母親無法出外做事，為他分勞的瘖默，而怨歎憤懣。一個是背已佝僂、髮蒼齒搖的老翁，一個是做了三十年拮据的主婦，髮白目茫的老婦，吵架的頻率和火氣，卻仍不亞於年輕夫婦。三十年生活和彼此的折磨下來，他們仍沒有學會不懷仇恨的相處。那一切的一切，竟似那般毫無代價的發生？所有的傷害，竟也是聲討無門的肆虐嗎？

　　那些年，大哥不肯步父親的後塵去謀拿一份死薪水的工作，白手逞強的為創業

擠得頭破血流，無暇顧家，很自然的，那分責任就由我肩挑。說起來是幸運，也是心裡那分要把這個家拉拔得像人樣的固執驅策著，畢業後的那幾年，我一直拿著必須辛苦撐持的高薪，剩下來的時間又兼做了好幾分額外工作，陸陸續續掙進了不少金錢，家，恍然間改觀了不少。

然而，個性一向平和的我，闖蕩數年，性子裡居然也冒出了激越的特色，在企業部門裡，牝雞司晨的崢嶸頭角，有時竟也傷得自己招架不住；從前，那種半是聽天由命的不落力的生活，這會兒竟變得異常迢遙。

而母親也變了，或者僅只是露出她婚前的本性，或者是要向命運討回她過去貧血的三十年，她對一切，突然變得苛求而難以滿足。僅僅是衣著，便看出她今昔極端的不同。從前，為兒女蓬頭垢面、數年不添一件衣服、還曾被誤為是為人燒飯的下女的她，現在每逢我陪她上布肆，挑上的都是瑞士、日本進口的料子；我自己買來裁製上班服的衣料，等閒還不入她的眼。如此幾趟下來，我居然也列名大主顧之中，每逢新貨上市，布行一個電話就搖到辦公室去。我總恃著自己精力無限，錢去了好歹會再來；而且實在的，也覺得過往那些年，媽媽太委屈了，往後的日子，難道還可能再給她三十年？我做得到的，又何必那樣吝惜？因此，一季季的，我總是帶上大把鈔票，在媽媽選購後大方的付帳。

媽媽自己不會上街，因此，不但她的，即連父親的襯衫、西褲、毛衣、背心，也是我估量著尺寸買的。媽媽是自以為已是半在方外的人，除了擺不脫紅塵中的愛恨嗔怨之外，許多現實中瑣碎的事，她早已放手不管，所以，每當為自己買了一件衣服，總也不忘為妹妹添購一件。那幾年，真的十足是個管家婆，不僅管著食衣住行，而且許是自己從前要什麼沒什麼，匱乏太過，所以當自己供得起時，居然婆婆媽媽到逼著弟妹們在課餘去學這學那，唯恐他們將來像自己一樣，除了讀書，萬般皆休，人顯得拘謹而無趣；或竟至到擔心他們一技不精，還要他們多學幾樣，以確保將來無虞。想想，難道我竟也深隱著類似媽媽的恐懼嗎？

在那種日子裡，又怎由得你不拚命賺錢？

　　而母親，是否窮怕了呢，還是已瀕臨了「戒之在得」的老境，竟然養成了旦夕向我哭窮的習慣，有時甚至還拿相識者的女兒加油添醋的說嘴，提到人家怎麼能幹又如何孝順，言下之意，竟是我萬千不是似的。

　　數年前，我意外動了一次大手術，在病床上身不由己的躺了四十天，手術費竟還是朋友張羅的。在那種心身俱感無助的當兒，我才發現毫無積蓄是一件多可怕的事！至此，我才開始瞞著母親，在公司搭會。但是，她竟精明也多疑到千方百計的盤查，為我藏私而極不痛快。當時，她攢聚的私房錢不下數十萬，卻從不願去儲存銀行，只重重鎖在她的衣櫃深處；她把錢看得重過一切，家裡除了她疼至心坎的大哥之外，任何人向她要錢，總有一分好罵，而且最後往往慳吝的打折出手，甚至不甘不願，遠遠的把錢丟到地板，由著要錢的人在那兒咬牙切齒。

　　那些年，她的性子隨著家境好轉而變壞，老老小小，日日總有令她看不順眼的地方，她尖著嗓門、屋前屋後的謾罵著，有時幾至無可理喻的地步。那些小的，往往三言兩語就和她頂撞起來，口舌一生，母親就一把眼淚一把鼻涕的哭自己命苦。一個人忤逆了她，往往就累得全家每一個人都被她輪番把老帳罵上好幾天。我是怕了那夜以繼日的吵嚷，所以，誰不順她，我就說誰；而我也學會了她罵時，左耳進右耳出的涵養，避免還嘴。弟妹們往往怨怪我「縱壞了她」，又譏諷我是「愚孝」，讓她有樣可比，顯得弟妹們不孝。然而，為著從前她的種種，如今又有什麼不能順她的？我們都欠她啊。

　　那十年裡，我交往的對象個個讓她看不順眼，有時她對著電話筒罵對方，有時把豪雨造訪的人擋駕在門外；在我偶然遲歸的夜裡，她不准家人為我開門，由著我站在闃黑的長巷中，聽著她由四樓公寓傳下來一句一句不堪的罵語……而我已是二十好幾的大人了呀。然而，她應該還是愛我的吧？在別人都忤逆她時，她會突然記起，只有這個女兒知道她的苦衷；儘管我甚少在家吃飯，買菜時，她總不忘經常給我買對腰子；很多晚上，在我倦極欲眠時，她走進我的房間，絮叨著問這問那，睡眼朦朧中，我彷彿又看到考上大學後，我拈香叩頭時所瞥見的那張類似觀音的慈母的臉。

其實，那麼多年，對於婚姻，我也並非特別順她，只是一直沒有什麼人讓我掀起要結婚的激情罷了。我僅是累了，想要躲進一個沒有爭吵和仇恨，而又不必拚命衝得頭破血流的環境而已。母親一再舉許多親友間婚姻失敗的例子，尤其是拿她和父親至今猶在水火不容的相處警告我：

「不結婚未定卡幸福，查某囡仔是油麻菜籽命，嫁到歹尪，一世人未出脫，像媽媽就是這樣。像你此時，每日穿得水水的去上班，也嘸免去款待什麼人，有什麼不好？何必要結婚？」

走過三十餘年的淚水，母親的心竟是一直長期泊在莫名的恐懼深淵。在她篤信神佛、巴結命運的垂暮之年，一切仍然不盡人意。兄弟們的事業、交遊、婚姻，無一不大大忤逆她的心意；而最令她不堪的是，她一心一意指望傳續香火的三個兒子，都因受不住家裡那種氣氛而離家他住，沒有一個留下來承歡膝下。女兒再怎麼，對她而言，終究不比兒子，兒子才是姓李的香火呀。婚姻，叫她怎能恭維？

不巧就在這時，我也做了結婚的決定。媽媽許是累了，或者是我堅持的緣故，她竟沒有非常劇烈的反對，到後來允肯時表現的虛弱和無奈，甚至叫我不忍。事情決定以後，她只一再的說：

「好歹總是你的命，你自己選的呀。」

婚禮訂得倉卒，我也不在乎那些枝枝節節，只是母親拿著八字去算時辰後，為了婚禮當日她犯沖，不能親自送我出門而懊惱萬分：

「新娘神最大，我一定要避。但是，查某囡我養這麼大，卻不能看伊穿新娘服，還只能做福給別人，讓別人扶著她嫁出門，真不值得。」

為了披著白紗出門時，母親不能親送的事，我比她更難過，她曾在那樣困苦的數十年中，護翼我成長成今天這個樣子，無論如何，都是該她親自送我出門的。依我的想法，新娘神再大，豈能大過母親？

然而，母親寧願相信這些。

婚禮前夕，我盛裝為母親一個人穿上新娘禮服。母親蹲在我們住了十餘年的公寓地板上，一手摩搓著曳地白紗，一頭仰望著即將要降到不可知田裡去的一粒「油麻菜籽」。

我用戴著白色長手套的手，撫著她已斑白的髮；在穿衣鏡中，竟覺得她是那樣無助、那樣衰老，幾乎不能撐持著去看這粒「菜籽」的落點。我跪下去，第一次忘情的抱住她，讓她靠在我胸前的白紗上。我很想告訴她說，我會幸福的，請她放心，然而，看著那張充滿過去無數憂患的，確已老邁的臉，我卻只能一再的叫著：媽媽，媽媽！

【賞析】

廖輝英臺大中文系畢業後，在「臺灣錢淹腳目」經濟起飛的七〇年代前後，歷經幾份資歷顯赫的工作專饋原生家庭，後來搬出老家、創業結婚。爾後，廖輝英在八〇年代初期懷孕安胎期間寫下〈油麻菜籽〉這部自傳性質濃厚的短篇小說①。這份寫作的現實意義是一深受母親影響下的女兒，在成為初次擁有自己孩子的母親時，梳理母女之間犧牲與愛、嫉羨與感恩等情感關係，並回溯其中女性主體掙扎自主獨立的過程：

① 廖輝英此篇作品獲得 1982 年時報文學小說首獎。楊照指出其女性作家的細節寫實風格，見楊照《夢與灰燼：戰後文學史散論二集》（臺北：聯合文學，1998 年），頁 194-195。范銘如指出其小說呈現臺灣「八〇年代的社會脈動」，一方面「並未輕估現代社會裡社會傳統思維給女性的壓力」；另一方面「在女性意識抬頭與突破傳統性別論述」之中，突顯了轉型時期女性的處境。見范銘如《眾裡尋她：臺灣女性小說縱論》，（臺北：麥田出版社，2002），頁 164-165。論者還有如須文蔚等亦重視廖輝英、李昂作品中「書寫女性」的意義與重要性。見須文蔚主編《文學@臺灣：11 位新銳臺灣文學研究者帶你認識臺灣文學》（臺北：國立臺灣文學館，2008），頁 192。另，論者如張誦聖、蔡英俊指出廖輝英在〈油麻菜籽〉及其後的小說創造中，對都會現代性的反省較弱、作品與商品消費同步的疑慮。見黃錦樹、張錦忠編《重寫臺灣文學史》（臺北：麥田出版社，2007），頁 184-185、子宛玉編《風起雲湧的女性主義批評》（臺北：谷風出版社，1988），頁 354-361。

一、母親：歹命查某

　　廖輝英從女兒的視角觀察母親在貧賤夫妻生活中不相讓於夫的強勢之下，是身為女兒身而命定的被原生家庭精神流放的缺憾，以及為子獨撐的辛酸。廖輝英細細的指認母親身心各處的傷痕：兒子作為其父國士卒的言語刺激、在夫妻關係中是被拋置的器具。更甚的不只是家暴場景中腳踝上的刀傷，還有其在雨夜裡微弱的呼聲：「媽媽肚子裡的囝仔壞了，一直流血……」②全家只有廖輝英回應了母親的求助聲。因而，「歹命」雖是外人對其母的定位與母親自我應驗的咒語，然而廖輝英在其中看到了母親的犧牲，也因此決定了對母親的愛。

二、女兒：金雞母・工蜂

　　小說中重要的轉折是一家人從鄉村搬到臺北生活，母親在捉襟見肘的城市生活中仍堅持女兒去補習，冀望她不要受限於仰賴男人的生活。但是，文中描述到母親到臺北租屋之後的首件事是圈養下蛋的母雞，後來工作能力好的女兒亦成為母親的金雞母。然而，即使會嫉羨母親赤裸的對長兄的偏愛，以及長兄所享有的自由，廖輝英透過小說中的女兒自白自己感染著與母親同樣對匱乏的恐懼，因此自願繼承母親的職務，不遺餘力的以自己的翅膀庇護原生家庭。

　　廖輝英更進一步的刻畫幾乎變成女兒的母親，因為前半生被生活拖磨得既脆弱也尖銳，導致在後半生自我修補的方式是以累積外在的物質來自我保護，然而無論成年後的女兒如何勤勞賺錢顧家，依然消弭不了母親內在的不安之感。因而，在小說的後半部，廖輝英筆下的母親是蟄居的女王蜂，而女兒則是戮力鞏固巢穴的工蜂，必須不藏私的全然獻上所有努力的成果。而女王蜂所指示的效忠清單更嚴格規定工蜂不准擁有任何自然的情動。

三、母女之間的空間距離：油麻菜籽的豐原與荒原

　　小說的結局是母親終究放手讓女兒去追求她一直詛咒的婚姻之路。「油麻菜籽」

---

② 廖輝英《油麻菜籽》（臺北：九歌出版社，2013），頁18。

作為貫串全文的意象在尾聲也轉出雙重的意蘊：植物的「種籽」與女性的「身體」，是被動包孕未知（孽緣、孽種），亦有主動孕育希望的無限可能。

然而，文本並不只是以女兒婚姻的自主來象徵主體的自由。以廖輝英〈我的文學路〉對照來看〈油麻菜籽〉，③其指出與母親實際發生的齟齬，是她認為〈油麻菜籽〉無法繞離的核心問題，這也是必須檢視小說結尾重複加重出現：「媽媽，媽媽！」的原因。

筆者認為，女兒對母親未竟的呼喚：「媽媽，媽媽！」需對讀小說中兩個母親缺席之處，一個是小說中描述成年的自己獨自承受手術（廖輝英在〈我的文學路〉中寫道是卵巢手術），對照小說前半部年幼的女兒勇敢為母親流產奔走呼救的場景，其中的落差與張力不可忽視。另一個是，母親沒有親自出席女兒的婚禮。在母親對女兒近似捨棄的空無與缺席的空間裡，母親再次重複了傳統對女性主體的棄逐。因而，廖輝英嘗試透過聲聲的呼喚，召喚已然被淘空靈魂的母親，透過擁抱嘗試封印其中的空洞。

回到文本末兩段關於「油麻菜籽」的意象裡，跳脫從母親視角對女性命運的悲觀投射之外，有更多其他的可能：那意味著油麻菜籽從傳統家庭與現代職場的間隙中的轉身，在「降」與「落」的動態中創造出空間來，投身飛翔於一片不可知的荒原之中，如同廖輝英在現實中以文字開墾出的一片寫作空間。

──張雅婷老師　撰

---

③ 廖輝英：〈我的文學路〉，網址：http://blog.roodo.com/pddf2/archives/2049765.html

【延伸閱讀】

1. 佐野洋子著、陳系美譯《靜子》（臺北：無限出版，2014）。
2. 楊索《我那賭徒阿爸》（臺北：聯合文學，2017）。
3. 陳夏民採訪、撰文，陳藝堂攝影《主婦的午後時光——15 段人生故事 x15 種蛋炒飯的滋味》（臺北：群星文化，2016）。
4. 艾莉絲．孟若著，張讓譯《感情遊戲》（臺北：時報文化，2003）。
5. 莎拉．布萊弗．赫迪著，蘇絢譯《母性》（臺北：新手父母出版，2004）。

父後七日

劉梓潔

今嘛你的身軀攏總好了，無傷無痕，無病無煞，親像少年時欲去打拚。

葬儀社的土公仔虔誠地，對你深深地鞠了一個躬。

這是第一日。

我們到的時候，那些插到你身體的管子和儀器已經都拔掉了。僅留你左邊鼻孔拉出的一條管子，與一只虛妄的兩公升保特瓶連結，名義上說，留著一口氣，回到家裡了。

那是你以前最愛講的一個冷笑話，不是嗎？

聽到救護車的鳴笛，要分辨一下啊，有一種是有醫～有醫～，那就要趕快讓路；如果是無醫～無醫～，那就不用讓了。一干親戚朋友被你逗得哈哈大笑的時候，往往只有我敢挑戰你：如果是無醫，幹嘛還要坐救護車？！

要送回家啊！

你說。

所以，我們與你一起坐上救護車，回家。

名義上說，子女有送你最後一程了。

上車後，救護車司機平板的聲音問：小姐你家是拜佛祖還是信耶穌的？我會意不過來，司機更直白一點：你家有沒有拿香拜拜啦？我僵硬點頭。司機候地把一卷卡帶翻面推進音響，南無阿彌陀佛南無阿彌陀佛南無阿彌陀佛南無阿彌陀佛。

那另一面是什麼？難道哈利路亞哈利路亞哈利路亞哈利路亞？！我知道我人生最最荒謬的一趟旅程已經啟動。

（無醫～無醫～）

我忍不住，好想把我看到的告訴你。男護士正規律地一張一縮壓著保特瓶，你

的偽呼吸。相對於前面六天你受的各種複雜又專業的治療，這一最後步驟的名稱，可能顯得平易近人許多。

這叫做，最後一口氣。

到家。荒謬之旅的導遊旗子交棒給葬儀社、土公仔、道士，以及左鄰右舍。（有人斥責，怎不趕快說，爸我們到家了。我們說，爸我們到家了。）

男護士取出工具，抬手看錶，來！大家對一下時喔，十七點三十五分好不好？

好不好？我們能說什麼？

好。我們說好。我們竟然說好。

虛無到底了，我以為最後一口氣只是用透氣膠帶黏個樣子。沒想到拉出好長好長的管子，還得劃破身體抽出來，男護士對你說，大哥忍一下喔，幫你縫一下。最後一道傷口，在左邊喉頭下方。

（無傷無痕。）

我無畏地注視那條管子，它的末端曾經直通你的肺。我看見它，纏滿濃黃濁綠的痰。

（無病無痛。）

跪落！葬儀社的土公仔說。

我們跪落，所以我能清楚地看到你了。你穿西裝打領帶戴白手套與官帽。（其實好帥，稍晚蹲在你腳邊燒腳尾錢時我忍不住跟我妹說。）

腳尾錢，入殮①之前不能斷，我們試驗了各種排列方式，有了心得，折成 L 形，搭成橋狀，最能延燒。我們也很有效率地訂出守夜三班制，我妹，十二點到兩點，我哥兩點到四點。我，四點到天亮。

鄉紳耆老組成的擇日小組，說：第三日入殮，第七日火化。

半夜，葬儀社部隊送來冰庫，壓縮機隆隆作響，跳電好幾次。每跳一次我心臟就緊一次。

半夜，前來弔唁的親友紛紛離去。你的菸友，阿彬叔叔，點了一根菸，插在你照片前面的香爐裡，然後自己點了一根菸，默默抽完。兩管幽微的紅光，在檀香裊裊中明滅。好久沒跟你爸抽菸了，反正你爸無禁無忌，阿彬叔叔說。是啊，我看著白色菸蒂無禁無忌矗立在香灰之中，心想，那正是你希望。

第二日，我的第一件工作，校稿。

葬儀社部隊送來快速雷射複印的訃聞。我校對你的生卒年月日，校對你的護喪妻孝男孝女胞弟胞妹孝姪孝甥的名字你的族繁不及備載。

我們這些名字被打在同一版面的天兵天將，倉促成軍，要布鞋沒布鞋，要長褲沒長褲，要黑衣服沒黑衣服。（例如我就穿著在家習慣穿的短褲拖鞋，校稿。）來往親友好有意見，有人說，要不要團體訂購黑色運動服？怎麼了？！這樣比較有家族向心力嗎？

如果是你，你一定說，不用啦。你一向穿圓領衫或白背心，有次回家卻看到你

---

① 入殮，也就是「納棺」。三日而殮的習俗，源自古禮，《禮記・問喪》云：「或問曰：死三日而后斂者何也？曰：孝子親死，悲哀志懣，故匍匐而哭之，若將復生然，安可得奪而斂之也。故曰三日而后斂者，以俟其生也；三日而不生，亦不生矣。孝子之心亦益衰矣；家室之計，衣服之具，亦可以成矣；親戚之遠者，亦可以至矣。是故聖人為之斷決以三日為之禮制也。」見漢・鄭玄注；唐・孔穎達疏：《禮記正義》，收錄於《十三經注疏》整理委員會整理，《十三經注疏》（北京：北京大學出版社，2000），頁 1792。

大熱天穿長袖襯衫，忍不住虧你，怎麼老了才變得稱頭？你捲起袖子，手臂埋了兩條管子。一條把血送出去，一條把血輸回來。

開始洗腎了。你說。

第二件工作，指板②。迎棺③。乞水④。土公仔交代，迎棺去時不能哭，回來要哭。這些照劇本上演的片場指令，未來幾日不斷出現，我知道好多事不是我能決定的了，就連，哭與不哭。總有人在旁邊說，今嘛毋駛哭，或者，今嘛卡緊哭。我和我妹常面面相覷，滿臉疑惑，今嘛，是欲哭還是不哭？（唉個兩聲哭個意思就好啦，旁邊又有人這麼說。）

有時候我才刷牙洗臉完，或者放下飯碗，聽到擊鼓奏樂，道士的麥克風發出尖銳的咿呀一聲，查某囝來哭！如導演喊 action ！我這臨時演員便手忙腳亂披上白麻布甘頭⑤，直奔向前，連爬帶跪。

神奇的是，果然每一次我都哭得出來。

第三日，清晨五點半，入殮。葬儀社部隊帶來好幾落衛生紙，打開，以不計成

② 為避免屍體腐爛，喪家需立刻準備棺材，即「指板」，或稱「放板」、「買大厝」或「放板仔」。見林明義，《臺灣冠婚葬祭家禮全書》（臺北：武陵出版社，1988），頁 178。

③ 又稱「接棺」，需至少兩人吹嗩吶護送棺材回喪家，途中遇十字路口、橋頭等處，需放置銀紙及紅布一條（稱作「放紙」）。待棺材扛到喪家門前，所有親人都要穿著孝服在門前啼哭，以迎接棺材進門。見洪惟仁，《臺灣禮俗語典》（臺北：自立晚報社，1993），頁 263。林明義：《臺灣冠婚葬祭家禮全書》，頁 178。

④ 又稱「請水」，是為了要幫死者沐浴。孝子孝孫穿上孝服以後，排成行列，到溪畔汲水。「乞水」一定要汲流水（活水），不可汲井水（死水），後來為求權變改為在戶外放一桶水作代替。孝男將陶罐放在地上，跪著向水公、水婆燒銀紙，以兩個銅板擲筊祈求水公、水母答應供水後，將銅板丟入水中作為買水錢，才能將水舀回家使用。「乞水」回到喪家門口，還需先跨過焚燒的銀紙，才能進家門。見洪惟仁，《臺灣禮俗語典》，頁 257。

⑤ 又稱「頭白」、「箃頭」，指白色喪帽。見徐福全，〈喪禮儀節〉，《禮儀民俗論述專輯——喪葬禮儀篇》，鍾福山主編（臺北：內政部，1994），頁 99-102。

本之姿一疊一疊厚厚地鋪在棺材裡面。土公仔說，快說，爸給你鋪得軟軟你卡好睏哦。我們說，爸給你鋪得軟軟你卡好睏哦。（吸屍水的吧？！我們都想到了這個常識但是沒有人敢說出來。）

子孫富貴大發財哦。有哦。子孫代代出狀元哦。有哦。子孫代代做大官哦。有哦。唸過了這些，終於來到，最後一面。

我看見你的最後一面，是什麼時候？如果是你能吃能說能笑，那應該是倒數一個月，爺爺生日的聚餐。那麼，你跟我說的最後一句話是什麼？無從追考了。

如果是你還有生命跡象，但是無法自行呼吸，那應該是倒數一日。在加護病房，你插了管，已經不能說話；你意識模糊，睜眼都很困難；你的兩隻手被套在廉價隔熱墊手套裡，兩隻花色還不一樣，綁在病床邊欄上。

攏無留一句話啦！你的護喪妻，我媽，最最看不開的一件事，一說就要氣到哭。

你有生之年最後一句話，由加護病房的護士記錄下來。插管前，你跟護士說，小姐不要給我喝牛奶哦。我急著出門身上沒帶錢。你的妹妹說好心疼，到了最後都還這麼客氣這麼節儉。

你的弟弟說，大哥是在虧護士啦。

第四日到第六日。誦經如上課，每五十分鐘，休息十分鐘，早上七點到晚上六點。這些拿香起起跪跪的動作，都沒有以下工作來得累。

首先是告別式場的照片，葬儀社陳設組說，現在大家都喜歡生活化，挑一張你爸的生活照吧。我與我哥挑了一張，你蹺著二郎腿，怡然自得貌，大圖輸出。一放，有人說那天好多你的長輩要來，太不莊重。於是，我們用繪圖軟體把腿修掉，再放上去。又有人說，眼睛笑得瞇瞇，不正式，應該要炯炯有神。怎麼辦？！我們找到你的身分證照，裁下頭，貼過去，終算皆大歡喜。（大家圍著我哥的筆記型電腦，直嘖嘖稱奇：今嘛電腦蓋厲害。）

接著是整趟旅程的最高潮。親友送來當作門面的一層樓高的兩柱罐頭塔。每柱由九百罐舒跑維他露Ｐ與阿薩姆奶茶砌成，既是門面，就該高聳矗立在豔陽下。結果曬到爆，黏膩汁液流滿地，綠頭蒼蠅率隊佔領。有人說，不行這樣爆下去，趕快推進雨棚裡，遂令你的護喪妻孝男孝女胞弟胞妹孝姪孝甥來，搬柱子。每移一步，就砸下來幾罐，終於移到大家護頭逃命。

尚有一項艱難至極的工作，名曰公關。你龐大的姑姑阿姨團，動不動冷不防撲進來一個，呼天搶地，不撩撥起你的反服母及護喪妻的情緒不罷休。每個都要又拉又勸，最終將她們撫慰完成一律納編到摺蓮花組。

神奇的是，一摸到那黃色的糙紙，果然她們就變得好平靜。

三班制輪班的最後一夜。我妹當班。我哥與我躺在躺了好多天的草蓆上。（孝男孝女不能睡床。）

我說，哥，我終於體會到一句成語了。以前都聽人家說，累嘎欲靠北，原來靠北真的是這麼累的事。

我哥抱著肚子邊笑邊滾，不敢出聲，笑了好久好久，他才停住，說：幹，你真的很靠北。

第七日。送葬隊伍啟動。我只知道，你這一天會回來。不管三拜九叩、立委致詞、家祭公祭、扶棺護柩，（棺木抬出來，葬儀社部隊發給你爸一根棍子，要敲打棺木，斥你不孝。我看見你的老爸爸往天空比劃一下，丟掉棍子，大慟。）一有機會，我就張目尋找。

你在哪裡？我不禁要問。

你是我多天下張著黑傘護衛的亡靈亡魂？（長女負責撐傘。）還是現在一直在告別式場盤旋的那隻紋白蝶？或是根本就只是躺在棺材裡正一點一點腐爛屍水正一滴一滴滲入衛生紙滲入木板？

火化場，宛如各路天兵天將大會師。領了號碼牌，領了便當，便是等待。我們看著其他荒謬兵團，將他們親人的遺體和棺木送入焚化爐，然後高分貝狂喊：火來啊，緊走！火來啊，緊走！

我們的道士說，那樣是不對的，那只會使你爸更慌亂更害怕。等一下要說：爸，火來啊，你免驚惶，隨佛去。

我們說，爸，火來啊，你免驚惶，隨佛去。

第八日。我們非常努力地把屋子恢復原狀，甚至習俗中說要移位的床，我們都只是抽掉涼蓆換上床包。

有人提議說，去你最愛去的那家牛排簡餐狂吃肉（我們已經七天沒吃肉）。有人提議去唱好樂迪，但最終，我們買了一份蘋果日報與一份壹週刊。各臥一角沙發，翻看了一日，邊看邊討論哪裡好吃好玩好腥羶。

我們打算更輕盈一點，便合資簽起六合彩。08。16。17。35。41。

農曆八月十六日，十七點三十五分，你斷氣。四十一，是送到火化場時，你排隊的號碼。

（那一日有整整八十具在排。）

開獎了。17、35中了，你斷氣的時間。賭資六百元（你的反服父、護喪妻、胞妹、孝男、兩個孝女共計六人每人出一百），彩金共計四千五百多元，平分。組頭阿叔當天就把錢用紅包袋裝好送來了。他說，臺彩特別號是53咧。大家拍大腿懊悔，怎沒想到要簽？！可能，潛意識裡，對我們還是太難接受的數字，我們太不願意再記起，你走的時候，只是五十三歲。

我帶著我的那一份彩金，從此脫隊，回到我自己的城市。

有時候我希望它更輕更輕，不只輕盈最好是輕浮。輕浮到我和幾個好久不見的大學死黨終於在搖滾樂震天價響的酒吧相遇。我就著半昏茫的酒意把頭靠在他們其

中一人的肩膀上往外吐出煙圈，順便好像只是想到什麼的告訴他們。

欸，忘了跟你們說，我爸掛了。

他們之中可能有幾個人來過家裡玩，吃過你買回來的小吃名產。所以會有人彈起來又驚訝又心疼地跟我說，你怎麼都不說我們都不知道？

我會告訴他們，沒關係，我也經常忘記。

是的，我經常忘記。

於是它又經常不知不覺地變得很重，重到父後某月某日，我坐在香港飛往東京的班機上，看著空服員推著免稅菸酒走過，下意識提醒自己，回到臺灣入境前記得給你買一條黃長壽。

這個半秒鐘的念頭，讓我足足哭了一個半小時。直到繫緊安全帶的燈亮起，直到機長室廣播響起，傳出的聲音，彷彿是你。

你說：請收拾好您的情緒，我們即將降落。

——本文選自《父後七日》，劉梓潔著，寶瓶文化事業股份有限公司

【賞析】

劉梓潔以不斷分行的形式，使全篇散文呈現跳躍與斷裂感，呼應作者面對喪父之痛的生命感知。文章基於作者對她父親七天葬儀的追記，但她刻意剔除無謂的雜事、瑣事，僅留下對作者造成強烈的情感衝擊的事件，使得全篇讀來意象格外鮮明。〈父後七日〉同時並置帶有矛盾、衝突、和諧、緊張等不同情緒，以及混雜國語、臺語的語言風格，具現作者內在的混亂、失衡。此外，或許與作者大學就讀社教系新聞組的專業訓練有關，她冷靜的觀察，並以簡潔筆法描繪、記錄殯葬儀式的繁文縟節，故文中保留臺灣傳統習俗之樣貌。此相對的是，作者及家族中每個成員透過

共同進行的祭拜儀式，似乎也得以安頓各自內在情感與外在生活秩序。這種以乾淨簡練、簡短文字將讀者帶進特定情境之中的手法，是劉梓潔的寫作特徵之一，她在接下來無論是寫旅行、說親情、談戀愛、啖美食等各類行主題的創作中，皆能道出原本看似簡單微小的生活中巨大的片段荒謬，同時又以爆破的哭笑聲將之一筆帶過，藉此帶領讀者們一同探尋，生活的本質究竟為何。以劉梓潔為代表的新世代作家，已然擺脫上世紀末端時，略帶緊繃的情緒的女性小說創作，不再拘泥於需要自我解釋、填補意義的女性身分，而自信地將對自我生命的體悟、對社會家國議題的思考融入其創作之中。

此外，〈父後七日〉中若有似無、卻又揮之不去的父親意象，暗示著作者感情上的某種匱乏與嚮往。作者對父親的眷戀，經常在她記憶各處浮現，「父親」似乎代表著一種救贖、一種心靈底層的穩定力量。「父親」在作者的人生故事中，不斷產生作用，也成為她生命中的祕密所在。〈父後七日〉雖然常以幽默、調侃、嘲弄、反諷的語調，描述守喪七日的悲傷與荒謬，但在文中仍能感受到作者暗藏於荒誕文字背後的深沉哀傷，及對父親的永恆懷念。〈父後七日〉觸及生命中經常被忘卻的本質、內核，促使讀者思考自己生命歷程中迷惘騷亂。藉由經歷成長過程中的各種碰撞，正視所遇到的各種傷害後，方能以此為基礎而更加成長、茁壯。

在劉梓潔〈父後七日〉中，親人的死亡促使作者回憶與父親間的相處細節，一方促使她思考生命的奧義，同時，這些情感與記憶成為她繼續前行的動力之一。我們可以進一步思考：家人、親情等對我們來說代表著什麼？而我們又該如何看待自我，乃至整體生命的意義呢？

──林小涵老師　撰

【延伸閱讀】

1. 平路：《袒露的心》（臺北：時報文化,，2017）。
2. 簡媜：《誰在銀閃閃的地方,等你:老年書寫與凋零幻想》（新北：INK 印刻文學,2013）。
3. 卡繆(Albert Camus)著；張一喬譯：《異鄉人》（臺北:麥田出版,2009）。
4. 米蘭・昆德拉(Milan Kundera)著、尉遲秀譯：《生命中不能承受之輕》（臺北:皇冠,2004）。
5. 張作驥編導：《爸……你好嗎？》（臺北:張作驥電影工作室,2010）。

聊齋誌異・封三娘

蒲松齡

　　范十一娘，醮城祭酒之女。少豔美，騷雅尤絕①。父母鍾愛之，求聘者輒令自擇，女恆少可。

　　會中元日，水月寺中諸尼，作「盂蘭盆會」②。是日，遊女如雲，女亦詣之。方隨喜③間，一女子步趨相從，屢望顏色，似欲有言。審視之，二八絕代姝也；悅而好之，轉用盼注④。女子微笑曰：「姊非范十一娘乎？」答曰：「然。」女子曰：「久聞芳名，人言果不虛謬。」十一娘亦審里居，女答言：「妾封氏，第三，近在鄰村。」把臂歡笑，詞致溫婉，於是大相愛悅，依戀不捨。十一娘問：「何無伴侶？」曰：「父母早世，家中止一老嫗，留守門戶，故不得來。」十一娘將歸，封凝眸欲涕。十一娘亦惘然，遂邀過從，封曰：「娘子朱門繡戶，妾素無葭莩親⑤，慮致譏嫌。」十一娘固邀之，答：「俟異日。」十一娘乃脫金釵一股贈之，封亦摘髻上綠簪為報。十一娘既歸，傾想殊切。出所贈簪，非金非玉，家人都不之識，甚異之。日望其來，悵然遂病。父母訊得故，使人於近村諮訪，並無知者。

　　時值重九⑥，十一娘羸頓⑦無聊，倩侍兒強扶窺園，設褥東籬⑧下。忽一女子攀垣⑨來窺，覘⑩之，則封女也。呼曰：「接我以力！」侍兒從之，驀然遂下。

① 騷雅尤絕：具備賦詩寫作的文才。
② 盂蘭盆會：梵語盂蘭盆，指解救倒懸之苦。相傳此節日或出於目蓮救母，佛教徒於農曆七月十五日以百味五果，供養十方眾僧，以救先人之苦。民間於此日也有超渡祖先亡靈及餓鬼道眾生的普渡法會。
③ 隨喜：參觀遊覽寺院。
④ 轉用盼注：轉過身來注目凝看。
⑤ 葭莩親：葭莩，ㄐㄧㄚ　ㄈㄨ／，蘆葦中的薄膜，用葭莩之親比喻關係疏遠的親戚。此處指兩人無親誼，非親非故。
⑥ 重九：農曆九月九日重陽節。此日習俗要登高、佩茱萸、飲菊花酒，避凶難求長壽。
⑦ 羸頓：羸，ㄌㄟ／。指瘦弱憔悴。
⑧ 東籬：典出陶淵明〈飲酒詩〉其五：「採菊東籬下，悠然見南山。」後人多以東籬代指種菊之處。
⑨ 攀垣：攀上圍牆。
⑩ 覘：ㄓㄢ，窺望、察看。

十一娘驚喜，頓起，曳⑪坐褥間，責其負約，且問所來，答云：「妾家去此尚遠，時來舅家作耍。前言近村者，緣舅家耳。別後懸思頗苦，然貧賤者與貴人交，足未登門，先懷慚怍，恐為婢僕下眼覷⑫，是以不果來。適經牆外過，聞女子語，便一攀望，冀是小姐，今果如願。」十一娘因述病源，封泣下如雨，因曰：「妾來當須祕密。造言生事者，飛短流長⑬，所不堪受。」十一娘諾。偕歸同榻，快與傾懷。病尋愈。訂為姊妹，衣服履舃⑭，輒互易著。見人來，則隱匿夾幙⑮間。積五六月，公及夫人頗聞之。

一日，兩人方對弈，夫人掩入，諦視，驚曰：「真吾兒友也！」因謂十一娘：「閨中有良友，我兩人所歡，胡不早白？」十一娘因達封意。夫人顧謂三娘曰：「伴吾兒，極所忻慰，何昧之？」封羞暈滿頰，默然拈帶而已。夫人去，封乃告別，十一娘苦留之，乃止。

一夕，自門外匆皇奔入，泣曰：「我固謂不可留，今果遭此大辱！」驚問之，曰：「適出更衣，一少年丈夫，橫來相干，幸而得逃。如此，復何面目！」十一娘細詰形貌，謝曰：「勿須怪，此妾痴兄。會告夫人，杖責之。」封堅辭欲去，十一娘請待天曙。封曰：「舅家咫尺，但須以梯度我過牆耳。」十一娘知不可留，使兩婢踰垣送之。行半里許，辭謝自去。婢返，十一娘伏床悲惋，如失伉儷。

後數月，婢以故至東村，暮歸，遇封女從老嫗來。婢喜，拜問。封亦惻惻，訊十一娘興居⑯，婢捉袂曰：「三姑過⑰我。我家姑姑盼欲死！」封曰：「我亦思之，但不樂使家人知。歸啟園門，我自至。」婢歸告十一娘，十一娘喜，從其言，則封已在園中矣。相見，各道間闊，綿綿不寐。視婢子眠熟，乃起，移與十一娘同枕，

⑪ 曳：拉、扯。
⑫ 下眼覷：瞧不起。
⑬ 飛短流長：也作「蜚短流長」，指閒言閒語。
⑭ 履舃：鞋子。
⑮ 幙：ㄇㄨˋ，同「幕」，布幕、簾慢。
⑯ 興居：日常生活、起居飲食。
⑰ 過：拜訪、前往會見。

私語曰：「妾固知娘子未字⑱，以才色門第，何患無貴介婿。然紈袴兒⑲敖不足數，如欲得佳耦，請無以貧富論。」十一娘然之。封曰：「舊年邂逅處，今復作道場，明日再煩一往，當令見一如意郎君。妾少讀相人書，頗不參差⑳。」

昧爽㉑，封即去，約俟蘭若。十一娘果往，封已先在。眺覽一周，十一娘便邀同車。攜手出門，見一秀才，年可十七八，布袍不飾，而容儀俊偉。封潛指曰：「此翰苑才也。」十一娘略睇之。封別曰：「娘子先歸，我即繼至。」入暮，果至，曰：「我適物色甚詳，其人即同里孟安仁也。」十一娘知其貧，不以為可。封曰：「娘子何亦墮世情哉！此人苟長貧賤者，余當抉㉒眸子，不復相天下士矣。」十一娘曰：「且為奈何？」曰：「願得一物，持與訂盟。」十一娘曰：「姊何草草！父母在，不遂㉓如何？」封曰：「妾此為，正恐其不遂耳。志若堅，生死何可奪也！」十一娘必不可，封曰：「娘子姻緣已動，而魔劫未消。所以故，來報前好耳。請即別，即以所贈金鳳釵，矯命贈之。」十一娘方謀更商㉔，封已出門去。

時孟生貧而多才，意將擇耦，故十八猶未聘也。是日忽睹兩豔，歸涉冥想。一更向盡，封三娘款門而入。燭之，識為日中所見。喜致詰問，曰：「妾封氏，范氏十一娘之女伴也。」生大悅，不暇細審，遽前擁抱。封拒曰：「妾非毛遂，乃曹丘生㉕。十一娘願締永好，請倩冰㉖也。」生愕然不信，封乃以釵示生。生喜不自已，矢曰：「勞眷注若此，僕不得十一娘，寧終鰥耳。」封遂去。

⑱ 未字：指待字閨中，尚未有婚約。

⑲ 紈袴兒：紈袴原為古代貴族子弟之華服，以此指富貴人家的子弟。

⑳ 參差：大約、幾乎，在此段文句中指大概能掌握，絕不會看錯。

㉑ 昧爽：黎明之前，天將亮但仍昏暗之時。

㉒ 抉：挖出、剔出。

㉓ 不遂：不能如願。

㉔ 方謀更商：才剛打算要再多加考慮，再思謀一番。

㉕ 曹丘生：漢初曹丘生口才很好，他時常稱揚季布，季布因而聲名遠播。後人因此以「曹丘生」指代為引薦者。

㉖ 倩冰：請人說媒。

生詰旦，浼㉗鄰媼詣范夫人。夫人貧之，竟不商女，立便卻去。十一娘知之，心失所望，深怨封之誤己也，而金釵難返，只須以死矢之。

又數日，有某紳為子求婚，恐不諧，浼邑宰㉘作伐㉙。時某方居權要，范公心畏之，以問十一娘，十一娘不樂。母詰之，默默不言，但有涕淚。使人潛告夫人，非孟生，死不嫁。公聞，益怒，竟許某紳家。且疑十一娘有私意於生，遂涓吉㉚速成禮。十一娘忿不食，日惟耽臥。至親迎之前夕，忽起，攬鏡自妝。夫人竊喜。俄侍女奔白：「小姐自經㉛！」舉宅驚涕，痛悔無所復及。三日遂葬。

孟生自鄰媼反命，憤恨欲絕，然遙遙探訪，妄冀復挽。察知佳人有主，忿火中燒，萬慮俱斷矣。未幾，聞玉葬香埋，憒然㉜悲喪，恨不從麗人俱死。向晚出門，意將乘昏夜一哭十一娘之墓。欻㉝有一人來，近之，則封三娘。向生曰：「喜姻好可就矣。㉞」生泫然曰：「卿不知十一娘亡耶？」封曰：「我所謂就者，正以其亡。可急喚家人發冢㉟，我有異藥，能令蘇。」生從之，發墓破棺，復掩其穴。生自負屍，與三娘俱歸。置榻上，投以藥，逾時而蘇。顧見三娘，問：「此何所？」封指生曰：「此孟安仁也。」因告以故，始如夢醒。封懼漏洩，相將去五十里，避匿山村。封欲辭去，十一娘泣留作伴，使別院居。因貨殉葬之飾，用為資度，亦稱小有。封每遇生來，輒走避。十一娘從容曰：「吾姊妹，骨肉不啻也，然終無百年聚。計不如效英、

㉗ 浼：請託。

㉘ 邑宰：縣令、縣長。

㉙ 作伐：作媒。

㉚ 涓吉：擇取吉日。

㉛ 自經：自縊。

㉜ 憒然：憒，ㄙㄛ丶，憤恨。

㉝ 欻：ㄏㄨ，忽然。

㉞ 喜姻好可就矣：喜，作歡喜、恭賀之意。此句話指三娘歡喜地祝賀孟生，終於能如願以償和十一娘結為連理。

㉟ 發冢：挖開墳墓。

皇㊱。」封曰：「妾少得異訣，吐納可以長生，故不願嫁耳。」十一娘笑曰：「世傳養生術汗牛充棟㊲，行而效者誰也？」封曰：「妾所得非人所知。世傳並非真訣，惟華陀五禽圖㊳差為不妄。凡修煉家無非欲血氣流通耳，若得厄逆症，作虎形立止，非其驗耶？」

十一娘陰與生謀，使偽為遠出者。入夜強勸以酒，既醉，生潛入汙之。三娘醒曰：「妹子害我矣！倘色戒不破，道成當升第一天㊴。今墮奸謀，命耳！」乃起告辭。十一娘告以誠意而哀謝之，封曰：「實相告，我乃狐也。緣瞻麗容，忽生愛慕，如繭自纏，遂有今日。此乃情魔之劫，非關人力。再留，則魔更生，無底止矣。娘子福澤正遠，珍重自愛。」言已而逝。夫妻驚歎久之。

逾年，生鄉、會果捷，官翰林。投刺㊵謁范公，公愧悔不見；固請之，乃見。生入，執子婿禮，伏拜甚恭。公愧怒，疑生儇薄㊶。生請間㊷，具道情事。公不深信，使人探諸其家，方大驚喜。陰戒勿宣，懼有禍變。又二年，某紳以關節㊸發覺，父子充遼海軍，十一娘始歸寧焉。

【賞析】

《聊齋誌異・自序》蒲松齡自言：「才非干寶，雅愛搜神；情類黃州，喜人談鬼；聞則命筆，遂以成編。」他承繼唐人「作意好奇，假小說以寄筆端」，寫成孤憤之書，

㊱ 英、皇：堯有娥皇、女英兩女，姊妹同嫁於舜。此指想效法娥皇、女英，都成為孟生的妻妾。

㊲ 汗牛充棟：形容書籍非常多。

㊳ 華陀五禽圖：華陀，古時神醫。相傳華陀模仿五種動物：虎、鹿、熊、猿、鳥，編成一套肢體導引動作，配合呼吸吐納可強身健體。

㊴ 第一天：道家構想中的神仙天界，共有三十六天，修煉到最高層級可達第一天。

㊵ 投刺：投遞名帖求見。

㊶ 儇薄：儇，ㄒㄩㄢ。聰敏而舉止輕浮。

㊷ 生請間：孟生請范父到無人之處。

㊸ 關節：暗中行賄、請託，私通消息。

有所寄託，而蒲氏最為人所知的寫作特色就是描述異類之美善高於人類，或是汲汲於名利富貴者的醜惡與糗態，此外他似乎延續晚明以來有關「情」的書寫，特別喜愛描繪「情痴」、「情堅」、「情真」的專致不移與純然天真，例如：〈連城〉、〈阿寶〉、〈嬰寧〉、〈阿英〉等。

細讀原文的讀者一定能體會，封三娘與范十一娘之間的情誼比友情更加濃烈。范十一娘才貌雙全，對於上門求親者「恆少可」，難以心動，然而卻與初次相見的封三娘「大相愛悅，依戀不捨」。范十一娘返家後思念成疾，羸弱無力的她見到封三娘來到病中頓起，「偕歸同榻」、「病尋愈」、「衣服履舄，輒互易著」。封三娘因故離去，范十一娘「扶床悲惋，如失伉儷」。再次相見，「各道間闊，綿綿不寐」，待婢女熟睡後才同枕而眠。寺中相遇、離別贈簪釵、思念成疾、攀垣入室等情節，宛若才子佳人小說。

將封三娘設定為「狐仙」或許有其特殊之處，首先，狐仙並非人類，人狐之戀逃離了人類倫常的約束；其次，小說中狐仙或狐狸精幻化為人形時原本就可男可女，因此這樣的設定使封三娘性別定義上變得模糊、界限難分，或者可說封三娘表面上雖是女性，但並非人類，卻又跨入人間威脅傳統陰陽倫常的區分。

封三娘雖為「狐仙」，卻謹守社會規條，囿於身分低賤，不敢與范十一娘相見，交往後一再要求保密，害怕兩女過從甚密招來世人「飛短流長」。她一直隱藏自己的能力，直到為范十一娘擇婿時才一一顯露，最大的「神力」發揮在以「異藥」讓范十一娘起死回生一段，重生的范十一娘，終於嫁給封三娘指配的如意郎君。封三娘的主動擇偶也頗有象徵意義，傳統上這是由男性或家族主宰的權力，可以說封三娘藉由法術取得主導，也可以說兩女的關係在傳統婚配幫助下，終於得以長相廝守。

范十一娘為使封三娘永留身旁，卻害三娘犯下色戒，三娘的自陳說明愛慕之心讓她「如繭自纏」，她雖多次離開范十一娘卻又返回，較十一娘的任情更顯謹慎、掙扎，然終究難逃情劫，她得忍痛斬斷情緣，捨下這種愛慕方能徹悟得道，小說最終還是回到倫常規範底下。

　　小說一開始提到兩個地點，故事背景曬城與兩人相遇的水月寺，也值得玩味。歷來注解者認為曬乃筆誤，解為「鹿」、「膠」、「廬」，然曬城是否真有其地？或許蒲氏本想製造的就是一個並非實存但又彷若人境之地，「田」造字象阡陌之制，這是一個被界分卻又模糊飄忽的土地。水月帶有佛理意涵，世間物像是映照於水中的倒影，虛實不定，情緣就此展開之地卻是虛無之處；水月鏡像的投影，也和同性戀的自我映照說有關。此外，兩人初次相遇於盂蘭盆會，再次相會於重陽節，這樣的時節安排也頗有意思。

　　因內容描寫兩女親密情感，就此斷定蒲松齡認同同性相戀，是過於直接的，應當說蒲氏對於情感中出現的這種關係感到好奇與困惑，小說藉封三娘之口說：「此乃情魔之劫，非關人力」，晚明以來的南風小說，對於男子之間情愛也常提到出於「情魔」，這種說法正道出其中的矛盾與猶豫，無形之中似有一種魔力讓人跨越社會性別的框架，產生吸引力進而相戀，且並非人力所能控制。另外《聊齋・黃九郎》則是敘述男子與男狐相戀，文末評語說道：「從下流而忘返，舍正路而不由」，他認為男性之間的這種關係違反陰陽之道，背離夫妻倫常，批評較為嚴厲，可與此篇參照閱讀。

——陳冠妤老師　撰

【延伸閱讀】

1. 易智言：《藍色大門》DVD（臺北：公共電視，2002）。
2. 馮夢龍編撰：〈范巨卿雞黍死生交〉，收錄於馮夢龍編撰、楊家駱主編，《喻世明言》（臺北：鼎文書局，1978），頁 185～192。
3. 胡適：〈追悼志摩〉，收錄於徐志摩，蔣復璁、梁實秋主編，《徐志摩全集》（臺北：傳記文學出版社，1969），第一輯，頁 355～367。

生活中的體驗——飲食、旅遊文學

陳正芳　編選

飲膳札記‧椒鹽裡脊

林文月

　　有一道菜肴，製作起來非常簡單，宴客做為前菜佐酒，或者居家下飯，皆頗合宜。

　　買一整條豬大排骨去骨的裡脊肉，約可二十五公分長。現今科學化的屠宰法，十分講究衛生，可以不必沖洗。趁新鮮的時候，備妥精鹽和花椒粒，需量若干，視裡脊肉大小而定。一般而言，以能夠密集而均勻塗滿整條肉為準。因為製作方法屬於醃漬，故寧取其多。

　　通常，我會在廚房的小桌上鋪一張鋁箔紙，稍大；以能容納裡脊肉，且更有多餘的空間可以翻動為宜。遂將整條肉攤放在鋁箔紙中央，先用鹽均勻地塗抹全面；不妨一次再次地塗抹、輕拍，務求鹽份能夠粘牢且浸入肉內。其次，再取花椒粒，亦同樣地塗抹均勻，使其附著於肉的表面。由於精鹽與花椒不容易立即被豬肉吸收，所以仍會有一部分的白色鹽末與褐色花椒粒撒落在鋁箔紙上。可以取用一個容得下整條裡脊肉的透明塑膠袋，或撕下一截保鮮膜，將肉裝入或包妥，使四周都緊閉無遺，然後，用相當長的縣線或塑膠線，將裹著肉的袋子或膜用力緊緊捆紮。一面擠壓出袋內的空氣，使原先比較鬆散的肉條，因緊捆密紮而收縮變短。到此，醃漬的步驟便告一段落。

　　我已經不記得這椒鹽裡脊肉是學得的菜肴，還是自己發明的了。最近則又自我改進，於花椒之外，另撒一些胡椒末（取用胡椒粒現磨較佳），再噴一些紹興酒，製作出來的效果似乎更有味道。至於各種作料的分量，大約是鹽一湯匙、花椒粒亦相若；胡椒少一些，紹興酒也不必多，旨在提味耳。說實話，我並不適宜寫食譜，因為我烹飪之際，從來沒有遵循量杯秤重，相當不科學；我燒菜時甚至很少邊炒邊嘗，因為怕燙，且覺得不合衛生之道。大概是累積多年的「臨灶經驗」吧，總可以目測或感覺得出來需量多少，或應加重若干等等。外國人學中國菜，常為食譜中慣用之「酌量」或「少許」一類曖昧的詞彙所困，但這種曖昧的詞彙確有其道理：蓋主題大小不一，且各人口味亦有別，調味豈有定於一統之理？故所謂鹽若干花椒若干云云，不過是一種參考罷了，卻不是絕對標準，各人可據以增減衡量，找出自己最佳的品味來。

這種醃漬的肉，總要比較鹹一些的好。所以倒不必急急於收藏入冰箱內，更萬不可置於冷凍處。通常我會把捆紮過的醃肉先放置在室溫較陰涼處約莫二、三小時，然後再收入冰箱一隅。至少需要隔數日，即使一個星期亦無妨，時間稍久更為入味，效果會更好。

這種醃肉要冷食。故而若在晚餐食用，可於上午取出，使在室溫中逐漸退卻冰冷。然後將縣線鬆解，脫去塑膠包裹。經過大約一週時間的持續捆紮冷卻，即使鬆線去袋，肉條已不再回復原來的形狀而維持緊縮的樣子了。當初浮在表層的白鹽，已完全浸入豬肉內，唯花椒則仍粒粒可見，有一部分更深陷於肉間，可不必理會。略略抖落鬆散的花椒粒，取一稍深的瓷盤，將醃肉放妥其上，置入滾開之熱水鍋中，隔水以大火蒸大約二十分鐘。以竹筷試插之，筷子入肉，即表示已經熟透，便可熄火取出。這時，稍深的盤中見有蒸出的水氣混合著肉汁。不要倒出，任其自然冷卻，並時時翻動。蒸熟的豬肉在冷卻的過程中，會逐漸變乾，使變乾的一面翻轉至下，復可吸收肉汁，而鮮味不致流失。記得第一次製作時心急，將盤中的汁水連忙倒除，結果肉質顯得乾燥，缺乏鮮潤的效果，十分可惜。

椒鹽裡脊肉的製作過程很簡單，頂多是要注意燜煮的火候罷了。最佳火候在於豬肉剛熟，切下來，肉中央尚呈粉紅色；過熟則乾硬而失卻鮮嫩，不足為取。

等到冷透，或者甚至可以再用一個塑膠袋包緊，放入冰箱內，吃食前取出，切成薄片。

我想，這一道菜肴的特色，其實在於刀功。宜薄，但不能過薄，約莫每片在零點二公分的薄度，而且要全片均勻，不宜一頭薄一頭厚。

提及刀功，我不免想起年輕時鬧過的笑話來了。

我結婚以前，未曾入過廚房，故於烹飪之道全無認識。讀研究所時，有一次臺靜農先生邀約三數學生到溫州街的府中晚宴。當時，臺師母身體還十分硬朗，她動作雖然比較緩慢，卻忙進忙出做了許多道佳肴。每一道佳肴端上桌時，同學們都紛紛讚賞。我品嚐豐盛的食物，也覺得十分欣喜，並且認為應有所表示才對。記得有

一盤滷牛肉是臺先生自己從廚房端出來的。一片片薄薄的牛肉排列得非常整齊美觀。大家一致讚賞。臺先生喜形於色地說：「這是我方才自己下廚切的！」眾人更是欽佩不已。我聽見自己忽然說出：「那刀子，一定是很好的吧！」大家都用奇異的眼光看我。難道這樣子讚美不夠好嗎？「大概是一把很薄很利的刀子。」我又追加了一句。臺先生笑笑，指正我：「哎——怎麼說刀子好？應該說刀功好啊！」一桌的人都大笑，只有我滿臉通紅。

切椒鹽裡脊肉的刀子，的確是要磨得銳利，也確實是薄一點的好使，但更重要的是「刀功」。後來我自己也經常下廚琢磨，才實際體會到這一層。冷肉結實緊密，用利刃輕切，一刀、復一刀，無須花費大力氣。連續一片片切去，其間似乎有韻律存在，而厚薄自能齊一，確乎奇妙。庖丁解牛，所謂「莫不中音、合於桑林之舞」，或者並不完全是玄虛之說。

我所認識的男士當中，楊牧也是刀功不錯的一位。有一次，豫倫和我去西雅圖旅遊，楊牧夫婦邀請我們去景觀優美的「頓湖居」。盈盈製作了許多美味的菜肴，但是她自己忌食豬肉；楊牧特地親自下廚為我們做出白切五花肉。肥瘦適度帶皮的五花肉，切得薄薄，排列在白色瓷盤中，三兩根綠色的芫荽輕覆其上。我稱讚：「刀功真好呀！」他笑笑似默認。以白切五花肉蘸蒜末醬油佐酒，是十分道地的家鄉口味，而遠處的湖色襯著談興，是難忘的一夜歡聚。

椒鹽裡脊肉要切得薄薄，且厚薄均勻。原先粘著在外層的花椒粒，在肉蒸熟冷卻之後，大部分要彈去，若有少數不易除去，任其留著亦無妨；切片之後，呈現由裡到外是：粉紅色的中央，逐漸擴散為米色的瘦肉，外面包著一圈白色的脂肪，而最外則是略有花椒餘粒碎末的褐色。將橢圓形的一片片，層層依序排列成推倒骨牌的樣式。若其採用圓盤，不妨也排成圓形，中央緊密疊放，向外呈放射狀；若其改取橢圓盤，則可以整齊排列為兩排。但無論如何，為求美觀效果，當用扁平的盤子，而不宜取有弧度或較深的盤子。

這一道葷食，難得處在於其清爽可口，保留純郁的肉香，但絕不油膩。以其稍鹹，故須切薄。既可下飯，又適合佐酒，在炎熱的季節，尤其是開胃妙品。

【賞析】

林文月，出生於上海日本租界，國小六年級方纔遷回台灣接受中文教育。因父親出生於彰化北斗，故籍貫登記為台灣彰化。母親為連橫長女，家世烜赫，無需贅述。由於生長及教育環境之因緣，林文月於中文、日文均十分嫻熟，學術研究、文學創作、譯介日本古典文學作品，亦皆成績斐然。

其《飲膳札記》一書，獨闢蹊徑，為當時有限的食譜增加不少文學特質。書中菜肴，福州菜、潮州菜、淮揚菜、上海菜、台灣菜，不限一地；道聽塗說，自我摸索，不一而足。

〈椒鹽裡脊〉一文，全文大概可分──醃漬入味、烹煮調理、刀功擺盤──三個部份，原發表於《中國時報》人間副刊 (1997 年 5 月 4 日)。作者自承：「我已經不記得這椒鹽裡脊肉是學得的菜肴，還是自己發明的了。」蓋今日所見菜色，名「椒鹽里肌」者，少與其同，可知其獨特性。不過，網路上又有名為「上海宵肉」者，做法又幾乎一模一樣，或許這是一道失了名的上海菜，亦未可知。

首先，讀者會感到奇怪：究竟是「裡脊」，還是「里肌」？如果找出作者手稿，還是可看到「裏肌」一辭，實在莫衷一是。究其實，在宣統的《御膳單》中，原作「裏脊」，因「裏」為「裡」之異體字，故今通常改作「裡脊」；至於現在市場標作「里肌」者，蓋音同而至少已流行了六十年，也不用特意訂正。其次，「佳肴」，作者手稿原作「嘉肴」，二者意同，只是詞彙的流行世代不同罷了，故不用太在意。

一般而言，「食譜」主要在教導讀者如何烹煮出想要的菜肴，故常言其烹調技巧、佐料份量，以求客觀準確而烹煮出應有的滋味。若不依此模式，便常以「技進於道」來囫圇論述，分析該項廚藝中的玄妙層份。不過，林文月則別出心裁，特別指出：「蓋主題大小不一，且各人口味亦有別，調味豈有定於一統之理？」於此，我們便不由得想到《左傳》中「宰夫和之，齊之以味，濟其不及，以洩其過」的說法，

「最佳的品味」唯有自己知道，如輪扁斲輪，「雖在父兄，不能以移子弟」，最好的滋味，實不足為外人道也。其次，「椒鹽裡脊」這道菜，單是醃漬時程，就足足花了一週時間，其讓鹽粒、花椒、紹興酒能夠完全入味，口味之鹹之重，不想可知。故而，作者必須教導讀者：如何才能將這道偏鹹的菜肴，變成一盤令人滿心歡喜的下飯、下酒菜。即因「以其稍鹹，故須切薄」，故作者便花了不少的篇幅論述「刀功」。不僅刀之厚薄、銳利與否，均會影響最後的成果，甚至肉之冷熱，亦不能不注意。而且，如何得其韻律，使其厚薄齊一，簡單的文字，便讓讀者自然而然的認同其觀點，並抹去了習見的玄虛之說。

　　一道菜肴的呈現，相當於一件大事的完成。這篇文章不僅描寫其烹調程序，更以完整的工序，提醒讀者不能忽略哪些細節。最後，還仔細分析這些工序的道理，讓食物不僅是食物，也讓讀者心領神會，徹底瞭解這項難以言說的藝術。

──*陶玉璞老師　撰*

【延伸閱讀】

1. 謝肇淛：《五雜俎》（上海：上海書店出版社，2001）。
2. 夏曾傳：《隨園食單補證》（杭州，浙江人民美術出版社，2016）。
3. 林文月：《飲膳札記》（臺北，洪範書店，1999）。
4. 劉克襄：《失落的蔬果》（臺北，二魚文化，2006）。
5. 焦桐：《味道福爾摩莎》（臺北，二魚文化，2015）。

王子麵之戀

甘耀明

　　那年春天，我與一位小女孩在一起。她請我吃王子麵，我借她漫畫書，這事情太簡單了，卻一輩子忘不了。當時，我們都還是六歲的幼稚園小朋友，在共享一個春天後，就再也沒有相遇了。

　　如今想來，我根本不記得小女孩的模樣。她是長髮嗎？眼睛大嗎？皮膚是白是黑？是不是有些特殊的習慣，比如愛笑呀！或著因換乳牙而有一口爛牙呢？這我壓根兒都不記得。也許吧！她是有點瘦小，但我的記憶就這麼一點。我記得的她總揣著一包王子麵，放在斜揹的小書包裡，下課時拿出來，用小小的雙手捏碎方正的麵塊，再撕開袋口，取出調味包放入鹽粒、胡椒及碎蔥乾，坐在座位上品嚐。麵塊被壓碎時，像凝固的雲塊終於碎裂，發出淅淅唰唰的細微雨聲。撕開袋口的剎那，芳香的乾麵味洋溢，空氣中瀰漫一種快樂與期待，很有春雨入土的淡淡草味。就這麼一點味道，夠了，足足讓我漫長地懷想，如何與一位小女孩相遇的春天。

　　那年，全家從鄉下搬到苗栗市區，住在「南苗市場」裡的狹小樓房。我們睡在樓上的通舖，樓下的店面則是母親裁縫的店面。每天一大早，我揹著小書包穿過南北貨行、雜貨店、雞蛋行、布店及濃腥吵雜的魚肆及肉舖，沿著黑汙油膩的街道，前往十五分鐘距離的大同國小附設幼稚園上學。課堂上，孩子們坐在排成口字型的椅子上，在格子好大的練習簿上寫下ㄅㄆㄇㄈ，思考：有一顆蘋果的籃子裡又放入一顆蘋果共有幾顆蘋果。十點的下課，老師教唱歌謠後，發放包子、饅頭、餅乾或綠豆湯，孩子們吵雜著吃點心，根本聽不到春雨落在屋瓦上的細索聲。

　　就這樣，在春雨細微遙遠的某個早上，小女孩來到了幼稚園。她讓一位老伯牽著入場，老師安排她坐在我對面的桌椅，跟著全班在格子好大的練習簿上寫下ㄉㄊㄋㄌ，思考：有兩顆檸檬的籃子裡又放入一顆橘子共有幾種水果。下課了，老伯牽著小女孩離開，穿過人聲逐漸乾淨的魚肆及肉舖，走入「南苗市場」內的一家南北雜貨行。喔──原來小女孩住我家附近！於是，我們在上課時交換淡淡的眼神，注意彼此的存在。

　　在那段模糊的季節，她每天都有一包王子麵零食。她學會跟我分享，從袋內抓一把乾麵出來，我也很有默契的雙手合掬，承受那一把滋味。或著，她會留下袋內

的幾口的乾麵還有剩餘的調味料，留我品嚐。小女孩會慷慨的與其他同學分享王子麵，還是只與我獨享？我也曾這樣嗎，帶著她在那如今拆掉改建為活動中心的瓦房幼稚園遊玩嗎？一起玩蹺蹺板、地球儀或大象溜滑梯，或坐在後院種了幾株尤加利的樹下默坐，聽著蟬鳴隨時序入晚而嘩噪？不記得了，只記得有一回我犯錯，被老師罰站在教室中央，下課了，同學來來往往沒人理，我低頭不語。小女孩跑過來了，唰啦啦響著袋子，我下意識地伸手合掬。在眾人目光下，她勇敢的與我一起吃乾麵，如此勇敢。

同一條回家的路上，老伯牽著她走前頭，我只能走在後頭。有時候，她會回頭看我有沒有跟上，以調整她和老伯的腳步。終於在同條路的岔點上，我們分開了，回到各自的家庭與遊戲的國度。

那些充滿菜葉、骨渣、魚鱗與積水反光的街道安靜後，兩旁的商家開始湧出男孩，聚集在附近的文昌廟前廣場遊戲。男孩們的遊戲霸道，不讓女孩加入，我們向來談論當時流行的卡通科學小飛俠，一號鐵雄，二號大明，跳過三號珍珍，接著討論四號丁丁，五號阿龍。每個男孩都有各自比附的小飛俠，因為姓名的關係，我總是喜歡那位亦正亦邪、帶著不合群觀念的阿明。於是，我總是在那些男孩不注意時，離開他們，靠近小女孩的聊天。我有一本科學小飛俠漫畫本，翻閱不下數十遍，至今仍熟記其中的章節，我很高興將漫畫書借給小女孩，要一起討論。

有時候，我會在閣樓獨自戲耍，聽著母親在樓下踩裁縫機，一陣急速縫紉的針車聲便散開來。那天下午，小女孩跑來了，大喊：

「我找甘耀明。」

「誰？」

「甘耀明。」

「我叫叫看。」急索的縫紉聲停了，母親轉頭大喊：「甘耀明，有人來找你囉！」

我坐在樓上地板，是如此膽小與害羞，一句話也不敢回應。每次經過小女孩家，

我總是遠繞而過，偷偷瞧著她在不在。沒想到她這麼大膽，直接到我家還漫畫書，更大聲呼喊我的名字。

母親叫了幾遍後，對小女孩說：「他睡午覺了。妳找他什麼事呀！」

「我要還他漫畫書。」

唉！小女孩的聲音如此雲嫩，我只能伏在地板上聽著她與母親對話，彷彿伏在大岩堡上，捕捉時間的流泉如何穿越層層堅厚蕪漫的阻隔，一聲一字的在我耳蝸深處迴盪。是呀！我仍記得那天午後的全部對話，以及小女孩清楚叫喊我的名字，這是整部默片記憶中唯一軋出聲音的部分，然後又安靜下去，只剩光與影彼此駁雜。

這世界上是不是有一種時光機，像漫畫小叮噹中一樣，我只要拉開抽屜進入，坐上魔毯似的機器，穿過四周如超現實畫中軟糊鬆黏的時鐘，終於會回到那天下午。我會站在樓下，對樓上小男孩大喊：「我知道啦！你別裝睡了，趕快下來吧！」然後帶小男孩與小女孩，穿過積水的街道，到廟口的冰店吃上一碗冰粉圓或豆花。靜靜的，聽著小男孩與小女孩談話，或著小男孩始終安靜與害臊，只把冰品吃得聒聒響，剩下小女孩一直用雲嫩的聲音抱怨：「你裝睡，你裝睡，你裝睡……。」這樣，或許那個小男孩會記下更多的東西，即使是安靜溫柔的畫面也好。然而，這個世界沒有時光機，但時間卻持續運轉，不久後的某個午後，小女孩轉學到另一座都市，小男孩也慢慢長大了。長大的日子裡，小男孩，或著說男孩吧！總對那天下午的裝睡頻憾，他知道，那時應該從樓上的梯口懸出一顆頭顱，說：「呀！我沒裝睡。」然後又說：「我覺得妳很勇敢喔！竟然跑到我家來。」但只是事後諸葛亮的懷想，永遠帶著淡淡惆悵。

長大的男孩與女孩，會不會？曾經在某個地方相遇過而不知。會不會？在某班都市的捷運上，男孩正坐在女孩的對面，彼此相顧一眼後，眼神故意錯開，那種小時候不顧裝扮、容貌、身材及地位的相契相識畢竟不能延續下來，終究要錯開當初的記憶。會不會？在某個等紅燈的路口，男孩與女孩各自戴著全罩式安全帽，彼此看了一眼，微笑，再微笑，然後綠燈亮了，身後的一百台汽機車迫鳴，男孩與女孩

不得不騎著機車前行，在彼此落差的速度中，終究要越拉越大。會不會？在某個戲院……。

這真的太像愛情小說的橋段了，但我竟然曾認真地如此猜測與模擬。

我仍清楚記得最後一道關於小女孩的記憶。那時，我們在市場漫遊，在街廊的盡頭，有人大聲叫了我。我跑過去，那位男孩說：「你怎麼跟女生在一起。如果你跟她在一起，就不要跟我們玩。」我清楚記得這一句，但當時不知如何抉擇。我站在街廊的這頭，背後湧入的光在幾尺前便頓停，她站在遙遠的那頭，全然是一枚小小的剪影。那密閉的街廊，左邊第一家是鐘錶店，第二、三家是倉庫，第四家是賣廉價化妝雜品的；街廊右邊是牆，掛滿各種形狀的時鐘，絕不是超現實主義中那種軟糊鬆黏的樣子，秒針還滴滴答答響著，一格格往前跳動。

她真的期待我一起遊市場，如此專注。

我也是如此期待與男孩們一起遊戲，扭頭便走。我知道，明天或後天，我們還會這樣在一起，分享一包王子麵或討論一本漫畫書。

但是，沒有了，往後的春雨中都沒小女孩靠近的影子了。

我是認真想過她的……。

——《作家的愛情》，木馬文化主編，台北：木馬文化，二〇〇四年七月

【賞析】

甘耀明，東海大學中文系、東華大學創作與英語文學研究所畢業，專職寫作。曾任客家有線電視臺記者、全人中學教師、靜宜大學「文思診療室」駐診作家。已出版《冬將軍來的夏天》、《邦查女孩》、《喪禮上的故事》、《殺鬼》、《水鬼學校和失去媽媽的水獺》、《神秘列車》等多部暢銷小說，獲聯合報文學獎、林榮三文學獎、吳濁流文學獎、中國時報開卷十大好書獎等多項肯定，其中《邦查女孩》

更榮獲 2016 年文化部金鼎獎和 2015 年臺灣文學金典獎最高榮譽。甘耀明憑藉嫻熟的文字駕馭能力，豐富的生命經歷，以及紮實的田野調查與訪談，從歷史、鄉土、習俗、傳說、童話及現實中取材，時而魔幻想像，時而寫實諷喻，風格多變，不斷創新，文學評論家李奭學讚譽為小說界的「千面寫手」，知名作家莫言更稱「如此文筆可驚天」。

本篇選自《作家的愛情》，在甘耀明眾多小說創作中，實屬清新小品，談的是童年因為一名女孩的王子麵，初嘗戀愛的滋味，最終卻因一時錯過而成為永久惦念的遺憾。文章對於小女孩吃王子麵的描寫極為細膩，小男孩甘耀明看著她揣著一包王子麵，放在斜揹的書包，下課時拿出來，捏碎麵塊，再撕開袋口，取出調味包，坐在座位上品嚐，可知小男孩注視的時間極長，從她出門上學就一直注意，下課時也是如此。尤其「揣著」的動作，代表小女孩對王子麵的珍惜，而下課時坐在座位上吃，或許是因為尚不能融入班級，小男孩會特別注意她的一舉一動，除了彼此住在附近，適應新環境的經歷，以及習慣獨處，都感覺莫名契合，自然漸漸靠近。

文章的高潮在於小男孩甘耀明罰站時，小女孩給他吃王子麵的舉動，當所有人對他不理不睬時，只有小女孩走向他，「唰啦啦響著袋子，我下意識地伸手合掬。在眾人目光下，她勇敢的與我一起吃乾麵，如此勇敢。」這樣的一幕，他永遠記得，這不只是給予他一種安慰與療癒，更像親密戰友般，給予最直接和最感動的支持。此刻，王子麵象徵的不只是童年的滋味，而是愛情的起點，亦是初戀的滋味，對小男孩來說，這是喜歡的人愛吃的食物，足以成為日後回憶的憑藉。可惜的是，後來在市場街廊，當小男孩甘耀明因為在意同儕眼光和評論，選擇和男孩子一起玩，拋下正等待著他的小女孩時，沒想到會成為永遠錯過的遺憾。對比當初小男孩罰站時，小女孩拿著王子麵走向他，是多麼勇敢，此刻他的舉動，不只是一種遠離，亦是一種背棄，或許就是因為如此，他才會如此惦念。

聯合報副刊主任宇文正於 2018 年 4 月 17 日蒞校演講時提及：飲食是啟動記憶的重要泉源，作家為什麼要寫這個食物，必然有他的原因、聯結和記憶，作家不只是在吃，而是在回味。以本篇來看，作者正是透過食物重新召喚記憶，帶回童年時光，

一方面回味，一方面重啟情感的聯結，對作者來說，這王子麵絕對是最特別而且難以忘懷的滋味。

──徐秀菁老師　撰

【延伸閱讀】

1. 木馬文化主編：《作家的愛情》（臺北：木馬文化，2004）。
2. 宇文正：《庖廚食光》（臺北：遠流出版公司，2014）。
3. 宇文正：《微鹽年代・微糖年代》（臺北：遠流出版公司，2017）。
4. 新海誠：《秒速五公分》DVD（新北：普威爾國際，2007）。
5. 新海誠：《言葉之庭》DVD（新北：曼迪傳播，2013）。

環球遊記‧法國見聞錄

林獻堂

〈光明之巴黎〉

余之歐洲漫遊，以巴黎為中心，蓋因南北歐往來所必經之孔道，又兼累贅行李可以暫寄於此故也。記得到巴黎凡經五次，第一次是一九二七年六月二十日由馬爾塞而來，住過了五日。第二次是十月三日由倫敦而來，住過了四日。第三次是十一月十日經德意志、丹麥、荷蘭、白耳義（比利時）而來，住過了三十八日。第四次是一九二八年一月十九日經義大利、瑞士而來，住過了十八日。第五次是二月二十七日由西班牙而來住過了十六日，合計有八十一日之久。雖然比在倫敦少了十餘日，腦中的印象實比倫敦較深。

有一日殘陽未滅，晚風徐來的時候，我等散步於巴黎最繁華的街上。有一鄉下老人容貌離奇、衣服質樸，在那裡東張西望、左顧右盼。我等行過其前，猝然問曰，世界第一美麗的都市此語真是不虛，君看以為如何？攀龍應之曰，誠哉，「光明之巴黎」。老人大喜點首至再洋洋而去。「光明之巴黎」一語，係十九世紀大小說家囂俄 Hugo（雨果）之言。他所謂之光明者，不僅物質美麗而已，科學文藝種種亦莫不由巴黎而出，如日月之光明照遍世界，故謂之曰光明之巴黎。雖然光明總是亦有黑暗，但余所觀光明居多黑暗較少，今欲略述巴黎之概況，故用此一語為題。

巴黎在北緯四十八度五十分，東經二十度二十分，一年之中氣候平均五十一度，不甚寒亦不甚熱。全市面積有二萬英甲，人口三百五十餘萬，就中外國人約有四十萬，居世界第三位的大都會。法蘭西全國為二十縣，巴黎則在塞納縣之中，其市長不是人民選舉的，乃係政府所任命的。但其所任命不是另有一個市長，乃是縣知事所兼任的，此與他國特異之點唯在於是。市分為二十區，區長則皆是人民所選舉的，其自治制度與他國亦無甚大異。

塞納河之在巴黎市中，如泰唔士河之在倫敦市中，但塞納河中有兩島，名曰「市島 Cite」、「聖路易島 St. Louis」。巴黎最初之所有居民，就是此兩島中數十家之漁人而已，其後得此河運搬之利便，乃漸次發達擴充於兩岸，可以說此兩個小島是巴黎孩提時的搖籃，亦是現在巴黎市的中心，故警視廳、裁判所、大寺院皆在其中。

　　河之左岸多是教育家、勞動者、學生所居住，因其生活費較為低廉，而其市街的建築物亦質樸無華，古時最狹隘的街路，尚存有一小部分。河之右岸多是富商大賈、名公巨卿所居住，其市街的建築，則甚雄大美麗，真是可觀。而其樓屋不太高亦不太低，在五六層之數，其表面的造作皆合於美術的效果，故異於他處之拙陋呆板。馬路之兩旁皆有種樹，其最廣大之馬路就是宋最利最（香榭里舍），闊二十餘丈，自康科特 Concorde 廣場至凱旋門，長約二哩。其最繁盛之街就是內延大街，自馬德楞寺院起至巴士提爾監獄長有三哩餘。馬德愣寺院是拿破崙所建築以紀念他的戰功，其樣式是仿自希臘，頗為古雅可觀。大戰時巴黎被德國飛艇所攻擊，馬德楞寺亦不能逃得一彈之劫數，而受此無情的炮火所毀傷，今已修繕完好，若非詳為觀察，幾不能辨其新舊之痕跡矣。

　　一七七九年七月十四日，巴黎市民暴動，攻破巴士提爾監獄放出囚徒，是為法蘭西大革命之始，今猶以此日為共和國的紀念日。監獄遺址立一自由女神的銅像，左手執火以表示光明啟發，右手提劍以表示驅逐惡魔。唉！當日革命流血的悽慘，所以造就今日的法蘭西。

　　歌劇場即在此內延大街之中。歌劇場之美麗稱為世界第一，而歌劇場前諸街的建築亦堪稱為巴黎市中的第一。有歌劇場之美麗，若無周圍之美麗與之調和，雖美麗猶未可云為全璧，今歌劇場可云全璧矣。

　　外延大街之繁盛雖稍遜於內延大街，然其最有名的蒙馬特爾即在此外延大街之中。蒙馬特爾本為藝術家所住的地方，今已變為歌樓舞館的地方矣。巴黎有名的裸體美人劇，凡有五個劇場，堪為此種劇場的代表者就是紅水車。古時蒙馬特爾有一個紅水車以為製造的原動力之用，今劇場仍以此名之。而其劇場前以電燈妝成一紅水車，每逢入暮之際欲過外延大街，未至蒙馬特爾之先，即見數丈高的燈光燦爛，一紅水車徐徐轉動，那時正是裸體美人劇開演的時候，（但男子不裸體，女子裸體十齣之中僅有二三齣而已）。劇場以外又有跳舞場，其最有名的就是「黑貓」、「死鼠」等。男女在那裡集會（外國人居多），飲酒終夜跳舞達旦，荒淫無度的惡俗多從此而出，這就是光明中一部分的黑暗。

未到巴黎之先，常懸想住在此花團錦簇的都市的人，必定輕浮奢侈，孰之乃大謬不然。夫巴黎人之輕浮奢侈者，乃屬於一小部分之人而已，其大多數之人皆是質樸勤儉，與所懸想的實為大相逕庭。

巴黎又稱為「國際的都會」，此語非自今日方始云然，蓋自十二世紀學術昌明的時候，各國之人即多派其優秀人物來此留學。故凡所有的科學藝術莫不由巴黎而出，甚至王侯之宮室，以及衣服飲食，亦莫不仿效巴黎，故巴黎每有流行一物，未及旬月，而已傳遍全歐，其「國際的都市」之稱誠不虛矣。

〈康科特廣場（Place de la Concorde，協和廣場）〉

我等到巴黎之日，即往觀康科特廣場，當時路易十六被死刑之斷頭臺就是在此廣場之南，現時置一噴水器，高丈餘在其處。嘗讀法蘭西革命史，路易十四有「朕即國家」一語，為後人攻擊其專制之口實，然僅此一語亦可見當日專制之達於極點矣。及觀路易十六之上斷頭臺之時，神色不變高聲呼曰：「法民聽朕言，朕今無罪就死，朕寬恕朕之仇敵，希望法國……」，尚未及說完，監刑之人，大叫劊子手何在，忽然鼓聲震耳，路易十六遂默然無聲延項就刑。其臨刑之言雖未畢其辭，亦可見路易十六非昏庸無道至極之君主，然亦不免一死，可見專制虐政，人民惡之之甚，非自革命之日始也。惜乎路易十六當時不早見及此，若能使人民權利稍稍伸張，略解其倒懸壓逼之苦，何致革命流血之悽慘若是，及至斷頭臺之上，猶尚未覺悟曰「朕今無罪就死」，豈不哀哉。

革命健將之羅蘭夫人，亦同路易十六之末路，其臨刑之言曰：「自由！自由！世間借汝之名以行罪惡，正不知多少也！」其後革命黨人自相殘害，及志士仁人之相繼上此斷頭臺者，不知其幾何。今日此噴水猶似當年志士仁人之熱血，噴之不盡，嗚呼法蘭西！嗚呼恐怖時代之法蘭西！

廣場之東，就是推勒里園連接盧甫耳宮殿，西則宋最利最街直衝凱旋門，南則議院，北則海軍省，就此四圍而看，亦可知此廣場所占的重要的位置。場中有一方

尖塔，高七十五呎，是紀元前十三世紀埃及王朝拉美斯二世所造的，置在大神殿之前，一八三一年穆罕默德阿利用以贈路易腓力者。塔之四面俱刻象形文字（人鳥蟲魚），非有研究之人，一字亦不能識也。廣場周圍有八尊女神，以代表斯特拉斯堡、里爾、波爾多、南特、盧昂、布勒斯特、馬爾塞、里昂八市。

斯特拉斯堡是亞爾薩斯州首都，一八七〇年普法戰爭，割亞爾薩斯、洛林二州與德國，而斯特拉斯堡自然亦在其內。割讓後，市民即將其代表該州之女神以黑紗籠罩其身上，為斯特拉斯堡服喪。至一九一八年大戰告終，亞洛二州歸還法國，此服喪四十九年之女神始脫去喪服，變為五花十色、香氣拍人之花環堆滿其身，行過其前之人無不瞻仰致敬，神如有知，當欣喜何似？就此服喪一事而論，不知者以為似近兒戲，是大不然。巴黎是法國的首都，巴黎一舉一動皆可以影響全國，而此康科特廣場又在巴黎市中最重要的地點，一日之間，行過此廣場之人不知其幾萬，仰首即見蒙黑紗之女神，其臥薪嘗膽、敵愾同仇之心，不知因是而增加幾許，此實較勝日日講演復信誰多矣。僅僅此數尺之黑紗，其功用之大如是，豈可以兒戲目之哉。

〈市廳〉

有一日本留學生，一日遇著一相識的法國人，他問其住在哪裡，彼時學生思欲實告其所住的公寓，恐被他看輕身價，急欲覓一大旅館之名告知，又不可得，平時在地圖上，曾看見有市的 Hotel，遂以住在市的 Hotel 對之。其人聞之頗為驚異，曰市的 Hotel 豈可得而住乎，學生曰然，其人瞠目不復能作他語，匆匆辭去。此一段笑話，不知傳到何時方得消滅，蓋原語 Hotel 之謂，則家屋之意也，市的 Hotel 就是市民共同的家屋，如我們所稱之市廳或市政府是也。

市廳在市島之北，塞納河之旁。一八七〇年普法戰爭，守巴黎的政府以此為大本營，及巴黎陷落，市民憤慨政府之無能，遂把此市廳焚毀。迨至一八七四年，乃興工仍舊址建築，其外形是為法蘭西文藝復興式，在巴黎算是有數美麗的大廈。市廳之前有一廣場，場中有灯，其柱皆以鐵為之，高約丈餘。一五七二年慘殺新教徒

事件，在巴黎市不論男婦老幼，一夜之中殺死數千人，其領袖被擒者不即殺死，皆懸在此鐵柱上，名曰吊燈，其虐刑較之馘首尤甚。至一七八九年大革命初起，路易十六之大藏大臣及其子亦在此吊燈，自是相繼來吊者不知其幾多人。

路易十六在此廣場，戴三色帽對人民宣誓贊成共和，欲求作一平民而不可得，終不免至於上斷頭臺。而殺人如麻之山嶽黨領袖羅伯斯庇爾，亦在此市廳被人拿出斬首，大革命之恐怖時代，亦隨之告終。路易腓力被拉法夷脫將軍及人民擁戴為王，亦在此處。由帝制而共和，由共和而帝制，一個大廈，一個廣場，所演出之悲喜劇如是之多。蓋此處為巴黎市之中心，又是市政之所由出，凡有集合會議皆在於是，其種種事情幾無不由此演出，故其印象入人較深。每逢夜半過此，見燈影幢幢，猶疑有人在此上吊，膽大如我者，亦不禁為之毛髮盡豎。

〈再會巴黎〉

余寓居於巴黎，前後統計近有三個月之久，而未嘗感著懨倦，反覺其趣味津津不盡哩。今將與之訣別，渡大西洋而遊美洲大陸，又因故鄉關念縈切，不能復再作淹留。際此枝頭嫩綠，正在漏洩春光，一年的好時節從茲開始，而我竟捨之而去，不得與春同住此平生所愛的都市，言念及此，不禁為之黯然。

有一位法國學者著的書，比較英法兩國國民性也，他說：「到英國人公事房裏頭，只看見他們埋頭執筆做他的事，到法國人公事房裡頭，只看見他們唧著菸捲，像在那裡出神。英國人走路眼注地上，像用全副精神注在走路上，法國人走路總是東張西望，像不把走路當作一回事。」他說這話，想是欲刺激其國民，以作一種的興奮劑。我想做事勤勞敏捷，自有其敏捷的好處，做事從容不逼，亦自有其從容的妙處，今引兩節於下：

巴黎為世界第一的國際都會，而其各種設備亦最完全。非僅完全而已，又皆具有美術的精神，故其生活亦自有其非常的變化性，非似化石者然。如商店窗內的裝

飾，人人皆知其美麗，而未知其有無限的變化性，常見同一的窗內，時時變換其裝飾，而裝飾員費盡苦心研究顧客的心理，當如何裝飾方能適合，互相討論批評。一日余在大街偶過一鞋店，適見其窗內正在裝飾，為展覽一新型的皮鞋，內外裝飾員煞費苦心，議論其位置，批評其高下，數番更改不憚勞煩。如此經過十數分間，余已不堪復再忍耐，而彼等從容不逼交換意見，恰似共同努力創造一藝術品哩。

凱旋門放射十二大街，其眺望隨各地點而有無限的變化，自一大街望其正面，自他大街觀其側面，而所得的景色各有不同。蓋因諸大街多有種植美麗的樹木，隨四季循環變化不定，故其市街的光線色彩，亦因之而受其影響。每當朝曦初上，夕照將殘，從容不逼，曳杖閒行，遙望此光榮的門，領略此繁華中的自然景色，為其一種的日課，這就是法人的樂事哩。

巴黎倫敦，二者為歐洲都市中最富有國際性的，而兩者之間各有差異，總是直接感著差異中之最大差異的就是語言。英國國民性實具有偉大的要素，行人一入倫敦，皆抱一種的尊敬心，凡事皆從其習慣，而使用語言亦是皆用英語，若有不解英語者，則頗以為愧。然各異分子在此大英國氛圍氣中，同呼吸自由的空氣，並不感覺著什麼壓逼的。

巴黎則不然，其人口三百餘萬中，外國人近有五十萬，旅客出入無數，而各異分子皆保存其特性，常談其國語，街街皆有販賣各國的新聞。雖集合世界各異分子同居於一都會之中，而絕不抱有人種的偏見，人人皆能自由，照其程度，樂其生活，不感著何等不便。

巴黎倫敦二者之差異如此，其文化上之使命亦自有不同，然世人多併愛兩者，不能決其為孰優孰劣的。歐諺有之曰：「各國之人，皆有兩個祖國，一為其生國，一為法國。」而巴黎者，法國之首都，不但法國政治上、商業上、交通上的中心點，亦是法人之精神上的故鄉。凡法人者，皆有兩個故鄉，一為其生地，一為巴黎。若然，巴黎者，實可謂為萬國人士所愛慕的故鄉，這就是二十世紀所產的一大現象哩。當歐洲大戰中，德軍侵入法土，肉搏巴黎，法政府不得不遷都避之。巴黎危急的消息一傳，世界大起恐慌，同情翕然集於全市，及其免難，世界人士始開其愁眉。

一九二八年三月十四日余遂離去巴黎，感慨無涯，夏時之巴黎、秋天之巴黎、冬候之巴黎，余皆以肉眼觀之，而陽春之巴黎，此後余當以心眼觀之了。

〈斯特拉斯堡〉

由南錫至斯特拉斯堡不過僅費三小時而已，車窗遠眺一帶平原，在斜陽曖曖、晚風徐徐之中，無數農人正在收穫甘菜，大有「不識不知」，如原始之民以自樂其樂呢。斯特拉斯堡是亞爾薩斯首都，人口有十七萬餘，伊爾河環繞其間，古時利用此河以作交通，故其商業在中世紀已經發達成為一個自由市了。

亞洛二州為德法數百年來紛爭之焦點，其主權究竟屬誰方為正當，這真是難以評判是非。若論沙爾曼大帝裂土分封時，這兩州本是分給德國的，至一五五二年，兩州小諸侯要脫離德意志而獨立，乃求法國保護，是為這問題發軔之始。其後經過無數大小戰爭，迨至一七六九年始完全併於法國，一八七一年（普法戰爭）割還德國，一九一八年（歐洲大戰）割還法國，究竟誰是光復？誰是攘奪呢？總是一八七一年割與德國時，亞爾薩斯人嬰城固守四十餘日，到糧盡械竭始勉強納降，一九一八年割與法國時，則沒有嬰城固守勉強納降的事，可見二州的民心傾向法國多，而傾向德國少。為什麼定要傾向法國呢？梁任公先生有一段批評，這個原因頗中肯綮，茲錄於下：

> 「據我看來第一件，當十六七世紀時，德國文化程度實在有些不及法國，故兩州改隸以後自然易於漸染法風。第二件，萊因左岸的住民本來都帶一種活潑跳脫的性質，和法國國民性相近，和德國國民性相遠。第三件，自從德國占領以後求治太急，努力用同化政策，事事加以干涉，不知法國大革命以來，自由平等理想深入人心，兩州民既已習之若素，專制之威如何能受，所以愈干涉愈生反感，愈防範愈招携貳，德人所以不能終有二州一半也，算咎由自取哩。記得當時老毛奇 Moltke 將軍有句話，說道：『亞爾薩斯洛林過得五十

年，才算真是我們德國的領土呢』，他的意思也是認定了這塊肥肉不是很容易吞得下去，不恰恰到了第四十九年就要吐却出來，毛奇的話竟成讖語了。」

德法兩國力爭亞洛二州，不是僅為軍事上而已，而經濟上亦實大有關係。其他出產姑且勿論，僅就鐵礦而言，其面積廣袤幾百方里，綿跨於二州，每年產鐵二千一百萬噸，占全德國鐵礦出產四分之三，所以大戰五年軍械之供給而不少缺，皆於此是賴。故兩國之拚命爭此兩州，真有「得之則生，不得則死」的切膚利害呢。

斯特拉斯堡市中有一街名曰「十一月二十二日」，蓋因德軍屈服法軍進入此市之日，則以名其街以為紀念二州歸還法國，後法政府則將此二州為特別統治區，分作三縣，曰上萊因、曰下萊因、曰摩賽爾，各置長官一人，長官之上又有一總督。斯特拉斯堡為下萊因的首都，而總督則駐在於此，二州之所以為特別統治區，第一是軍事上的關係，第二是德國從前所施行的政治法律難以驟改之故。

市中分作新舊兩部，新的純屬德國人的要素，自一八七一年割與德國，彼則著力經營，新市街之發達皆在此四十餘年間，其街道樓房整齊嚴肅，有一種新興的氣象。舊的純屬法國人的要素，其街道較狹小彎曲，其建築都是文藝復興時代式，屋頂多作尖三角形，有一種古香古色的氣象。

發明印字機的顧丹伯就是本市的人，其貢獻世界文明實為不少，斯特拉斯堡人以此自負，而世界亦以此公認之，其巍峨銅像立於市中，余亦為之瞻仰久之。

市中有一峨特式的大寺院，是十三世紀末所建築的，所用之石皆是赤色，內外雕鏤之精巧，堪稱為法國第一的寺院，其塔高四百七十呎，登其上可以望見全市。余九月初旬在倫敦患鼻孔之疾遂致頭眩，雖手術後而頭眩如故，今日登塔僅及一半，望見底下頭眩愈甚，又聽浩浩之風聲，更加使人立腳不住，彼時正在躊躇不欲上去，忽聞頂上有婦女笑語聲，自思一個堂堂男子反不若婦人孺子嗎，於是奮勇前進直至絕頂。俯望新舊兩街，互相仇視之德法兩民族雜居於此，究竟至於何時方能捐除宿恨，而實現真正的親善呢？

處在利害相反的地位，雖骨肉可以變成為仇敵，處在利害相同的地位，雖異族可以變成為兄弟。今處在利害相反的地位，雖日日大聲疾呼融合親善，此無異於「緣木求魚」。

歐洲各國各國貨幣對照表（一九二八年二月）

歐洲各國所用之貨幣概不相同，若欲到其國必皆由銀行匯單，未免過於麻煩，唯英國紙幣不論何國之銀行皆可兌換，我們旅行時僅帶英國紙幣頗覺利便。今將一九二八年二月之時價以英國紙幣為標準作一對照表以備他日參考。

英吉利	金一鎊
日本	拾元四角
法蘭西	百二十三佛郎（法郎）
比利時	百七十三佛郎
瑞士	二十五佛郎
義大利	九十二里拉
西班牙	二十八彼塞塔
荷蘭	十二格盧登
丹麥	十八弗羅林
德意志	二十馬克

【賞析】

　　林獻堂（1881-1956），名朝琛，字獻堂，號灌園。生於光緒七年臺灣的阿罩霧庄（今臺中霧峰），民國四十五年卒於日本東京，享壽七十六歲。他一生經歷了滿清、日治、中華民國三個政權交替，被楊儒賓稱為「一身三生」，其家族──霧峰林家對臺灣近代史發展亦有重要影響。林獻堂是臺中櫟社重要成員，也在一九一一年曾邀梁啟超來臺，此是影響臺灣的重要事件之一。在一九二一年到一九三九年的十四年間，林獻堂曾經被推選為臺灣議會設置請願運動之領袖，他一向走溫和改革路線，而當一九二七年臺灣文化協會因為左翼勢力的增加，內部形成不同意見，導致臺灣文化協會分裂以及成員的退出，也成了林獻堂在四十七歲作環球文化之遊的契機。

　　選文選自《林獻堂環球遊記》一書，原本稱〈環球一週遊記〉後改為〈環球遊記〉。這些文章曾在〈臺灣民報〉上連載了四年，其預設讀者則是大眾，我們也能看到文化省思與啟蒙敘述的呈現。此雖非日治時期第一部環球遊記，但因在《臺灣民報》連載四年，故影響甚廣。

　　文中林獻堂以歷史的眼光和政治自由的意識，再加上為臺灣民眾撰寫〈臺灣民報〉的報導筆調，進行自傳記遊敘述、時事啟蒙與歷史再現的報導。林獻堂環遊世界的路上，以三百多天遊歷五洲，其中五次到訪巴黎，共有八十一天住在巴黎市內，而巴黎是林獻堂遊歷的重點城市，故選擇書中〈光明之巴黎〉、〈康科特廣場〉、〈市廳〉、〈再會巴黎〉、〈斯特拉斯堡〉這五篇短文作為此書入口，這也是林獻堂思考自由民主議題的重要象徵篇章。

　　輯選的五篇短文中，可以看到林獻堂將巴黎定位為最重要的國際都市，並敘寫城市的光明與黑暗，如：〈光明之巴黎〉篇章中也有黑暗的一面，巴黎市中的塞納河的左岸與右岸有著階級的區分，他對一七七九年七月十四日法蘭西大革命的感歎與今日所見的光明，感到哀惜與讚歎的雙重感慨。而〈康科特廣場〉有八位女神像，其中「斯特拉斯堡」女神的黑紗勝過日日講演，更能成為同仇敵愾之象徵之外，也對廣場上曾有的死刑唏噓不已。林獻堂是時時以歷史的眼光轉述巴黎的光輝與國際

指標性格。〈市廳〉的篇章，可以看到他對歷史的殺戮的思考，那「斬首的、吊燈的冤魂」，林獻堂轉述其歷史革命與政體改變之始末，為之顫然。〈再會巴黎〉篇章中，因著巴黎的從容而不捨離開巴黎。林獻堂以倫敦跟巴黎兩城市做比較，看到巴黎「街街皆有販賣各國的新聞」，更聽聞有歐諺云：「各國之人，皆有兩個祖國，一為其生國，一為法國。」認為巴黎是法國人精神上的原鄉，更以歐洲大戰中，因德軍入侵而巴黎告急，卻引得世界恐慌一事，以襯林獻堂鍾愛巴黎，不捨離開此城。末篇〈斯特拉斯堡〉，寫到此市是亞爾薩斯州的首都，而亞、洛兩州是德、法兩國數百年紛爭的焦點。德、法兩方政權、制度皆在此市鎮交替，民風近法國般自由，但德法皆有住民在此州此市雜居，或有彼此仇視，林獻堂思及族群不合議題，甚是感慨。

　　林獻堂在日記跟遊記中，記述各國見聞的同時，也時時回頭省思臺灣文化的建構與可能性，特別是在巴黎常參觀博物館、巴黎大歌劇院、拿破崙之墓、巴黎議會，聽歌劇、喝咖啡、享用法蘭西菜，到公園聽演講，深度參與巴黎文化生活之外，同時書寫日記和〈臺灣民報〉報導，留下日治時期重要而獨特的歷史眼光與時代責任感。

——李怡儒老師　撰

【延伸閱讀】

1. 公共電視文化事業基金會製作：《臺灣百年人物誌：夾縫中的民族主義者——林獻堂》DVD（臺北 ： 公共電視，1999）。
2. 黃郁升：《林獻堂《環球遊記》及其現代性論述》（臺北：國立臺灣師範大學臺灣文化及語言文學研究所碩士論文，林淑慧先生指導，2010）。
3. 許雪姬：〈追求現代、走入世界——我看灌園先生的《環球遊記》〉《林獻堂環球遊記》（臺北：天下雜誌，2015.10），頁 20-25。
4. 林淑慧：〈敘事、再現、啟蒙——林獻堂一九二七年日記及《環球遊記》的文化意義〉《臺灣文學學報》第 13 期（2008.12），頁 65-91。

單元六

人我之間——
生命歷程中的
人際關懷

蕭敏如　編選

金大班的最後一夜

白先勇

當臺北市的鬧區西門町一帶華燈四起的時分，夜巴黎舞廳的樓梯上便響起了一陣雜沓的高跟鞋聲，由金大班領隊，身後跟著十來個打扮得衣著入時的舞孃，綽綽約約的登上了舞廳的二樓來，才到樓門口，金大班便看見夜巴黎的經理童得懷從裡面竄了出來，一臉急得焦黃，搓手搓腳的朝她嚷道：「金大班，你們一餐飯下來，天都快亮嘍。客人們等不住，有幾位早走掉啦。」

「喲，急什麼？這不是都來了嗎？」金大班笑盈盈的答道：「小姐們孝敬我，個個爭著和我喝雙杯，我敢不生受她們的嗎？」金大班穿了一件黑紗金絲相間的緊身旗袍，一個大道士髻梳得烏光水滑的高聳在頭頂上，耳墜、項鍊、手串、髮針，金碧輝煌的掛滿了一身，她臉上早已酒意盎然，連眼皮蓋都泛了紅。

「你們鬧酒我還管得著嗎？夜巴黎的生意總還得做呀！」童經理猶自不停的埋怨著。

金大班聽見了這句話，且在舞廳門口煞住了腳，讓那群咭咭呱呱的舞孃魚貫而入走進了舞廳後，她才一隻手撐在門柱上，把她那隻鱷魚皮皮包往肩上一搭，一眼便睨住了童經理，臉上似笑非笑的開言道：「童大經理，你這一籮筐話是頂真說的呢，還是鬧著玩，若是鬧著玩的，便罷了。若是認起真來，今天夜晚我倒要和你把這筆帳給算算。你們夜巴黎要做生意嗎？」金大班打鼻子眼裡冷笑了一聲。「莫怪我講句居功的話：這五、六年來，夜巴黎不靠了我玉觀音金兆麗這塊老牌子，就撐得起今天這個場面了？華都的臺柱小如意蕭紅美是誰給挖來的？華僑那對姊妹花綠牡丹粉牡丹難道又是你童大經理搬來的嗎？天天來報到的這起大頭裡，少說也有一半是我的老相識，人家來夜巴黎花鈔票，倒是捧你童某人的場來的呢！再說，我的薪水，你們只算到昨天。今天最後一夜，我來，是人情，不來，是本分。我說句你不愛聽的話：我金兆麗在上海百樂門下海的時候，只怕你童某人連舞廳門檻還沒跨過呢。舞場裡的規矩，那裡就用得著你這位夜巴黎的大經理來教導了？」

金大班連珠炮似的把這番話抖了出來，也不等童經理答腔，逕自把舞廳那扇玻璃門一甩開，一雙三寸高的高跟鞋跺得通天價響，搖搖擺擺便走了進去。才一進門，

便有幾處客人朝她搖著手，一疊聲的「金大班」叫了起來。金大班也沒看清誰是誰，先把嘴一咧，一隻鱷魚皮皮包在空中亂揮了兩下，便向化妝室裡溜了進去。

娘個冬采！金大班走進化妝室把手皮包豁啷一聲摔到了化妝檯上，一屁股便坐在一面大化妝鏡前，狠狠的啐了一口。好個沒見過世面的赤佬！左一個夜巴黎，右一個夜巴黎。說起來不好聽，百樂門裡那間廁所只怕比夜巴黎的舞池還寬敞些呢，童得懷那副臉嘴在百樂門掏糞坑未必有他的份。金大班打開了一瓶巴黎之夜，往頭上身上亂灑了一陣，然後對著那面鏡子一面端詳著發起怔來。真正霉頭觸足，眼看明天就要做老闆娘了，還要受這種爛污鼈三一頓烏氣。金大班禁不住的搖著頭頗帶感慨的吁了一口氣。在風月場中打了二十年的滾，才找到個戶頭，也就算她金兆麗少了點能耐了。

當年百樂門的丁香美人任黛黛下嫁棉紗大王潘老頭兒潘金榮的時候，她還刻薄過人家：「我們細丁香好本事，釣到一頭千年大金龜。」其實潘老頭兒在她金兆麗身上不知下過多少功夫，花的錢恐怕金山都打得起一座了。那時嫌人家老，又嫌人家有狐臭，才一腳踢給了任黛黛。她曾經對那些姊妹淘誇下海口：「我才沒有你們那樣餓嫁，個個去捧塊棺材板。」可是那天在臺北碰到任黛黛，坐在她男人開的那個富春樓綢緞莊裡，風風光光，赫然是老闆娘的模樣，一個細丁香發福得兩隻膀子上的肥肉吊到了櫃檯上，搖著柄檀香扇，對她說道：「玉觀音，你這位觀音大士還在苦海裡普渡眾生嗎？」她還能說什麼？只得牙癢癢的讓那個刁婦把便宜撈了回去。

多走了二十年的遠路，如此下場，也就算不得什麼轟烈了。只有像蕭紅美她們那種眼淺的小婊子才會捧著杯酒來對她說：「到底我們大姊是領班，先中頭彩。」陳老闆，少說些，也有兩巴掌吧？剛才在狀元樓，夜巴黎裡那一起小娼婦，個個眼紅得要掉下口水來了似的，把陳發榮不知說成了什麼稀罕物兒了。也難怪，那起小娼婦那裡見過從前那種日子？那種架勢？當年在上海，拜倒她玉觀音裙下，像陳發榮那點根基的人，扳起腳趾頭來還數不完呢！兩個巴掌是沒有的事，她老早託人在新加坡打聽得清清楚楚了：一個小橡膠廠，兩棟老房子，前房老婆的兒女也早分了家。她私自估了一下，三、四百萬的家當總還少不了。這且不說，試了他這個把月，

除了年紀大些，頂上無毛，出手有點摳扒，卻也還是個實心人。那種臺山鄉下出來的，在南洋苦了一輩子，怎能怪他把錢看得天那麼大？可是陽明山莊那幢八十萬的別墅，一買下來，就過到了她金兆麗的名下。這麼個土佬兒，竟也肯為她一擲千金，也就十分難為了他了。至於年紀哩，金大班湊近了那面大化妝鏡，把嘴巴使勁一咧，她那張塗得濃脂豔粉的臉蛋兒，眼角子上突然便現出了幾把魚尾巴來。四十歲的女人，還由得你理論別人的年紀嗎？饒著像陳發榮那麼個六十大幾的老頭兒，她還不知在他身上做了多少手腳呢。這個把月來，在宜香美容院就不知花了多少冤枉錢。拉面皮、扯眉毛——臉上就沒剩下一塊肉沒受過罪。每次和陳老頭兒出去的時候，竟像是披枷戴鎖，上法場似的，勒肚子束腰，假屁股假奶，大七月裡，綁得一身的家私——金大班在小肚子上猛抓了兩下——發得她一肚皮成餅成餅的熱痱子，奇癢難耐。

這還在其次，當陳老頭兒沒頭沒臉問起她貴庚幾何的當兒，她還不得不裝出一副小娘姨的腔調，矯情的捏起鼻子反問他：「你猜？三十歲？」娘個冬采！只有男人才瞎了眼睛。金大班不由得噗哧的笑出了聲音來。哄他三十五，他竟嚇得嘴巴張起茶杯口那麼大，好像撞見了鬼似的。瞧他那副模樣，大概除了他那個種田的黃臉婆，一輩子也沒近過別的女人。來到臺北一見到她，七魂先走了三魂，迷得無可無不可的。可是憑他怎樣，到底年紀一大把了。金大班把腰一挺，一雙奶子便高高的聳了起來。收拾起這麼個老頭兒來，只怕連手指頭兒也不必翹一下哩。

金大班打開了她的皮包，掏出了一盒美國駱駝牌香菸點上一支，狠狠的抽了兩口，才對著鏡子若有所悟的點了一下頭，難怪她從前那些姊妹淘個個都去捧塊棺材板，原來卻也有這等好處，省卻了多少麻煩。年紀輕的男人，那裡肯這麼安分？那次秦雄下船回來，不鬧得她周身發疼的？她老老實實告訴他：她是四十靠邊的人了，比他大六、七歲呢，哪裡還有精神來和他窮糾纏？偏他娘的，秦雄說他就喜歡比他年紀大的女人，解事體，懂溫存。他到底要什麼？要個媽嗎？秦雄倒是對她說過：他從小便死了娘，在海上漂泊了一輩子也沒給人疼過。

說實話，他待她那分真也比對親娘還要孝敬。哪怕他跑到世界哪個角落頭，總要寄些玩意兒回來給她：香港的開什米毛衣，日本的和服繡花睡袍，泰國的絲綢，

囉囉嗦嗦，從來沒有斷過；而且一個禮拜一封信，密密匝匝十幾張信紙，也不知是從什麼尺牘抄下來的：「兆麗吾愛」──沒的肉麻！他本人倒是個痴心漢子，只是不大會表情罷了。有一次，他回來，喝了點酒，一把抱住她，痛哭流涕。一個彪形大漢，竟倒在她懷中哭得像個小兒似的。為了什麼呢？原來他在日本，一時寂寞，去睡了一個日本婆，他覺得對不起她，心裡難過。這真正是從何說起？他把她當成什麼了？還是個十來歲的女學生，頭一次談戀愛嗎？他興沖沖的掏出他的銀行存摺給她看，他已經攢了七萬塊錢了，再等五年──五年，我的娘──等他在船上再做五年大副，他就回臺北來，買房子討她做老婆。她對他苦笑了一下，沒有告訴他，她在百樂門走紅的時候，一夜轉出來的檯子錢恐怕還不只那點。五年──再過五年她都好做他的祖奶奶了。要是十年前──金大班又猛吸了一口菸，頗帶惆悵的思量道──要是十年前她碰見秦雄那麼個痴心漢子，也許她真的就嫁了。十年前她金銀財寶還一大堆，那時她也存心在找一個對她真心真意的人。

上一次秦雄出海，她一時興起，到基隆去送他上船，碼頭上站滿了那些船員的女人，船走了，一個個淚眼汪汪，望著海水都掉了魂似的。她心中不由得倒抽了一口冷氣，這次她下嫁陳發榮，秦雄那裡她連信也沒去一封。秦雄不能怨她絕情，她還能像那些女人那樣等掉了魂去嗎？四十歲的女人不能等。四十歲的女人沒有功夫談戀愛。四十歲的女人──連真正的男人都可以不要了。那麼，四十歲的女人到底要什麼呢？金大班把一截香菸屁股按熄在煙缽裡，思索了片刻，突然她抬起頭來，對著鏡子歹惡的笑了起來。她要一個像任黛黛那樣的綢緞莊，當然要比她那個大一倍，就開在她富春樓的正對面，先把價錢殺成八成，讓那個貧嘴薄舌的刁婦也嘗嘗厲害，知道我玉觀音金兆麗不是隨便招惹得的。

「大姊──」

化妝室的門打開了，一個年輕的舞孃走了進來向金大班叫道。金大班正在用粉撲撲著面，她並沒回過頭去，從鏡子裡，她看見那是朱鳳。半年前朱鳳才從苗栗到臺北，她原是個採茶娘，老子是酒鬼，後娘又不容，逼了出來。剛來夜巴黎，朱鳳穿上高跟鞋，竟像踩高蹺似的。不到一個禮拜，便把客人得罪了。童得懷劈頭一陣

臭罵，當場就要趕出去。金大班看見朱鳳嚇得抖索索，縮在一角，像隻小兔兒似的，話都說不出來。她實在憎惡童得懷那副窮凶極惡的模樣，一賭氣，便把朱鳳截了下來。她對童得懷拍起胸口說過：一個月內，朱鳳紅不起來，薪水由她金兆麗來賠。她在朱鳳身上確實費了一番心思，舞場裡的十八般武藝她都一一傳授給她，而且還百般替她拉攏客人。朱鳳也還爭氣，半年下來，雖然輪不上頭牌，一晚上卻也有十來張轉檯票子了。

「怎麼了，紅舞女？今晚轉了幾張檯子了？」金大班看見朱鳳進來，黯然坐在她身邊，沒有作聲，便逗她問道。剛才在狀元樓的酒席上，朱鳳一句話也沒說，眼皮蓋一直紅紅的，金大班知道，朱鳳平日依賴她慣了，這一走，自然有些慌張。

「大姊——」

朱鳳隔了半晌又顫聲叫道。金大班這才察覺朱鳳的神色有異。她趕緊轉過身，朝著朱鳳身上，狠狠的打量了一下，剎那間，她恍然大悟起來。「遭了毒手了吧？」金大班冷冷問道。

近兩三個月，有一個在臺灣大學念書的香港僑生，夜夜來捧朱鳳的場，那個小廣仔長得也頗風流，金大班冷眼看去，朱鳳竟是十分動心的樣子。她三番四次警告過她：闊大少跑舞場，是玩票，認起真來，吃虧的總還是舞女。朱鳳一直笑著，沒肯承認，原來卻瞞著她幹下了風流的勾當，金大班朝著朱鳳的肚子盯了一眼，難怪這個小娼婦勒了肚兜也要現原形了。

「人呢？」

「回香港去了。」朱鳳低下了頭，吞吞吐吐的答道。

「留下了東西沒有？」金大班又追逼了一句，朱鳳使勁的搖了幾下頭，沒有作聲。金大班突然覺得一腔怒火給勾了起來，這種沒耳性的小婊子，自然是讓人家吃的了。她倒不是為著朱鳳可惜，她是為著自己花在朱鳳身上那番心血白白糟踏了，實在氣不忿。好不容易，把這麼個鄉下土豆兒脫胎換骨，調理得水蔥兒似的，眼看

著就要大紅大紫起來了，連萬國的陳胖婆兒陳大班都跑來向她打聽過朱鳳的身價。她拉起朱鳳的耳朵，咬著牙齒對她說：再忍一下，你出頭的日子就到了。玩是玩，要是要，貨腰孃第一大忌是讓人家睡大肚皮。舞客裡哪個不是狼心狗肺？哪怕你紅遍了半邊天，一知道你給人睡壞了，一個個都捏起鼻子鬼一樣的跑了，就好像你身上沾了雞屎似的。

「哦——」金大班冷笑了一下，把個粉撲往臺上猛一砸，說道：「你倒大方！人家把你睡大了肚子，拍拍屁股溜了，你連他鳥毛也沒抓住半根！」

「他說他回香港一找到事，就匯錢來。」朱鳳低著頭，兩手搓弄著手絹子，開始嚶嚶的抽泣起來。

「你還在做你娘的春秋大夢呢！」金大班霍然立了起來，走到朱鳳身邊，狠狠啐了一口，「你明明把條大魚放走了，還抓得回來？既沒有那種捉男人的屄本事，褲腰帶就該紮緊些呀。現在讓人家種下了禍根子，跑來這裡一把鼻涕，一把眼淚——哪一點叫我瞧得上？平時我教你的話都聽到那裡去了。那個小王八想開溜嗎？廁所裡的來沙水你不會捧起來當著他灌下去？」金大班擂近了朱鳳的耳根子喝問道。

「那種東西——」朱鳳往後閃了一下，嘴唇哆嗦起來，「怕痛啊——，」

「哦——怕痛呢！」金大班這下再也耐不住了，她一手扳起了朱鳳的下巴，一手便戳到了她眉心上，「怕痛？怕痛為什麼不滾回你苗栗家裡當小姐去？要來這種地方讓人家摟腰摸屁股？怕痛？到街上去賣傢伙的日子都有你的份呢！」朱鳳雙手掩起面，失聲痛哭起來。金大班也不去理睬她，逕自點了根香菸猛抽起來，她在室內踱了兩轉，然後突然走到朱鳳面前，對她說道：「你明天到我那裡來，我帶你去把你肚子裡那塊東西打掉。」

「啊——」朱鳳抬頭驚叫了一聲。

金大班看見她死命的用雙手把她那微微隆起的肚子護住，一臉抽搐著，白得像張紙一樣。金大班不由得怔住了，她站在朱鳳面前，默默的端詳著她，她看見朱鳳

那雙眼睛凶光閃閃，竟充滿了怨毒，好像一隻剛賴抱的小母雞準備和偷牠雞蛋的人拚命了似的。她愛上他了，金大班暗暗歎息道，要是這個小婊子真的愛上了那個小王八，那就沒法了。這起還沒嘗過人生三昧的小娼婦們，憑你說爛了舌頭，她們未必聽得入耳。連她自己那一次呢，她替月如懷了孕，姆媽和阿哥一個人揪住她一隻膀子，要把她扛出去打胎。她捧住肚子滿地打滾，對他們搶天呼地的哭道：要除掉她肚子裡那塊肉嗎？除非先拿條繩子來把她勒死。姆媽好狠心，到底在麵裡暗下了一把藥，把個已經成了形的男胎給打了下來。

一輩子，只有那一次，她真的萌了短見：吞金、上吊、吃老鼠藥、跳蘇州河——偏他娘的，總也死不去。姆媽天天勸她：阿囡，你是聰明人。人家官家大少，獨兒獨子，那裡肯讓你毀了前程去？你們這種賣腰的，日後拖著個無父無姓的野種，誰要你？姆媽的話也不能說沒有道理。自從月如那個大官老子，派了幾個衛士來，把月如從他們徐家匯那間小窩巢裡綁走了以後，她就知道，今生今世，休想再見她那個小愛人的面了。不過那時她還年輕，一樣也有許多傻念頭。她要替她那個學生愛人生一個兒子，一輩子守住那個小孽障，那怕街頭討飯也是心甘情願的。難道賣腰的就不是人嗎？那顆心一樣也是肉做的呢。何況又是很標緻的大學生。像朱鳳這種剛下海的雛兒，有幾個守得住的？

「拿去吧，」金大班把右手無名指上一隻一克拉半的火油大鑽戒卸了下來，擲到了朱鳳懷裡，「值得五百美金，夠你和你肚子裡那個小孽種過個一年半載的了。生了下來，你也不必回到這個地方來。這口飯，不是你吃得下的。」

金大班說著便把化妝室的門一甩開，朱鳳追在後面叫了幾聲她也沒有答理，逕自跺著高跟鞋便搖了出去。外面舞池裡老早擠滿了人，霧一般的冷氣中，閃著紅紅綠綠的燈光，樂隊正在敲打得十分熱鬧，舞池中一對對都像扭股糖兒似的黏在了一起搖來晃去。金大班走過一個檯子，一把便讓一個舞客撈住了，她回頭看時，原來是大華紡織廠的董事長周富瑞，專來捧小如意蕭紅美的。

「金大班，求求你做件好事。紅美今夜的脾氣不大好，恐怕要勞動你去請請才肯轉過來。」周富瑞捏住金大班的膀子，一臉焦灼的說道。

「那也要看你周董事長怎麼請我呢。」金大班笑道。

「你和陳老闆的喜事──十桌酒席，怎樣？」

「閒話一句！」金大班伸出手來和周富瑞重重握了一下，便搖到了蕭紅美那邊，在她身旁坐下，對她悄悄說道：「轉完這一桌，過去吧。人家已經等掉魂了。」

「管它呢，」蕭紅美正在和桌子上幾個人調笑，她頭也不回就駁回道：「他的鈔票又比別人的多值幾文嗎？你去跟他說：新加坡的蒙娜正在等他去吃消夜呢！」

「哦，原來是打翻了醋罐子。」金大班笑道。

「呸，他也配？」蕭紅美尖起鼻子冷笑了一聲。 金大班湊近蕭紅美耳朵對她說道：「看在大姊臉上，人家要送我十檯酒席呢。」

「原來你和他暗地裡勾上了，」蕭紅美轉過頭來笑道：「幹嘛你不去陪他？」

金大班且不答腔，乜斜了眼睛瞅著蕭紅美，一把兩隻手便抓到了蕭紅美的奶子上，嚇得蕭紅美雞貓子鬼叫亂躲起來，惹得桌上的客人都笑了。蕭紅美忙討了饒，和金大班咬耳說道：「那麼你要對那個姓周的講明白，他今夜完全沾了你的光，我可是沒有放饒他。你金大姊是過來人，『打鐵趁熱』這句話不會不懂，等到涼了，那塊鐵還扳得動嗎？」

金大班倚在舞池邊的一根柱子上，一面用牙籤剔著牙齒，一面看著小如意蕭紅美妖妖嬈嬈的便走到了周富瑞那邊桌子去。蕭紅美穿了一件石榴紅的透空紗旗袍，兩筒雪白滾圓的膀子連肩帶臂肉顫顫的便露在了外面，那一身的風情，別說男人見了要起火，就是女人見了也得動三分心呢。何況她又是個頭一等難纏的刁婦，心黑手辣，要了這些年，就沒見她栽過一次筋斗。那個姓周的，在她身上少說些也貼了十把二十萬了，還不知道連她的騷舐著了沒有？這才是做頭牌舞女的材料，金大班心中暗暗讚歎道，朱鳳那塊軟皮糖只有替她拾鞋子的份。雖然說蕭紅美比起她玉觀音金兆麗在上海百樂門時代的那種風頭，還差了一大截，可是臺北這一些舞廳裡論起來，她小如意也是個拔尖貨了。

當年數遍了上海十里洋場，大概只有米高梅五虎將中的老大吳喜奎還能和她唱個對臺。人家都說她們兩人是九天媱女白虎星轉世，來到黃浦灘頭擾亂人間的，可是她偏偏卻和吳喜奎那隻母大蟲結成了小姊妹，兩個人晚上轉完檯子便到惠而康去吃炸子雞，對扳著指頭來較量，哪個的大頭要得多，要得狠，要得漂亮。傷風敗德的事，那幾年真幹了不少，不曉得害了多少人，為著她玉觀音妻離子散，家破人亡。後來吳喜奎抽身得早，不聲不響便嫁了個生意人。她那時還直納悶，覺得冷清了許多。

來到臺北，她到中和鄉去看吳喜奎。沒料到當年那隻張牙舞爪的母大蟲，竟改頭換面，成了個大佛婆。吳喜奎家中設了個佛堂，裡面供了兩尊翡翠羅漢。她家裡人說她終年吃素唸經，連半步佛堂都不肯出。吳喜奎見了她，眼睛也不抬一下，搖著個頭，歎道：嘖，嘖，阿麗，儂還在那種地方惹是非吓。聽得她不由心中一寒。到底還是她們乖覺，一個個鬼趕似的都嫁了人，成了正果。只剩下她玉觀音孤鬼一個，在那孽海裡東飄西蕩，一蹉跎便是二十年。偏他娘的，她又沒有吳喜奎那種慧根。西天是別想上了，難道她也去學吳喜奎起個佛堂，裡面真的去供尊玉觀音不成？作了一輩子的孽，沒的玷辱了那些菩薩老爺！她是橫了心了，等到兩足一伸，便到那十八層地獄去嘗嘗那上刀山下油鍋的滋味去。

「金大班——」

金大班轉過頭去，她看見原來靠近樂隊那邊有一檯桌子上，來了一群小夥子，正在向她招手亂嚷，金大班認得那是一群在洋機關做事的浮滑少年，身上有兩文，一個個骨子裡都在透著騷氣。金大班照樣也一咧嘴，風風標標的便搖了過去。

「金大班，」一個叫小蔡的一把便將金大班的手捏住笑嘻嘻的對她說道：「你明天要做老闆娘了，我們小馬說他還沒吃著你燉的雞呢。」說著桌子上那群小夥子都怪笑了起來。

「是嗎？」金大班笑盈盈的答道，一屁股便坐到了小蔡兩隻大腿中間，使勁的磨了兩下，一隻手勾到小蔡脖子上，說道：「我還沒宰你這隻小童子雞，哪裡來的

雞燉給他吃？」說著她另一隻手暗伸下去在小蔡的大腿上狠命一捏，捏得小蔡尖叫了起來。正當小蔡兩隻手要不規矩的時候，金大班霍然跳起身來，推開他笑道：「別跟我鬧，你們的老相好來了，沒的教她們笑我『老牛吃嫩草』。」

說著，幾個轉檯子的舞女已經過來了，一個照面便讓那群小夥子攜到了舞池子中，貼起面婆娑起來。

「喂，小白臉，你的老相好呢？」

金大班正要走開的時候，卻發現座上還有一個年輕男人沒有招人伴舞。

「我不大會跳，我是來看他們的。」那個年輕男人囁嚅的答道。

金大班不由得煞住了腳，朝他上下打量了一下，也不過是個二十上下的小夥子，恐怕還是個在大學裡念書的學生，穿戴得倒十分整齊，一套沙市井的淺灰西裝，配著根紅條子領帶，清清爽爽的，周身都露著怯態，一望便知是頭一次到舞場來打野的嫩角色。金大班向他伸出了手，笑盈盈的說道：「我們這裡不許白看的呢，今晚我來倒貼你吧。」

說著金大班便把那個忸怩的年輕男人拉到了舞池裡去。樂隊正在奏著「小親親」，一支慢四步。臺上綠牡丹粉牡丹兩姊妹穿得一紅一綠，互相攜著腰，妖妖嬈嬈的在唱著：

你呀你是我的小親親，　為什麼你總對我冷冰冰？

金大班藉著舞池邊的柱燈，微仰著頭，端詳起那個年輕的男人來。她發覺原來他竟長得眉清目秀，趣青的鬚毛都還沒有長老，頭上的長髮梳得十分妥貼，透著一陣陣貝林的甜香。他並不敢貼近她的身體，只稍稍攬著她的腰肢，生硬的走著。走了幾步，便踢到了她的高跟鞋，他惶恐的抬起頭，腼腆的對她笑著，一直含糊的對她說著對不起，雪白的臉上一下子通紅了起來。金大班對他笑了一下，很感興味的瞅著他，大概只有第一次到舞場來的嫩角色才會臉紅，到舞場來尋歡竟也會紅臉——大概她就是愛上了會紅臉的男人。

那晚月如第一次到百樂門去，和她跳舞的時候，羞得連頭都不抬起來，臉上一陣又一陣的泛著紅暈。當晚她便把他帶回了家裡去，當她發覺他還是一個童男子的時候，她把他的頭緊緊的摟進她懷裡，貼在她赤裸的胸房上，兩行熱淚，突的湧了下來。那時她心中充滿了感激和疼憐，得到了那樣一個羞赧的男人的童貞。一剎那，她覺得她在別的男人身上所受的玷辱和褻瀆，都隨著她的淚水流走了一般。她一向都覺得男人的身體又髒又醜又臭，她和許多男人同過床，每次她都是偏過頭去，把眼睛緊緊閉上的。可是那晚當月如睡熟了以後，她爬了起來，跪在牀邊，藉著月光，痴痴的看著床上那個赤裸的男人。月光照到了他青白的胸膛和纖秀的腰肢上，她好像頭一次真正看到了一個赤裸的男體一般，那一刻她才了悟原來一個女人對一個男人的肉體，竟也會那樣發狂般的痴戀起來的。當她把滾熱的面腮輕輕的偎貼到月如冰涼的腳背上時，她又禁不住默默的哭泣起來了。

「這個舞我不會跳了。」那個年輕的男人說道。他停了下來，尷尬的望著金大班，樂隊剛換了一支曲子。

金大班凝望了他片刻，終於溫柔的笑了起來，說道：

「不要緊，這是三步，最容易，你跟著我，我來替你數拍子。」

說完她便把那個年輕的男人摟進了懷裡，面腮貼近了他的耳朵，輕輕的，柔柔的數著：

一二三──

一二三──

【賞析】

白先勇（1937～），廣西桂林人，國民黨將領白崇禧之子，早年隨父母流寓重慶、南京、香港等地，親身經歷二戰、國共內戰與政權更易，目睹戰亂中的顛沛倉皇。1949年，十二歲的白先勇與父親白崇禧將軍撤退來臺，在臺灣度過他的青春時期。1960年，正於臺大外文系就讀的白先勇與同學王文興、歐陽子、陳若曦等人創立《現代文學》，並於其中發表〈玉卿嫂〉、〈月夢〉等多篇作品，在引介西方現代主義的同時，在創作上亦揚棄五〇年代以來帶有強烈政治寓意的反共與懷鄉文學的路向，轉向對人性的脆弱、幽暗面的勾勒。流離的童年，在更迭的政權與不同城市空間中流轉，雕琢出他流亡遷徙、虛實交錯的歷史意識，並融鑄於小說書寫中。

白先勇的文學書寫，一方面受中國古典小說和五四新文學作品的浸潤，另一方面也在現代主義的影響下大量運用意識流的技巧。他的經典作品如《臺北人》、《紐約客》等，均帶有強烈的歷史感。他在〈《現代文學》創立的時代背景及其精神風貌──寫在《現代文學》重刊之前〉指出：「當時我們不甚明瞭，現在看來，其實我們正站在臺灣歷史發展的轉捩點上，面臨著文化轉形的十字路口。政府遷臺，經過十年慘澹經營，臺灣正開始從農業社會轉向工商社會，而戰後的新文化也在臺灣初度成形，我們在這股激變的洪流中，探索前進。」白先勇有意識地透過《臺北人》與《紐約客》的書寫，在傳統與現代中認識自我，思索自我的定位，並在自我認識的過程之中介入傳統與現代的承接。在傳統與現代、虛構與現實的交織下，鋪陳華麗而絢爛的篇章。

1971年，白先勇將十四篇以國府遷臺後流亡的外省族群為主題的短篇小說如〈永遠的尹雪豔〉、〈一把青〉、〈遊園驚夢〉、〈金大班的最後一夜〉、〈花橋榮記〉等作品集結，以〈國葬〉終結全書，並繫以《臺北人》之名出版。《臺北人》反映白先勇對歷史、族群與人物命運的思考，娓娓道出戰亂之下人們的無奈與蒼涼。十四篇關於離散的故事，既無美好山河的描繪，也無孤臣孽子式的悲憤，只有在劇烈的時空變遷下對青春已逝、繁華銷盡的無盡悵惘，織構出一幅震懾人心的巨大流亡圖像。

〈金大班的最後一夜〉初發表於 1968 年 5 月的《現代文學》34 期，1971 年時被織入白先勇《臺北人》的流亡圖像裡。故事以燈紅酒綠的舞廳景緻華麗開場，金大班意氣昂揚地登上喧鬧逸樂的夜巴黎，在化妝室對鏡自照之際，平生往事浮湧而來，寫下金大班金兆麗在洗盡鉛華、嫁為商人婦的前夕，為舞女生涯留下最後顧盼。白先勇以意識流的手法，以舞女金兆麗為主要敘述視角，在一夜的時間裡，以回憶的形式穿插過去與當下──從玉觀音到金大班、上海到臺北、月如到陳榮發，勾勒出理想與現實、青春與衰逝、繁華與敗落的斷裂，衰老、毀敗的沉鬱氣息如遊魂般纏繞在理應風光退場的這一夜上。對照於初出場時趾高氣昂的姿態，文末看盡世情的金大班與初入舞場的年輕男子，在老練與羞澀間的最後一舞，更顯出金大班舞女生涯繁華落盡的滄桑。

──*蕭敏如老師 撰*

【延伸閱讀】

1. 陳映真：〈將軍族〉，收錄於白先勇、柯慶明主編：《現代文學精選集：小說（Ⅲ）二版》（臺北：臺灣大學出版中心，2012）。
2. 白先勇：《臺北人》（臺北：爾雅出版社，1983）。
3. 張大春：〈將軍碑〉，收錄於張大春：《四喜憂國》（臺北：時報文化，2002）。

死去活來

黃春明

不是病。醫院說，老樹敗根，沒辦法。他們知道，特別是鄉下老人，不希望在外頭過往。沒時間了，還是快回家。就這樣，送她來的救護車，又替老人家帶半口氣送回山上。

八十九歲的粉娘，在陽世的謝家，年歲算她最長，輩份也最高。她在家彌留了一天一夜，好像在等著親人回來，並沒像醫院斷的那麼快。家人雖然沒有全數到齊，大大小小四十八個人從各地趕回來了。這對他們來說，算難得。好多人已經好幾年連大年大節，也都有理由不回來山上拜祖先了。這次，有的是順便回來看看自己將要擁有的那一片山地。另外，國外的一時回不來，越洋電話也都連絡了。

準備好的一堆麻衫孝服，上面還有好幾件醒眼的紅顏色。做祖了，四代人也可算做五代，是喜喪。難怪氣氛有些不像，儘管跟她生活在一起的么兒炎坤，和嫁出去的六個女兒是顯得悲傷，但是都被多數人稀釋掉了。令人感到不那麼陰氣。大家難得碰面，他們聚在外頭的樟樹下聊天，年輕的走到竹圍外看風景拍照。炎坤裡裡外外跑來跑去，拿東拿西招待遠地回來的家人。他又回屋裡探探老母親。這一次，他撩開簾布，嚇了一跳，粉娘向他叫肚子餓。大家驚奇的回到屋子裡圍著過來看粉娘。

粉娘要人扶她坐起來。她看到子子孫孫這麼多人聚在身旁，心裡好高興。她忙問大家：「呷飽未？」大家一聽，感到意外的笑起來。大家當然高興，不過還是有那麼一點覺得莫名的好笑。

么兒當場考她認人。「我，我是誰？」

「你呃，你炎坤誰不知道。」大家都哄堂大笑。他們繼續考她。能叫出名字或是說出輩份關係時，馬上就贏得掌聲和笑聲。但是有一半以上的人，儘管旁人提示她，說不上來就是說不上。有的曾孫輩被推到前面，見了粉娘就哭起來用國語說：「我要回家。我不要在這裡。」粉娘說：「伊在說什麼？我怎麼聽不懂。」總而言之，她怪自己生太多，怪自己老了，記性不好。

當天開車的開車，搭鎮上最後一班列車的，還有帶著小孩子被山上蚊蟲叮咬的抱怨，他們全走了。昨天，那一隻為了盡職的老狗，對一批一批湧到的，又喧譁的陌生人提出警告猛吠，而嚇哭了幾個小孩的結果，幾次都挨了主人的棍子。誰知道他們是主人的至親？牠遠遠的躲到竹叢中，直到聞不出家裡有異樣的時候，牠搖著尾巴回到家裡來了。腦子裡還是錯亂未平，牠抬眼注意主人。主人看著牠，好像忘了昨天的事。主人把電視關了。山上的竹圍人家，又與世隔絕了。

第二天清晨，天還未光，才要光。粉娘身體雖然虛弱，需要扶籬扶壁幫她走動，可是神明公媽的香都燒好了。她坐在廳頭的藤椅上，為她沒有力氣到廚房泡茶供神，感到有些遺憾。想到昨天的事；是不是昨天？她不敢確定，不過她確信，家人大大小小曾經都回到山上來。她心裡還在興奮，至少她是確確實實地做了這樣的一場夢吧。她想。

炎坤在臥房看不到老母親，一跨進大廳，著實地著了一驚。「姨仔！」他叫了一聲湊近她。

「你快到灶腳泡茶。神明公媽的香我都燒好了，就是欠清茶。我告訴神明公媽說，全家大小都回來了，請神明公媽保庇他們平安賺大錢，小孩子快快長大念大學。」

炎坤墊著板凳，把插在兩隻香爐插得歪斜的香扶直，一邊說：「姨仔，你不要再爬高爬低了，香讓我來燒就好了。」他看看八仙桌、紅閣桌，很難相信虛弱的老母親，竟然能搆到香爐插香。

「我跟神明公媽說了，說全家大小統統回來了。……」

「你剛剛說過了。」

「喔！」粉娘記不起來了。

炎坤去泡茶。粉娘兩隻手平放在藤椅的扶手上，舒舒服服地坐在那裡，露出咪咪的笑臉，望著觀音佛祖媽祖婆土地公群像的掛圖。她望著此刻跟她生命一樣的紅

點香火，在昏暗的廳堂，慢慢地引暈著小火光，釋放檀香的香氣充滿屋內，接著隨裊裊的煙縷飄向屋外，和濛濛亮的天光渾然一起。

不到兩個禮拜的時間，粉娘又不省人事，急急地被送到醫院。醫院對上一次的迴光能拖這麼久，表示意外神奇。不過這一次醫院又說，還是快點回去，恐怕時間來不及在家裡過世。

粉娘又彌留在廳頭。隨救護車來的醫師按她的脈搏，聽聽她的心跳，用手電筒看她的瞳孔。他說：「快了。」

炎坤請人到么女的高中學校，用機車把她接回來，要她打電話連絡親戚。大部份的親戚都要求跟炎坤直接通話。

「會不會和上一次一樣？」

「我做兒子的當然希望和上一次一樣，但是這一次醫生也說了，我也看了，大概天不從人願吧。」炎坤說。對方言語支吾，炎坤又說：「你是內孫，父親又不在，你一定要回來。上次你們回來，老人家高興得天天唸著。」

幾乎每一個要求跟炎坤通話的，都是類似這樣的對答。而對方想表示即時回去有困難，又不好直說。結果，六個也算老女人的女兒輩都回來了，在世的三個兒子也回來，孫子輩的內孫外孫，沒回來的較多，曾孫都被拿來當年幼，又被他們的母親拿來當著需要照顧他們的理由，全都沒回來了。

又隔了一天一夜，經過炎坤確認老母親已經沒脈搏和心跳之後，請道士來做功德。但是鑼鼓才要響起，道士發現粉娘的白布有半截滑到地上，屍體竟然側臥。他叫炎坤來看。粉娘看到炎坤又叫肚子餓。他們趕快把拜死人的腳尾水、碗公、盛沙的香爐，還有冥紙、背後的道士壇統統都撤掉。在樟樹下聊天的親戚，少了也有十九人，他們回到屋裡圍著看粉娘。被扶坐起來的粉娘，緩慢地掃視了一圈，她從大家的臉上讀到一些疑問。她向大家歉意地說：「真歹勢，又讓你們白跑一趟。我真的去了。去到那裡，碰到你們的查甫祖，他說這個月是鬼月，歹月，你來幹什麼？」

粉娘為了要證實她去過陰府，她又說：「我也碰到阿蕊婆，她說她屋漏得厲害，所以小孫子一生出來怎麼不會不兔唇？……」圍著她看的家人，都露出更疑惑的眼神。這使粉娘焦急了起來。她以發誓似的口吻說：

「下一次，下一次我真的就走了。下一次。」最後的一句「下一次」幾乎聽不見。她說了之後，尷尬地在臉上掠過一絲疲憊的笑容就不再說話了。

【賞析】

　　本文選自黃春明《放生》，是一篇黑色幽默式的小品，主要以家族長老——粉娘之「死」，點出臺灣高齡化社會，老年人的邊緣處境。黃春明，臺灣宜蘭人，民國二十四年出生。屏東師範畢業後曾經擔任小學老師，服兵役期間開始從事小說創作，曾於電臺擔任記者、編輯以及播音員，也接觸廣告企劃、記念錄片等拍攝工作。黃春明的創作多元，長、中、短篇小說之外，並有散文、新詩、歌仔戲、兒童文學、戲劇、繪本，以及鄉土語言教材的編寫。作品視角涉及鄉土、社會、文化等各層面，對於小說筆下的人物充滿關懷，反映臺灣社會種種現象，著有《兒子的大玩偶》、《鑼》、《莎喲娜啦・再見》、《青番公的故事》、《看海的日子》，作品數量眾多，並曾多次改編成電影，作品並被譯為英、法、日、韓、德等多國語言。

　　本文從第三人稱的全知視角敘述，小說一開始從粉娘的臨終寫起，醫院的病危通知、家中的後事準備，故事雖凝聚死亡氣息，卻因為家族中「大大小小四十八個人從各地趕回來了」，臨終儀式成為親戚間久未碰面的寒暄，「準備好的一堆麻衫孝服」，彷彿只等一長者離世，程序即已圓滿。死亡的陰影不久後被老人打破，臨終的粉娘忽然蘇醒，「看見子子孫孫這麼多人聚在身旁，心裡好高興」，老人最期待的子孫滿堂必須等到臨終時才實現。小說中伴隨粉娘兩度「死去」又「活來」的情節，發展兩回兒孫們截然不同的反應，作為對比：頭一次「死去」時大家齊聚一堂，

靈堂原本哀戚，卻因五代同堂而感染喜氣；第二次親戚們疑信參半，推拖著不願再回來。老人最終為自己的二度「復活」滿懷歉意，幾乎以承諾的方式說出「下一次，下一次我就真的走了。下一次。」為了滿足子孫的期待，活著反而成為一種尷尬的存在。

　　本文寫作時間雖在九〇年代，但高齡化問題仍存在臺灣社會，有待解決。小說將家族輩分最高的長者粉娘安排居住於交通不便的山上，體現其邊緣化的處境，安排么兒炎坤幫忙照護，表面上粉娘不至於成為獨居老人，然而其它的兄弟皆在外地，粉娘其實是寂寞的。長者臨終帶來的另一問題是遺產，文中提到「這次，有的是順便回來看看自己將要擁有的那一片山地」，藉由一場準備就緒的葬禮，體現現代社會中家族凝聚的力量徒具形式。小說從人口老化的視角，帶出家族、城鄉、死亡等議題，老人於「死去」與「活來」間尷尬地存在，她的「死」比「生」來得更受重視，作者以此為篇名，既為故事主軸又具隱喻效果，值得讀者深思。

——嚴敏菁老師　撰

【延伸閱讀】

1. 吳晟：〈稻草〉，《吾鄉印象》（臺北：洪範，1985）。
2. 黃春明：〈銀鬚上的春天〉，《放生》（臺北：聯合文學，1999）。
3. 簡媜：《誰在銀閃閃的地方，等妳》（臺北：印刻文學，2013）。

秦晉殽之戰

左丘明

〈燭之武退秦師〉

（僖公三十年）九月甲午，晉侯① 秦伯② 圍鄭，以其無禮於晉③，且貳於楚④ 也。晉軍函陵，秦軍氾南。

佚之狐言於鄭伯曰：「國危矣！若使燭之武見秦君，師必退。」公從之。辭曰：「臣之壯也，猶不如人；今老矣，無能為也已。」公曰：「吾不能早用子，今急而求子，是寡人之過也。然鄭亡，子亦有不利焉。」許之，夜縋⑤ 而出。見秦伯曰：「秦晉圍鄭，鄭既知亡矣。若亡鄭而有益于君，敢以煩執事⑥？越國以鄙遠⑦，君知其難也。焉用亡鄭以陪⑧ 鄰？鄰之厚，君之薄也。

① 晉侯：此處指春秋時期晉國國君晉文公，姬姓，名重耳，為晉獻公之子，春秋五霸之一。晉獻公晚年嬖幸驪姬，太子申生含冤自盡，重耳奔狄，其後流亡於諸國之間。獻公過世，數傳至懷公子圉。子圉質秦時，秦穆公曾以宗女妻之，而子圉棄妻逃歸，穆公大恚，乃自楚迎重耳入秦，並發兵助其歸晉。

② 秦伯：此處指春秋時期秦國之君秦穆公，嬴姓，名任好，秦成公之弟，春秋五霸之一。成公卒，穆公繼位為君，重用賢士，並伐西戎，開地千里，遂霸西戎。

③ 無禮於晉：鄭國曾於晉文公重耳出亡時，對其無禮。僖公二十三年《左傳》：「及鄭，鄭文公亦不禮焉。叔詹諫曰：『臣聞天之所啟，人弗及也。晉公子有三焉，天其或者將建諸？君其禮焉。男女同姓，其生不蕃。晉公子，姬出也，而至於今，一也。離外之患，而天不靖晉國，殆將啟之，二也。有三士足以上人而從之，三也。晉、鄭同儕，其過子弟，固將禮焉，況天之所啟乎？』弗聽。」

④ 貳於楚：「貳」，有二心。此處指鄭國於城濮之戰時，出兵助楚，與楚勾結。僖公二十八年《左傳》：「鄉役之三月，鄭伯如楚，致其師，為楚師既敗而懼，使子人九行成于晉。」

⑤ 縋：將物繫繩上，往下垂墜。《說文解字》：「縋，以繩有所縣也。」

⑥ 執事：對人之敬稱。

⑦ 越國以鄙遠：越過其他國度以攻打邊遠之地。

⑧ 陪：動詞，增加。

若舍鄭以為東道主⑨，行李之往來，共⑩其乏困，君亦無所害。且君嘗為晉君賜矣，許君焦、瑕，朝濟而夕設版焉⑪，君之所知也。夫晉，何厭⑫之有？既東封鄭，又欲肆其西封，若不闕秦，將焉取之？闕秦以利晉，唯君圖之。」秦伯說，與鄭人盟。使杞子、逢孫、楊孫戍之，乃還。

　　子犯請擊之，公曰：「不可，微⑬夫人，力不及此。因人之力而敝之，不仁；失其所與，不知、以亂易整，不武。吾其還也。」亦去之。

〈蹇叔哭師〉

　　（僖公三十二年）冬，晉文公卒。庚辰，將殯⑭於曲沃，出絳，柩⑮有聲如牛。卜偃使大夫拜曰：「君命大事，將有西師過軼⑯我，擊之，必大捷焉。」杞子自鄭使告于秦，曰：「鄭人使我掌其北門之管，若潛師⑰以來，國可得也。」穆公訪諸蹇叔，蹇叔曰：「勞師⑱以襲⑲遠，非所聞也。師勞力竭，遠主備之，無乃不可乎？師之所為，鄭必知之；勤而無所，必有悖⑳心。且行千里，其誰不知？」公辭焉。

⑨　東道主：東路上接待宴客的主人，後泛指接待、宴請的主人。
⑩　共：通「供」，供給。
⑪　朝濟而夕設版焉：早上渡河，傍晚即築城防禦。此處暗喻晉君過河拆橋，不念舊恩。
⑫　厭：通「饜」，飽足。
⑬　微：動詞，無。
⑭　殯：停柩待葬。
⑮　柩：裝有屍體的棺材。《禮記・曲禮下》：「在床曰尸，在棺曰柩。」
⑯　軼：突擊。
⑰　潛師：暗中行軍
⑱　勞師：出動軍隊。
⑲　襲：攻擊。
⑳　悖：違逆、違抗。

召孟明、西乞、白乙，使出師於東門之外。蹇叔哭之曰：「孟子，吾見師之出，而不見其入也。」公使謂之曰：「爾何知？中壽㉑，爾墓之木拱㉒矣！」蹇叔之子與師，哭而送之，曰：「晉人禦師必於殽，殽有二陵焉。其南陵，夏后皋㉓之墓也；其北陵，文王之所辟㉔風雨也。必死是間，余收爾骨焉。」秦師遂東。

〈秦師入滑〉

　　（僖公三十三年）春，秦師過周北門，左右免冑㉕而下，超乘㉖者三百乘。王孫滿尚幼，觀之，言於王曰：「秦師輕㉗而無禮，必敗。輕則寡謀，無禮則脫㉘；入險而脫，又不能謀，能無敗乎？」及滑，鄭商人弦高，將市於周；遇之，以乘韋先牛十二㉙犒師，曰：「寡君聞吾子將步師㉚出於敝邑，敢犒從者；不腆㉛敝邑，為

㉑　中壽：一般人的壽命長短。古人有上壽、中壽、下壽之說，將人的壽命分為上、中、下三段。關於上壽、中壽、下壽的標準，各家說法互有歧異。《莊子・盜跖》以八十為「中壽」：「人上壽百歲，中壽八十，下壽六十。」《呂氏春秋・孟冬紀・安死》：「人之壽，久之不過百，中壽不過六十。」《淮南子・原道訓》云「凡人之中壽七十歲。」由上述文獻看來，先秦兩漢時期人們對於「中壽」的認知並不一致，基本上約在六十至八十之間。唐・孔穎達《左傳正義》在解釋「中壽」時卻以百歲為中壽：「上壽百二十歲，中壽百，下壽八十。」

㉒　拱：兩手合圍。

㉓　夏后皋：夏代君主皋。

㉔　辟：通「避」。

㉕　免冑：卸下甲冑。《呂氏春秋・悔過》：「過天子之城，宜橐甲束兵，左右皆下，以為天子禮。」

㉖　超乘：下車後又跳躍上車。

㉗　輕：輕慢。

㉘　脫：疏略。

㉙　乘韋先牛十二：先送四張熟牛皮以為前禮，再送十二頭牛。乘，四張；韋，熟牛皮。

㉚　步師：行軍。

㉛　腆：富厚。

從者之淹㉜，居㉝則具一日之積㉞，行則備一夕之衛。」且使遽㉟告於鄭，鄭穆公使視客館㊱，則束載厲兵秣馬㊲矣。使皇武子辭焉，曰：「吾子淹久於敝邑，唯是脯資餼牽㊳竭矣。為吾子之將行也，鄭之有原圃㊴，猶秦之有具圃也；吾子取其麋鹿，以閒㊵敝邑，若何？」杞子奔齊，逢孫、楊孫奔宋。孟明曰：「鄭有備矣，不可冀也。攻之不克，圍之不繼㊶，吾其還也。」滅滑而還。

〈晉敗秦師於殽〉

晉原軫曰：「秦違蹇叔而以貪勤民㊷，天奉㊸我也。奉不可失，敵不可縱；縱敵患生，違天不祥；必伐秦師。」欒枝曰：「未報秦施而伐其師，其為死君乎？」先軫曰：「秦不哀吾喪，而伐吾同姓，秦則無禮，何施之為？吾聞之：一日縱敵，數世之患也。謀及子孫，可謂死君乎？」遂發命，遽興姜戎。子墨衰絰㊹，梁弘御

㉜ 淹：停留。
㉝ 居：停留。
㉞ 積：糧食柴米。
㉟ 遽：傳車。
㊱ 客館：秦國戍鄭者杞子等人在鄭國所居住的館舍。
㊲ 束載、厲兵、秣馬：排比句式，指整頓車輛、磨治武器、餵飽馬匹。
㊳ 脯資餼牽：脯，乾肉；資，穀物；餼，生肉；牽，牲畜。
㊴ 原圃：鄭國畜養禽獸以供狩獵的園囿。
㊵ 閒：動詞，輕閒、休息。
㊶ 繼：援軍。
㊷ 以貪勤民：勤，動詞，勞苦。因貪欲而使秦國人民勞苦。
㊸ 奉：給予。
㊹ 子墨衰絰：子，指晉文公之子晉襄公。墨，此處為動詞，將之染黑。衰，喪服，原為白色。絰，麻布腰帶。

戎，萊駒為右⑮。夏四月辛巳，敗秦師於殽，獲百里孟明，視西乞術、白乙丙以歸。遂墨以葬文公。晉於是始墨⑯。文嬴請三帥⑰，曰：「彼實構⑱吾二君，寡君若得而食之，不厭⑲；君何辱討焉？使歸就戮於秦⑳，以逞寡君之志，若何？」公許之。先軫朝問秦囚。公曰：「夫人請之，吾舍之矣。」先軫怒曰：「武夫力而拘諸原㉑，婦人暫而免諸國，墮軍實而長寇讎，㉒亡無日㉓矣！」不顧而唾。公使陽處父追之，及諸河，則在舟中矣；釋左驂㉔，以公命贈孟明。孟明稽首曰：「君之惠，不以纍臣釁鼓㉕，使歸就戮于秦。寡君之以為戮，死且不朽；若從君惠而免之，三年將拜君賜。」

秦伯素服郊次㉖，鄉師而哭，曰：「孤違蹇叔，以辱二三子，孤之罪也。不替㉗孟明，孤之過也，大夫何罪？且吾不以一眚㉘掩大德。」

⑮ 梁弘御戎，萊駒為右：梁弘、萊駒皆為晉國大夫。戎，兵車。春秋之制，主將居兵車之中，御者據兵車之左，而武士居兵車之右。

⑯ 墨：墨，動詞，著黑色喪服。

⑰ 請三帥：為秦軍的三位將帥請命。

⑱ 構吾二君：構通「搆」，搆陷，使秦、晉二國之君結怨。

⑲ 厭：通「饜」，飽足。

⑳ 就戮於秦：回秦國就死。

㉑ 原：戰場。

㉒ 墮軍實而長寇讎：墮，同「隳」，毀傷。此處指：使軍隊受到毀傷，卻增長敵人的士氣。

㉓ 無日：不久。

㉔ 驂：車乘兩側的馬。

㉕ 纍臣釁鼓：纍臣，指被俘虜之人。釁鼓：用牲血塗於鼓上，以祭神。此處指不殺因戰受俘之人。

㉖ 素服郊次：穿著白布衣服，至城郊等待。

㉗ 替：廢除。

㉘ 眚：過失。

【賞析】

　　《左傳》以春秋時期魯國隱公至哀公之間的史事為中心，旁涉周王室與各國歷史，「博物盡變，囊括古今表裡人事」（朱彝尊《經義考》引盧植語），保存豐富的春秋史料。它的文辭優美精煉，長於敘事，對情節的鋪陳細緻曲折，尤善於刻畫戰爭與記述外交辭令，藉由描繪行事與辭令，生動地勾勒出人物的性格形貌，是先秦史傳散文的代表，具有極高的文學價值。清末林紓亟稱其文采：「天下文章能變化陸離不可方物者唯三家：一左、一馬、一韓而已。」

　　魯僖公 33 年（672B.C.）秦、晉殽之戰，是影響春秋時期諸國局勢的重要戰役。程發軔指出：「晉合齊、秦以戰於城濮，遂一戰而伯。……秦自殽之戰，仇晉而與楚合，晉伯不競者數十年，晉不得不通吳以疲楚。」這場戰役，一方面成就晉襄公會盟中夏之霸業，但另一方面也使晉國「結怨交兵者數世」，並失去強鄰秦國之奧援。《漢書‧五行志》：「晉不惟舊，而聽虐謀，結怨彊國，四被秦寇，禍流數世，凶惡之效也。」

　　《左傳》對秦晉殽之戰的敘寫，始於魯僖公三十年的秦晉聯軍圍鄭，而秦軍為燭之武的遊說所勸退，而這正是秦晉殽之戰的遠因。其後，則以卜偃對秦師東進之預言，以及蹇叔對秦穆公勞師襲遠的勸阻，揭開秦晉殽之戰的序幕。《左傳》的歷史敘事，常以占筮、夢兆、災祥、預言等，為日後發展埋下伏筆，蘊涵鮮明的預示色彩。秦晉殽之戰的敘寫亦依循此一脈絡。魯僖公三十二年冬，晉文公過世將殯時，「出絳，柩有聲如牛。卜偃使大夫拜曰：『君命大事，將有西師過軼我，擊之，必大捷焉。』」預言秦師伐鄭過晉，帶出其後戰局。而蹇叔哭師時所言：「晉人禦師必於殽……必死是焉，余收爾骨焉。」也預示秦師日後的敗績。

　　《左傳》善於刻畫戰爭，對秦晉韓原之戰、晉楚城濮之戰的戰事細節描繪出色生動，兩軍相接的場景如寓目前。如清‧吳闓生所說：「《左氏》諸大戰皆精心結撰而為之，聲勢采色，無不曲盡其妙，古今之至文也。」然而，殽之戰卻是《左傳》

敘寫戰爭中的異數。這場影響春秋局勢的關鍵戰役，毫無疑問是慘烈的──晉軍「遂要殽阨，以敗秦師」，秦軍則幾近全軍覆沒，「匹馬隻輪無反」（《漢書·五行志》）。與韓之戰與城濮之戰等戰役相較，《左傳》在殽之戰的爭戰細節描繪十分簡短，僅「遂發命，遽興姜戎，子墨衰絰，梁弘御戎，萊駒為右。夏四月辛巳，敗秦師于殽，獲百里孟明視、西乞術、白乙丙以歸」數句，對戰事細節幾無著墨，其敘事重心在於對戰爭前因後果的鋪陳，對秦穆公形象的描繪著力尤深。殽之戰以秦穆公執意出兵、潛師襲遠起始，穆公對蹇叔直諫的回應：「爾何知？中壽，爾墓之木拱矣！」鮮明勾勒出穆公剛愎不聽諫的傲慢形象，並以三帥逃歸後，穆公「素服郊次」的罪己姿態終篇，二者形成強烈對比。全文前後照應，對於人物性格之描摹生動深刻。〈秦晉殽之戰〉割捨對戰爭場面的細節鋪陳，突顯外交辭令、人物性格對這場戰役的主導性，啟發讀者對戰爭、歷史與人性之間，進行更深入的反思。

──蕭敏如老師　撰

【延伸閱讀】

1. 朱西甯：《八二三注》（臺北：印刻文學，2003）。
2. 周金波：〈志願兵〉，收錄於周金波著，中島利郎、周振英編，詹秀娟等人譯《周金波集》（臺北：前衛出版社，2002）。
3. 白先勇：《臺北人》（臺北：爾雅出版社，1983）。
4. 張愛玲：〈燼餘錄〉，收錄於張愛玲：《流言》（臺北：皇冠出版社，1991）。

單元七

以文述樂——
　　音樂與文學的
　　　　共振

陳正芳　編選

徐志摩詩選

徐志摩

〈再別康橋〉

輕輕的我走了，
正如我輕輕的來；
我輕輕的招手，
作別西天的雲彩。

那河畔的金柳，
是夕陽中的新娘；
波光裡的豔影，
在我的心頭蕩漾。

軟泥上的青荇，
油油的在水底招搖：
在康河的柔波裡，
我甘心做一條水草！

那樹蔭下的一潭，
不是清泉，是天上虹，
揉碎在浮藻間，
沉澱著彩虹似的夢。

尋夢？撐一支長篙，
向青草更青處漫溯，
滿載一船星輝，
在星輝斑爛裡放歌。

但我不能放歌，
悄悄是別離的笙簫；
夏蟲也為我沉默，
沉默是今晚的康橋！

悄悄的我走了，
正如我悄悄的來；
我揮一揮衣袖，
不帶走一片雲彩。

〈再別康橋〉

假如我是一朵雪花，
翩翩的在半空裡瀟灑，
我一定認清我的方向──
飛颺，飛颺，飛颺，──
這地面上有我的方向。

不去那冷寞的幽谷，
不去那淒清的山麓，
也不上荒街去惆悵──
飛颺，飛颺，飛颺，──
你看，我有我的方向！

在半空裡娟娟的飛舞，
認明了那清幽的住處，
等著她來花園裡探望──
飛颺，飛颺，飛颺，──
啊，她身上有朱砂梅的清香！

那時我憑藉我的身輕，
盈盈的，沾住了她的衣襟，
貼近她柔波似的心胸──
消溶，消溶，消溶──
融入了她柔波似的心胸！

〈去罷〉

去罷，人間，去罷！
我獨立在高山的峰上；
去罷，人間，去罷！
我面對著無極的穹蒼。

去罷，青年，去罷！
與幽谷的香草同埋；
去罷，青年，去罷！
悲哀付與暮天的群鴉。

去罷，夢鄉，去罷！
我把幻景的玉杯摔破；
去罷，夢鄉，去罷！
我笑受山風與海濤之賀。

去罷，種種，去罷！
當前有插天的高峰；
去罷，一切，去罷！
當前有無窮的無窮！

〈偶然〉

我是天空裡的一片雲，
偶爾投影在你的波心——
你不必訝異，
更無須歡喜——
在轉瞬間消滅了蹤影。

你我相逢在黑夜的海上，
你有你的，我有我的，方向；
你記得也好，
最好你忘掉，
在這交會時互放的光亮！

【賞析】

　　民國初年提出白話文運動的文人志士，多寫作新詩，以示對「舊」的推離。初試身手，作詩者大多筆力澀簡，最為驚豔者，當推新月一派的代表人物徐志摩。

　　徐志摩，浙江人，出生硤石鎮富商家庭，備受祖母溺寵，雖父母勤而能勵，詩人卻自謂「嬾散」，正如他說自己二十四歲以前對詩的興味遠不如對《相對論》、《民約論》來得高，並不真指無所事事，不通詩文，而是做事憑感情、血性的多。寫詩從民國十年，二十六歲始，終於飛機失事的三十六歲英年，整十年的創作歲月，出版了詩集、散文、小說、劇本和翻譯，成就以詩為最大。

　　詩人寫詩的啟程，彷彿一個魔幻的場景：「我吹了一陣奇異的風，也許照著了什麼奇異的月色，從此我的思想就傾向於分行的抒寫。」這股奇異的風，有一道來自林徽因，一個令其一生傾慕，從熱戀到知音相惜的女子。他在英國劍橋求知求愛，是一生最美好的流金歲月，雖遭逢徽因的父親——林長民，也是志摩的忘年摯友，攜女返國，讓愛焰烈燃的情感一度冷凝冰碎，他仍能理性地寫下〈偶然〉一詩。徐志摩的西洋體詩，亦即標點不一定在詩行之末，詩句排列整齊，講求音節、押韻，在當時是引領風潮的，〈偶然〉即為一例。若一個字是一個音節，此詩兩個段落的音節數各為9-9-5-5-9及10-10-5-5-10，彼此對襯，饒富節奏。此詩有押韻，首段押ㄣ、一、（ㄥ）韻，末段押ㄤ、ㄠ韻，搭配規律的音節，充滿音樂感。日後徐志摩和陸小曼合寫的劇本《卞昆岡》第五幕，此詩便作為彈三弦瞎子的唱詞。朗朗誦讀，何其傷痛的情感，記得也好，最好忘掉，因為「你有你的，我有我的，方向：」，這

是有名的歐化語法，將所有格（你的）後面的名詞（方向）省略，有休止符的功能，也讓音節數為 10，符合規律，可見現代詩的自由背後，有超乎想像的嚴謹程度。

民國十二年，取得原配張幼儀的同意，結束傳統的買辦婚姻後，徐志摩與聞一多等人成立新月社。同人間理念相當，聞一多提出要有建築美、繪畫美和音樂美的新格律詩，次年，徐志摩在《晨報副刊》就發表了〈去罷〉，可與聞一多的豆腐乾體相互輝映。〈去罷〉是給時代青年的進行曲，徐志摩面對當時軍閥割據、國共兩黨對峙、日本虎視眈眈等混亂世局，「恨這個時代的病象」，自己只有一雙手，寫點什麼，「或許可以替這個時代打開幾扇窗，多少讓空氣流通些」。詩中號召青年走上高山、面對穹蒼，從大自然的無窮獲取力量。整齊的音節、句中插入逗號如休止符、藉著停頓，凝聚情緒，再重複「去罷」，發揮複調音樂的積極性，這種貼近政治氛圍的吶喊之作是志摩詩中罕見的類型。

〈雪花的快樂〉寫於民國十三年十二月（刊於民國十四年一月的《現代評論》），志摩自比為雪花，在冷寞的幽谷、淒清的山麓、惆悵的荒街感受與徽因愛情的無望之後，陸小曼的出現，使徐志摩的人生有了方向，他以仰著頭獻上自己有限的真情與真愛，迎接「高潔靈魂的真際」。這首詩藉由許多複沓的詩行或詞語，造成韻律感，又從其「ㄤ、ㄥ」的押韻、以 8 和 9 個為主的音節數，加以段末復唱的「飛揚」和「消溶」，讓此詩音樂性十足，而且是輕快爽朗的情緒，莫怪有人要說這是優美深情的追求之歌。志摩精彩的一生極其短暫，宛如他以常人時間的兩倍壓縮自己的人生。雪花的快樂持續不到兩年，他的生活已失去自由與美，愛的獨存，即便景況困窘，也不附和小曼的離婚建言，畢竟是自己讓她和前夫離了婚，他有責任持守這份殘破的愛。

民國十七年志摩第三次出國，他先到印度探望泰戈爾，再到英國，三訪康橋，回顧過去的美好時光，暫時逃離現下的荒苦：在康橋夕照中，柳樹的倒影和水草交纏，溫柔的水波讓詩人願做水草，就以這一點安撫，沉浸在過往色彩繽紛的美夢。夜來了，撐著長篙小船有青春的歌唱，此刻詩人卻無法高歌，當年對唱的人不在身旁，沒有歡唱笑語，詩人的世界陷入空寂。沉默的夏蟲、靜靜的康橋，均是以景寄

情。雖有景物依舊，人事已非的惆悵，但詩人不循古法傷春悲秋，而是悄身來去，「不帶走一片雲彩」的瀟灑，這就是徐志摩詩作名篇〈再別康橋〉。這首詩分成七段，講求押韻，每段有四行詩，音節對襯，富含音樂性，最重要的是，詩句的意象豐美，詞藻樸實清新，讓後人競相以合唱曲、民歌、流行樂為之譜曲，版本多樣，卻都有悠揚高亢之音，前述所引的首詩，也有多種版本的譜曲。志摩的詩以歌傳誦，成了不同世代青年的共同記憶。

　　胡適追悼志摩，指出斯人一生「追求愛、自由與美」。達此理想，非有真誠之心不可，而徐志摩就是這樣，他的每篇作品都牢牢實實折射出生活的真貌，心思的本意。

──陳正芳老師　撰

【延伸閱讀】

1. 徐志摩：《雪花的快樂─徐志摩詩文集》（新北：遠足文化，2014）。
2. 方慧：《百年家族：徐志摩》（臺北：立緒文化，2002）。
3. 宋炳輝：《夜鶯與新月：徐志摩傳》（臺北：業強，1993）。
4. 王蕙玲：《人間四月天──徐志摩的愛情故事》（臺北：三品，2000）。

在小說和音樂之間

董啟章

回想起來，我聽的音樂大都是和我的小說有關的。這當然不是說，我之所以聽音樂完全是為了寫小說的緣故，或者我把音樂視為寫小說的其中一項「資源」，為了某些題材而去「搜集」有關的音樂「材料」。這樣不單於寫小說本身是個缺憾，於聽音樂來說也只是一番虛情假意吧。不過，也難以否認，是在寫小說的鼓動下，自己接觸到的和喜歡上的音樂才有了那一點點的開拓和增加。當然，我的音樂興趣既不深也不廣。如果還有值得一說的地方，自然必是這些音樂跟自己的寫作歷程的種種關係。

我常常深切地感到，自己的最大遺憾是在年輕時沒有好好去學音樂。小學時學了幾個月鋼琴，因為疏懶和態度不認真而失敗了。縱使中學時代能彈撥幾下民歌吉他，也只是勉勉強強。所以，我現在同時羨慕鋼琴家和搖滾吉他手。可是，時間一去不返。到我真正找到對音樂的感受時，要學任何一種樂器也已經太遲了。

我相信自己是在開始寫小說以後才「尋回」音樂的，但「回歸」也不是即時發生。二十來歲最早寫的那些小說，裡面沒有音樂。我不是指沒有提到或用到音樂，而是在小說的「質」裡面完全沒有音樂的成分，這應該是這些小說的最大缺憾之一。我最早嘗試把音樂納入小說創作中去，應該是寫〈永盛街興衰史〉的時候。最初的動機可能是「工具性」的，為了寫一個關於香港歷史的故事，我在搜集材料的過程中，接觸到廣東地區的南音，特別是〈客途秋恨〉，覺得非常合用，就把整首曲詞和三〇年代粵曲歌壇的歌女故事編進小說去。不過，從「功利」的目的出發，在反覆傾聽白駒榮的經典錄音中，卻開始生出了真切的感受。逝去的時光彷彿在心裡慢慢浮現，我感受到白己與過去的相連。再往後一點對某些粵劇的興趣，例如在〈那看海的日子〉寫到作為神功戲的《再世紅梅記》演出，和《時間繁史》裡談到《紫釵記》，一方面是對地區民間戲曲和歷史的興趣的延續，再追溯上去，也不無受到也斯寫於七〇年代的《剪紙》的影響。

不過，我的音樂成長還是非常緩慢。《雙身》、《地圖集》、《Ｖ城繁勝錄》、《The Catalog》等屬於九〇年代的小說，當中也沒有音樂。也許，真正給予我音樂「啟蒙」的，是巴赫和椎名林檎，此前我對於西方古典音樂一竅不通，也興趣缺缺。

我的「啟蒙」大大受益於一位已經久未見面的朋友奧古。我婚後不久和太太同時萌起了學聽一點西方古典音樂的念頭，但又不得其門而入。那時候到沙田的 HMV 瞎逛，結識了在古典音樂部工作的奧古，在他專業的介紹下買了巴赫的《布蘭登堡協奏曲》。又因為奧古自己是日本尺八的狂熱分子，於是又買了尺八大師的 CD，還得「忍受」奧古即席掏出尺八來演示一番的熱情。後來我把奧古這位奇人寫進了《體育時期》裡。奧古又同時推介了 Glenn Gould。顧爾德是三十歲就從表演事業退休，之後不斷進行錄音演奏的鋼琴怪傑，他最著名的是對巴赫的詮釋和演繹。我們從顧爾德入手聽巴赫的鍵盤音樂，Goldberg Variations、《平均律鋼琴曲集》、《賦格的藝術》和其他的組曲。我們還發狂地買了好幾張顧爾德 LD！（是那些沙灘飛碟般巨型的雷射影碟）這些在 LD 播放機消失之後已成為「絕響」！因為一開始就聽「偏鋒」的顧爾德，先入為主，以致後來無法欣賞其他被認為是優秀的巴赫演奏者。人們也說顧爾德是冷靜的、理性的、怪誕的，但當我看到顧爾德彈到巴赫還未完成的賦格的最後一個音符，我不能不感到，所有的理性和熱情已經融為一體。可以說，我認識的巴赫鍵盤音樂，完全是顧爾德的巴赫。這也表示出我對音樂的不全面的「偏食」態度。Goldberg Variations 的變奏曲的意念和感受，後來啟發了《體育時期》的三十節變奏的結構。

在開始聽巴赫的同時，我們也發現了椎名林檎。那時候椎名出道不久，還是個少女，但作風和唱腔已經驚世駭俗。首先聽的是她的第一張大碟《無限償還》，裡面最吸引我的是〈歌舞伎町女王〉。然後是第二張大碟《勝訴 Strip》，裡面有非常震撼也非常動聽的〈石膏〉、〈暗夜的雨〉、〈罪與罰〉、〈本能〉、〈依存症〉等。接續買了椎名的所有 MV 和此前的細碟，由第一張《幸福論》開始。椎名在 MV 演出裡的形象，變化多端而且極具挑撥性。最令人難忘的，是在〈石膏〉裡的一個迎頭倒下的鏡頭，和在〈依存症〉裡一邊扮演日本傳統歌姬，一邊引爆背景裡的一輛平治房車。椎名唱腔中的粗獷與細膩的交織，音樂風格裡的搖滾與抒情的結合，曲詞和意念裡的通俗與深奧的並存，造成了非常迷人的效果。我從前一直對搖滾樂沒有感受，覺得只是一味嘈吵，但因為聽到了椎名，而深深感受到那種金屬和電子的轟鳴，和憤怒的呼喊的力量。現在回想，也許這正是應合了當時因為寫作和生存的

困惑所導致的個人不安和對世界的憤懣，而受到打動，並且轉化為小說。可以說，整部《體育時期》就是在椎名的啟發下產生，以她的音樂為背景才得以完成的。以她為原型，我創作了不是蘋果（「林檎」在日語中是「蘋果」的意思）這個人物，又模仿椎名的風格作了三十一首曲詞。在那種「搖滾音樂式」的情緒下，電腦鍵盤就像樂器，發狂搞打，試過日寫萬字。那應該是我第一次強烈地感受到音樂對寫作的驅動力。往後椎名繼續影響著我，不過不再那麼顯著。椎名結婚生子然後又離婚之後推出的《加以基‧精液‧栗之花》依然精彩。但近兩年組成「東京事變」，在跟其他樂手的合作中，風格越加精緻，卻好像沒有從前的那種尖銳和衝擊力了。我不知道這判斷是否合理。而受椎名影響而產生的那種「搖滾式」寫作，雖然有它自身的情景意義，卻是可一不可再了。

大概與此同時，在我的音樂成長中，其實也萌生著另一種性質的嫩芽。我不記得是九八還是九九年，香港藝術節上演了 Robert Wilson 的音樂劇《黑騎士》（The Black Rider）。那黑色的奇詭故事和意象令人揮之不去，但最震撼我的，是 Tom Waits 為劇場所作的音樂和演唱。很可惜的是，那次 Tom Waits 沒有親自隨團演出，而我是在 CD 錄音上體驗到 Tom Waits 的《黑騎士》的。我之前對 Tom Waits 沒有認識，這次一聽即驚為天人。那粗野低沉的唱腔，夾帶著殘酷和柔情的曲詞，既狂放又絕望，既沉溺又嘲諷，民謠風味和瘋狂敲擊共冶一爐。那樣的故事氛圍和腔調，深深地影響著我的想像方式。二〇〇〇年，我寫了《貝貝的文字冒險》，裡面就創造了黑騎士這個陰陽怪氣的人物。後來寫《體育時期》，就索性用黑騎士自喻，作為一個和自己近似的小說家的形象。這個形象在往後還會有接續發展。過了這幾年，不時重聽 The Black Rider，感受不減。月前買了 Tom Waits 的新碟 Orphans，裡面有三張 CD，分為三種類型的音樂，有狂野吼叫，有鄉謠抒情，有說白和故事講述，盡現 Tom Waits 音樂的精髓，是我最近最愛聽的 CD。

我在寫《天工開物‧栩栩如真》的期間，因為以自己的成長為素材，於是又回顧了流行曲對自己的影響。少年時代，對流行曲的嗜愛必不可少。我成長於七、八〇年代，最鍾情的是林子祥的歌曲。特別是裡面呈現的少年人的孤高，簡直就是

自己內心的寫照。但究竟是流行曲說中了自己的心聲，還是自己不自覺模仿流行曲裡面的情感，也很難說清。從〈我要走天涯〉、〈三人行〉、〈究竟天有幾高〉、〈幾段情歌〉，到〈誰能明白我〉、〈邁步向前〉、〈每一個晚上〉，全都是一個少年所能自我沉溺和自我激勵的要素。林子祥的歌曲對我的性格的塑造，在小說裡談得不少，但還有意猶未盡之感。我常常幻想著，有一天能把那些曲子對我的意義詳盡地逐一解說。在《天工開物》中也因此聯想到，所謂「濫情的美學」。和林子祥的流行曲相配應的是普契尼的《波希米亞人生》（La Bohème），是小說中敘述者少年時代的戀人如真最喜歡的歌劇。老實說，我覺得 La Bohème 在整體上並不好聽，故事也過於煽情，和有點頭腦簡單。可是，對於夢想、詩和愛情，依然有一種原始的觸動人的地方。同樣地，Andrea Bocelli 和 Sarah Brightman 合唱的 "Con Te Partiro"（英文歌名叫作 "Time To Say Goodbye"，但義大利原文意思卻是「我與你同往」）本來是帶點「古典風」和「歌劇腔」的流行曲，濫情之處自不必言，但卻真的是非常動聽。放在小說中作為栩栩和小冬、如真和少年敘事者的「主題曲」，一直令我熱血沸騰。為了縱容自己在小說中引入這些流行曲，我就給自己發明了「濫情的美學」這個有點不明不白的幌子。

後來寫「自然史」第二部曲《時間繁史・啞瓷之光》的時候，卻經歷了一次反彈。首先是因為當中的宗教主題的設想，而引述了關於巴赫《聖馬太受難曲》的討論。我首先接觸《聖馬太受難曲》，是看俄國導演塔可夫斯基的電影《犧牲》，在開首和結尾也用了《聖馬太》裡面的一首非常動人的詠歎調。我後來試著找一些錄音版本，發現了最好的巴赫聖樂詮釋者 John Gardiner 指揮的演出。我一邊反覆細聽這個全本的錄音，一邊進入想像的小說世界。又在寫作的期間，偶然接觸到史特勞斯（Richard Strauss）的交響詩《英雄的一生》，覺得跟小說裡的人物有某種呼應，於是就聽了史特勞斯的好些其他作品。由前期的充滿樂觀情緒和浪漫情懷的交響詩，到近乎無調的精神狂亂的歌劇 Electra，再到優雅的華爾滋風味的喜劇《玫瑰騎士》，最後是二次大戰後一片廢墟風景的痛苦之作 Metamorphosen，和生命沉澱的情歌 Four Last Songs。順著這發展的次序聽一次，竟然暗暗應合了小說中的人物的生命回顧。

　　音樂對寫作的啟發，相信還會一直延展下去吧。除了主題上的關係，也嘗試從音樂的形式去理解小說的結構，例如聲部、複調、對位法、主題的重複和變奏等。這些思索也受益於一些連繫音樂和文學的論著，其中有薩依德的 Musical Elaborations、On Late Style 以及他和著名鋼琴家兼指揮家 Daniel Barenboim 的對談 Parallels and Paradoxes。還有日本小說家大江健三郎和指揮家小澤征爾的《音樂與文學的對談》。不過，音樂說到底也是一件直感的事，理念只是幫助疏理情感的方法吧。

　　有時我會一邊聽音樂一邊寫，有時不。大概是寫到情緒高漲的時候，把音響開到極大，在音樂的鼓揚中寫作，是相當激動的。寫《體育時期》和《天工開物》的某些章節時，也有這種需要。當然，也常常需要非常沉靜的時刻，完全沒有半點聲音的。而寫這篇文章的時候，我在家裡播放的，推動著我的思緒的是 Offenbach 的 Les Contes d'Hoffmann。激昂又低迴的，歡快而又陰暗的，浪漫又怪異的，世俗又孤高的，既流於濫情但又不失其美學的混合體。那其實是和 The Black Rider 一脈相承的想像世界。

【賞析】

　　董啟章，香港作家，他在 1994 年以〈安卓珍尼〉獲第八屆聯合文學小說新人獎中篇小說首獎，開始引起臺灣文學圈的關注。就如同年 (1967) 出生的小說家駱以軍和黃錦樹一般，他也囊括各種重要文學獎的優評。董啟章既勤於筆耕，著作不輟，現有三十多本出版，又觀察獨特而筆鋒銳利。

　　閱讀董啟章的文章，你會有在虛構的小說敘事中，進入現實的知識考掘學，巨大如生物學、昆蟲史、古代科技、文學傳統，細瑣如電報密碼、女用運動褲，信手拈來，沒有教科書的俗套。或如張娟芬在《體育時期》的〈推薦序〉寫道：「他蒐集資料很認真」、「說故事的口吻很認真」、「維持體材的寬廣很認真」，「寫生物學就像生物學，寫失明失聰，就像失明失聰」。難能可貴的是，他涉足的專業範

圍很廣，每次下筆均能寫細、寫精，又寫得好看，在學理和故事情節中自由翻轉，彼此呼應。這種功力的養成，固然不是三言兩語可以說透，但在他的雜文〈在小說和音樂之間〉倒可略見端倪。

〈在小說和音樂之間〉原刊於《字花》第六期（2007.02），後收錄於《在世界中寫作，為世界而寫》，是一本論說文學和寫作的雜文，而〈在小說和音樂之間〉被安排在第四章論寫作的專區。這篇雜文是作者從音樂和自己的寫作關係，梳理了個人小說創作之路上的音樂際遇，一方面寫出音樂對小說寫作的啟發之道，一方面也勾勒出個人因此際會所展開的音樂養成之旅。若以論寫作的角度來看，音樂之於董啟章的創作有著三種類別的啟發：第一是音樂的工具性，也就是說音樂是寫小說的材料，他在〈永盛街興衰史〉接觸到廣東的南音，便把歌女的故事編進小說，小說觸及到的只是跟音樂相關的故事，音樂並未影響小說人物或情節。第二類則是讓音樂主導小說敘事，在《體育時期》這部以上、下學期分為兩冊的長篇小說裡，小說主角不是蘋果是以日本歌手椎名林檎為原型，不是蘋果一塌糊塗的人生透顯的光亮是她和音樂的連繫，她作詞作曲，甚至自己演唱的每首歌，都和她的生活息息相關，這些歌不只是被敘述，也在每章起始或是內文一一展呈，歌是小說的一部分。名家樂曲包含西方歌劇屢屢在小說中現聲，每次音樂的浮動都和人物的情思緊緊扣合，不管是歌或是曲尚且有解釋小說人物、情感和故事的功能，就如董啟章自言：「二〇〇〇年，我因為聽了椎名林檎而產生了新的小說構思。」音樂連結了人物，推展了敘事，沒有音樂就沒有這本小說。

至於第三類的音樂既非工具也非情節主導，而是背景，不管是林子祥的流行歌或是普契尼的歌劇在《天工開物──栩栩如真》的小說中都沒有具體的呈現，而只是這些歌或曲表達了他所寫的家族歷史的感受，這些曲型成為小說文字鋪排、人物設計的重要參考，一切均被內化。老實說，若沒閱讀〈在小說和音樂之間〉，很難能看出《天工開物──栩栩如真》的音樂密碼。雖則小說從收音機、電視機到錄音機等的科技產品的主體延展，都是從聲音引發故事，還有隨身背著電吉他的主要人物之一的不是蘋果來自《體育時期》，但是音樂不再是巴哈、史特勞斯，或是詠歎調、

交響詩的實存名單，之於小說仿若鋪墊，也是氛圍。誠如董啟章在〈在小說和音樂之間〉說到自己有時會一邊聽音樂，一邊寫作，這時的音樂透過耳膜進入大腦和創作文字的意識交結，寫的是文字，但音樂發出的節奏、情緒、聲調，改變了文字、段落、甚至章節。

　　以上分類不只是董啟章的私房手法，放諸創作的世界皆可以此為發揮，音樂和文學固然各領聽覺和視覺的兩大文藝山頭，但所碰撞出來的火花，是可以燃燒一個青春世代、一代人的歷史記憶和不分國界的生命共感。

——陳正芳老師　撰

【延伸閱讀】

1. 董啟章：《在世界中寫作，為世界而寫》（臺北：聯經，2011）。
2. 董啟章：《體育時期》（臺北：高談文化，2004）。
3. 董啟章：《天工開物——栩栩如真》（臺北：麥田，2005）。
4. 黃念欣編：《董啟章卷》（香港：天地圖書，2014）。

孔子的樂論（節錄）

江文也

三、孔子要人一歌再歌

> 子與人歌而善，必使反之，而後和之。① （《論語》）

> 使人歌，善則使復之，然後和之。② （《史記・孔子世家》）

讀者只要讀到《論語》及《孔子世家》中這些句子，馬上可以了解孔子對音樂是不可能無動於衷，形同音盲一般的人的。

別人唱歌如果唱得動聽的話，孔子會要求唱者重唱一遍，自己隨之加入合唱的行列，孔子實在是我們音樂家的良友。言至乎此，筆者眼前不禁浮起手舞足蹈、情緒亢昂、渾然高歌的孔子之形貌。從後世儒者的眼光看來，這樣的形象恐怕不合「至聖先師孔夫子」的身分吧！但確確實實，我們是可以見到喜好高歌一曲的孔子！

我們不妨仔細思考此事。人的音樂的感受性這事真是一言難盡，不見得每個人都有的。誠然，人人皆有聽覺，但我們如想抓緊他人的歌唱，並且和他一曲時，我們勢必得先把握歌唱之精神不可。反之，學者如果對某些東西不能全神貫注，或不能與之融合為一的話，那麼，我們對這樣的事物即不能有任何的感覺，更無法要求進入了。

是故，我們如果能感通他人之歌，融為一爐，那麼，我們即可在他人之中發現到「我」，這就是「共鳴」一詞的意義。後頭我們論及「仁」如何實現的問題時，將會發現與我們此處說的問題關係極為密切。

此時，如果歌者的歌既善且美，它能喚起我們的共鳴時，我們覺得身體內在中的某部分彷彿即可更向上昇華一層。就這樣，我們從外在的刺激中醒覺過來，與它合為一體，我們覺得步步高昇似的。此時，已不單單是和唱而已，也不單單是在我們身上引起某種被動的刺激而已，這樣的程度早就被超過了，我們面對的，是要求更善更美的東西。我們的內在要求與它共鳴，合為一體，此後，我們自身即可提升

---

① 《論語・述而》第七，卷四，頁 31。
② 《史記・孔子世家》第十七，卷四十七，頁 771。

至某一高峰。

我們如從肉體考量，不難發現此歌曲中有某種旋律的要素，它是黏著我與他人最好的接觸點。我人生命之鼓動與他人生命之鼓動、我人感情之起伏與他人感情之起伏，完全在同一旋律的烘爐中融合一體。如是同歡，如是同悲，它是活生生的東西。它給我們的，是種精神的運動，其間帶有不可思議之力量。我們只要一聽到這樣的歌，不知怎麼的，我們即會融入其間的氛圍。接著，在我們自身當中，一種生命的活動開始興起，我們自己可以感受到這樣的氛圍，也體驗到這樣的感情。據近代醫學之說明，人的聽覺一開始興奮時，腦皮質即會對我們的肉體發揮作用。

孔子非常了解音樂不可思議的力量，他自身擁有這類的力量。

然而，上述所說的理由或許仍是牽強附會。事實上，對天生音樂異稟的人而言，無論再怎麼藉助智性、概念等工具層層推論，結果還是不容易理解。

不管怎麼好的歌，人如要聽得見，其前提端看他的耳朵如何。

也許這就是「樂教」所以必要的緣故吧！

十三、困苦中的孔子與音樂

> 圍孔子於野，不得行，絕糧。從者病，莫能興，孔子講誦，弦歌不衰。③（《孔子世家》）

楚國位於周王朝之南，它不斷被擴充，蔚為大國。但楚國或秦國這樣的國家在當時是被看成還沒開化的國度。怎麼說呢？因為它們距離魯、齊、衛這些國家較遠，從文化的觀點上看，它們一直被當成蠻邦異域對待。其實，它們活潑有朝氣，具有新興國的氣象，實力可雄厚得很。

楚國有次知道孔子要到蔡國來，它逮到機會，想聘請孔子到楚國做事。然而，孔子如果接受楚國重用的話，楚鄰近的國家如陳、蔡等國將倍受威脅。陳國於是與

③ 《史記・孔子世家》第十七，卷四十七，頁768。

蔡國聯手，乘孔子還沒到達楚國境之前，唆使暴民集團將孔子一行團團圍困在陳蔡國境之際的荒郊野外。

一行人動彈不得，糧食用光了，人也病倒了，大家可以說精神萎靡到了極點。

碰到了這樣的事情，此行的總領隊孔子到底會怎麼處理呢？據說他居然處變不驚，仍舊授徒講學，弦歌不斷。

此行的人數，總有幾十人，甚至幾百人吧！這樣的規模非得有一位小心仔細的長老照料不可。通常他如果考慮的比較周詳的話，反而會被攻擊不負責任。孔子弟子中，確實就有如子路這樣的人，他怒形於色，向老師詰難。

孔子聽到了，回答道：

君子固窮，小人窮斯濫矣。④

用我們今日的話講，即是君子原本就免不了窮困交加，這是他事先必須警覺到的命運。但小人只要一碰到貧困，就會亂成一團，行為不堪聞問。筆者不得不由衷佩服孔子回答的斬釘截鐵。

換一種角度想的話，我們也許會認為孔子這句話，總含著死不認輸的氣味。食物空了，病人呻吟不絕，晚餐的米飯還不知下落何處呢！我們如果設身處地想想，即可了解個中三昧。因此，即使不是子路或子貢，任何人恐怕一樣都會焦慮不安的。

然而，筆者在此並不想追究孔子的責任，也不是想再度欽佩聖人身處此境時，竟然還能夠如此從容不迫。就音樂家而言，他最佩服的乃是孔子下場落到此境地，仍然不忘音樂，他還會鼓琴而歌哩！可見音樂不是被他當成娛樂，也不是為了消遣無聊的一種手段。我們怎麼可以這樣斷言呢？因為在孔子所處的那種環境底下，音樂已全無用武之地，悽慘得很。

實際上，任何人處在最志得意滿，或處在絕望到底的時刻，都會將音樂忘得一

---

④ 《論語・衛靈公》第十五，卷八，頁70。

乾二淨，什麼都沒了。不，對處在這種情境下的人而言，恐怕一切藝術都會沒有著力點。如果有人處在這兩種極端中，他還真能從事音樂工作。那麼，他如果不是不在乎名譽、金錢或貧困、苦難的天生音樂家；就是處處能夠不動心，情緒時時保持平衡，且能夠發現藝術之光彩的偉大人物。

我們只要稍微翻閱一下東西方的音樂史，即可看到很多類似的例子。確實，如果本質上他就是音樂家的話，他縱然碰到天大的誘惑或困難，也不可能低頭，他還是會完成他的藝術作品的。而世俗所謂的音樂家卻非如此，當他們躊躇滿志或失望到底的時候，他們就喪失了從事藝術工作的意願，此身如喪家之犬，茫然無所適從。

家裡食物沒了，或家裡有人病倒了，這種遭遇不只音樂家才會碰到，實際上所有的藝術家都有類似的共同經驗。此時此刻，我們是靠什麼法門才挺過去的呢？

孔子大概還是不改本色，照樣講解典籍，彈琴歌唱吧！他還不忘適時殷切教導驚慌失措的學生一翻呢！

筆者對於不忘音樂的孔子，只能低首禮讚。孔子處在那種逆境底下，竟然還能藉著音樂，看到光明，他的心靈總能維持平衡。他是因為音樂的緣故，心靈才能保持平衡呢？還是因為心靈保持平衡的緣故，才能夠從事音樂的工作呢？

如果以音樂家的眼光為準，那麼，孔子對待音樂絕不只是為了安慰，或為了修養而已，其中還大有事在。筆者認為它反映了一個事實，此即：孔子本質上就是徹徹底底的音樂家！

十四、成於樂

孔子對音樂評價極高，這是理所當然的。從修身意義的觀點看，人格完成的最終階段即是音樂；從治國意義的觀點看，孔子也主張：

> 禮樂刑政，其極一也。⑤

⑤ 《禮記・樂記》第十九，卷十一，頁111。

他將禮樂與一國的刑法、政治等同並列。

孔子遙遙領先今日大膽的藝術至上主義者，他很早就一語道破了這樣的宗旨。至於他將音樂與政治等同視之，在今日所謂的進步的政治家眼中，其論點恐怕是不值一笑吧！

然而，值得注意的是：孔子的主張並不是空中樓閣。其中的原因一方面固然是他承繼了三代的傳統，但一方面也是因為他已看透了人的本性。

一般我們提起「道德」兩個字，它給人的印象和「宗教」給人的印象不一樣，它似乎蘊涵較多的理智因素在其中。孔子卻認為在道德實踐的層面上，只靠理智轉移人的實際的行為，這是不足的。他說：

知之者，不如好之者。好之者，不如樂之者。⑥

準上所言，「德」之一字不僅是要以理智知之，而且還要好之、樂之。用我們今日的話講，「好」之事已蘊涵感情的因素在其中；至於「樂」，則屬於美的範圍了。

然而，美這種東西是從人身上流出的，它不是出自死板板的日常道德律與規定。只有從人內心流出時，「美」才開始呈現。

我們現在且從日常生活的行為試著考慮看看，如果人的日常行為只是順適禮儀，而且他的一舉一動也都符合道德的規範，這還是不夠的。因為它是受規定所限，所以一舉一動像機械般，不是出自人身之本然。這樣的舉止不是肇自人的個性，而是隸屬於個人集合而成的社會之行動。然而，所謂優雅的行為不可能是由社會行使的，它是奠基在構成社會的單位之個人的個性上而成的。職是之故，中規中矩、成龍成虎的行為談不上是道德的，談不上是善的。它誠然可以給我們一個立足點，但它無助於生命的發展。它太僵化了，無法融通，所以也不可能帶來進步。孔子輕視這樣的道德家，耶穌則罵他們為偽善者。就藝術家而言，這樣的道德行為毋寧意味著死亡。

⑥《論語・雍也》第六，卷三，頁 25。

社會也罷，個人也罷，它們如想要確保真善，或想向新的方向進步發展的話，它們無論如何一定要將美的因素包含進去。亦即如果我們想發展真正的道德，讓它充分展現的話，那麼，藝術的因素必然是不可缺少的。孔子不是明白說過嗎：「興於詩，立於禮，成於樂。」

當然，我們今日說的藝術涵蓋各種的領域。就古代中國而論，大概算得上的只有樂與詩，繪畫當時尚未成形，舞蹈則已包含在樂之中。勉強湊合的話，六藝中的書可以略等於我們今日的繪畫，其間當然還有程度的差別。此外，詩也可包含在樂當中。

由此可知，樂在中國古代文化中，其地位是如何的重要。

確確實實，對孔子而言，樂本身就是道德的，它本身純淨無瑕，自成一個美的世界。言至乎此，我們很容易聯想到古代希臘，它也是緊密結合美與善⑦。 就這個現象而言，東西還是相通的⑧。

真正的道德的因素充分發揮時，其中已包含了美的因素，孔子早就了解這個道理了。

【賞析】

在《孔子音樂論・序》裡⑨， 江文也帶著一種歡喜發現的眼光，以其一貫熱情口吻說道：「孔子有如此豐潤的人性與豐富的音樂思想，以及留下如此多音樂方面

⑦ 古代希臘美善合一的精神，參見柏拉圖《饗宴（Symposium》（吳錦裳譯，臺北：協志工業出版社，1967），頁84-88。

⑧ 關於古代中國音樂與古代希臘的美的理念，參見宗白華《美學的散步》（臺北：洪範書局，1981），第八章，頁111-122。

⑨ 江文也著、陳光輝譯《孔子的音樂論》，收入張己任編《江文也文字作品集》（臺北縣：臺北縣立文化中心，1992）。此書之引後採隨文注。另請參楊儒賓譯《孔子樂論》（上海：華東大學出版社，1997）。

的功績，而此種種驚異即完全改變了筆者一向所想像的孔子形象。」（頁9）用他自己說法概括之：

> 孔子是位音樂家。懷有高度音樂素養的藝術家。（頁85）

事實上江文也並沒有發現更多關於孔子的新史料，其所論多採自《論語》、《史記・孔子世家》、《孔叢子》、《禮記》、《周禮》等，都是習見的古籍，而他所以能讓孔子有了新的身分，顯然來自於一種「理解上的同情」底蘊——陳寅恪所謂以「藝術家眼光」對歷史想像還原與建構。

此書〈前編〉，基本上是一部前於孔子的「樂史」，始於探究上古音樂起源，伴以風土地理的特質推論，復考辨幾種出土樂器。隨著夏商周歷時之軸，又描繪出三代渾淪未分的詩樂舞圖像。只是雖然樂制、舞容都在周朝達到不可思議之鼎盛宏大，但因為彼時戰禍與邊疆不靖，甚至文明本身也開始異化，禮節顯得繁瑣桎梏、雅樂則屢受鄭聲侵擾，透出已然處在絕續存亡的危機之際，而那正是孔子身處的年代。顯見，〈前編〉是背景清理，俾使〈後編〉孔子樂論的意義能有清楚對焦；再者，這一段樂史的重建，雖說是為作《孔子大晟樂章》而有的知識準備，但全書時間止於孔子，值此周文疲弊之際，突出了孔子的意義：

> 總而言之，孔子曾想從那亂世中重現周公時代的理想國……音樂永恆地與國家同在。那永遠是一國的歌曲，人民的聲音。（頁146-150）

此書〈序〉則言之：「筆者碰巧在北京，聽說有幾近廢失的孔廟的音樂《大晟樂》六章……從那時起才剛開始發現孔子的人性……認識其音樂思想的偉大」（頁9）。孔子「久不復夢見周公」，看得出「郁郁文哉，吾從周」之志；劉勰「嘗夜夢執丹漆之禮器，隨仲尼而南行」，而異代江文也要從「幾近廢失的孔廟音樂」補續《大晟樂》，或有那「以樂織夢」的企圖。換言之，此書之作卻也不無江文也自我認識與教育意味。他一再廓清上古「樂本身就是道德的」，說孔子「已看透人固有的本性」，「真正的道德發揮作用時，美的要素也已含於其中」。音樂本身就是美、善之兼得，因此可以用來「在此亂世重建整個國家的新秩序……完成每一個人的教育」。

他不無激動的說：

> 筆者更想誇大樂的功能。此種更具感覺的且更富於感情的樂，與其說以仁或忠恕等一個個的行為規範，求得人的和諧，不如說只要以一門樂曲即能使更多的人們互相融而為一。那並非由禮或德一個一個的累積而成，而是能一次就飛躍地感覺。孔子也一定有此經驗，且也能感覺到。（頁134）

作為一個生於臺灣、長於日本，青壯年期履於中國斯土，以日語撰成的《上代支那正樂考：孔子の音樂論》，箇中不無一個「外來者」眼光，因而所見總是處處歉然。而他以現代音樂語法重建位於「周室微，禮樂廢」語境裡的《孔廟大晟樂章》，或也有從文化上的追溯，用以回應當代缺憾之意，這又與他的現實多重身分有了對應。其言：

> 以近代科學方法來復興而永久保存中國各種的（樂）；又根據此中國古樂的精神而創造一種新音樂以貢獻於世界樂壇。這是此八年來敝人在沉默中潛心所研究的根本思想。為了挽回（禮樂之邦）的真實內容，為了推選中國的因（按，疑為固字）有文化，願各界識者、知音者幸勿見棄，隨時賜以教導！⑩

中國之行成就出一段自我追尋之旅（或許江文也當初亦始料未及），也昭告此書是一本言志之作，一首抒情史詩，對應著彼時對中國文化的興復與張揚，他聽見了遠古的回聲，「那共鳴使我們內在的某部分被提高了」（頁90），血液為之沸騰，而藉著對禮樂文明追溯與重構，也彷彿是一次自我重生：

> 實在的　直到大地染滿血流時
> 人們　仍互不相識
> 可是　大地
> 如果　沉默在血流中

⑩ 引自吳韻真〈回憶文也二三事〉，《福建藝術》（2010.4）頁25。

　　啊　是的

　　到了那時　種子將萌芽

　　於是太陽　和微風

　　必從上面哺乳新芽⑪

　　《論語・述而》載：「子在齊聞《韶》，三月不知肉味，曰：『不圖為樂之至於斯也。』」江文也解成「三個月間熱中於韶樂……『聽』等於『學』」；這已經是創造性詮釋，他在〈序〉裡曾要求讀者不要將此書視為訓詁之作，預先為自己開脫；然而此意未足，其續分析韶樂動人力量出於何處，他說道：

　　　　那種力量，不如說是孔子所持有……，我們可以說孔子在齊，他用他的生命
　　　　力點燃了韶樂的火花。（頁92，譯文參楊儒賓書修訂）

　　「在一個音樂家的眼裡所映現出來的是，比音樂家更像音樂家的孔子的形象。」那是江文也的抒情「映象」，如「孔子用他的生命力點燃韶樂的火花」，「將那些事件超乎音樂的加以變形」，此更是以樂補憾的感性認識與超越之方。

──曾守仁老師　撰

【延伸閱讀】

1. 楊儒賓〈江文也論孔子的音樂觀〉，《第一屆臺灣儒學研究國際學術研討會論文集》（臺南：國立成功大學中文系，1997）。

2. 王德威〈史詩時代的抒情聲音──江文也的音樂與詩歌〉，收入氏著《現代抒情傳統四論》（臺北：臺大出版中心，2011），頁85-148。

3. 林瑛琪《夾縫中的文化人──江文也及其時代研究》國立成功大學歷史學系博士論文，2005年。

4. 劉美蓮《江文也傳：音樂與戰爭的迴旋》（新北市：印刻出版，2016）。

⑪ 江文也〈樂觀〉，引自廖興彰譯《北京銘》，收入《江文也文字作品集》，頁199-200。

李憑箜篌引

李賀

吳絲蜀桐張高秋①，空山凝雲頹不流。

江娥啼竹素女愁，李憑中國彈箜篌。

崑山玉碎鳳凰叫，芙蓉泣露香蘭笑②。

十二門前融冷光，二十三絲動紫皇③。

女媧煉石補天處，石破天驚逗秋雨。

夢入神山教神嫗④，老魚跳波瘦蛟舞。

吳質不眠倚桂樹，露腳斜飛溼寒兔。

【賞析】

清代方扶南《李長吉詩集批註》云：

> 白香山「江上琵琶」，韓退之「穎師琴」，李長吉「李憑箜篌」，皆摹寫聲
> 音至文。韓足以驚天，李足以泣鬼，白足以移人。

天才如李賀，為李憑之奏箜篌，留下這樣的「見證」與紀錄⑤。

聲音稍縱即逝，古代更無技術得以「留聲」，然聆聽音樂的感動，古今如一，

① 吳絲蜀桐張高秋：吳地產絲之精好者；蜀中桐為樂器之良木。
② 蓉泣：狀聲之慘澹；蘭笑：狀聲之冶麗。
③ 十二門前融冷光，二十三絲動紫皇：上句言其聲能動氣易候；下句言其聲能感天動帝。
④ 夢入神山教神嫗：李賀典出《搜神記》，其載有：「永嘉中有神見兗州，自稱樊道基。有嫗號成夫人，夫人好音樂，能彈箜篌，聞人弦歌，輒變起舞。」
⑤ 據清代陳本禮考證：「考賀生於德宗貞元七年，歿於憲宗元和十二年，距李憑彈箜篌供奉內庭時，幾五十餘年，長吉何得尚聞李憑之箜篌耶？」吳企明編《李賀資料彙編》（北京：中華書局，1994）頁 307。李賀未必真的聽過李憑彈奏箜篌，但這不妨礙他創造出樂詩，縱情想像，讓文字成為詩語，那是字的樂。

因此古中國自有一套特定語彙來賦形狀音、甚或描繪賞音聆樂的不能自已。李賀詩中「空山凝雲頹不流」，即出自《列子》響遏行雲事；而《荀子》有「瓠巴鼓瑟而沉魚出聽」，大抵被李賀化用為「老魚跳波」，甚至更進一步作「瘦蛟舞」的增益聯想，讓音樂感染力更形奇偉。「夢入神山教神嫗」也不是虛寫，《搜神記》卷四載「兗州有神嫗名成夫人，善彈箜篌。」捉摸其意，其既能解作李憑之神乎其技源於神嫗而授，但也不妨讀成李憑得超越神嫗而教之。

而「江娥啼竹素女愁」一句雖只七字，但其內蘊之張力暗蓄卻是隱而未顯，詩語之中更有綿密精準之設計在。《史記・封禪書》載：「太帝使素女鼓五十弦瑟，悲，帝禁不止，故破其瑟為二十五弦。」即為「素女愁」之典故淵源，進而「江娥啼竹」之寫，用的是舜之二妃悲泣死於南巡的舜帝，遂「淚灑湘竹，而竹盡斑」的典故，這看似是在箜篌聲悲的主題拉引下的聯想，不過此典又暗合、甚至回應〈箜篌引〉曲的由來，〈箜篌引〉相傳是麗玉為夫死而作。據崔豹《古今注》載，有一被髮提壺的白首狂夫將亂流而渡，其妻追止不及，狂夫終竟墮河而死，於是妻遂援箜篌而唱「公無渡河，公竟渡河，墮河而死，其奈公何！」曲終亦投河而死。此曲經渡津者子高所聞，復經其妻麗玉「引箜篌而寫其聲」遂得而成。此句江娥、素女一統於聲悲，更開啟樂曲誕生於死亡哀歌的原始密碼，而這樣稠密精準的鉤織，遂能喚起識者精準的聯想，讓李憑箜篌之聲悲，有了確切的想像賦形之依憑。

早於李賀的顧況（725-814）也留下〈李供奉彈箜篌詩〉，此詩之鋪寫狀聲為歷來論者所稱道：

> 珊瑚席，一聲一聲鳴錫錫；羅綺屏，一弦一弦如撼鈴。急彈好，遲亦好；宜遠聽，宜近聽。左手低，右手舉，易調移音天賜與。大弦似秋雁，聯聯度隴關；小弦似春燕，喃喃向人語。手頭疾，腕頭軟，來來去去如風卷。聲清泠泠鳴索索，垂珠碎玉空中落。

大抵可看出白居易摹擬痕迹。而同樣是將聲音具象化，李賀之「崑山玉碎鳳凰叫」、「石破天驚逗秋雨」是與顧況「秋雁聯聯」、「春燕喃喃」之譬頗類，但因「玉碎」、「天驚」後，繼而鳳鳴、雨下，更增奇幻，就頗使人應接不暇，除調動聽覺、視覺外，還必須加上對崑山之偉、石破天驚的想像造境，這必然賦予讀者必須高度參與的倫

理責任。

繼而「芙蓉泣露香蘭笑」、「十二門前融冷光」、「二十三絲動紫皇」，則亟寫箜篌聲音之動人，人為之歌哭，光可「融」、上皇「動」，音樂果然可通幽動人，無遠弗屆。這又不在狀聲，而是寫聽者那被聲音漲滿的情緒，瞬間無以名之的感動，聲音固然是時間的藝術，但在此時卻凝結成一永恆的空間，進入一種幽眇不辨的幽微境界。最後結以「吳質不眠倚桂樹，露腳斜飛濕寒兔」，除點出這是月夜奏樂之外⑥，黎簡說這是：「使吳剛亦來聽，不知久也，即白露沾衣意。」延續前聯入神之想，此處則以素月荒寒冷寂之境承接，而正使情意蘊藉無限。

李賀此詩一向得到高度讚譽，但此詩絕不只於想像瑰奇，或者是鬼語幽豔而已。李賀不是在捕捉聲音，也僅用少許筆墨來譬喻狀聲，顯然另有深意，方扶南「摹寫」之說尚屬淺識。李賀此詩之美其實是藉著音樂的翅膀（聲音低昂跌宕與律呂漸次迴旋），從外聽到內視，開發出文字的內蘊能量，「詩歌語詞的音樂性被加強到最大程度之後，它仍是一個語言的音樂性問題。」⑦ 藉著涉樂典故巧妙串接與少量狀聲譬喻，一暗一明，於顯隱之際，漸次引導讀者抽空內在雜慮，繼而打開一個幽奇空間，引人於「清浚幽微」之中。換言之，李賀讓文字找到了其內屬旋律，屬於字的樂。

──曾守仁老師　撰

【延伸閱讀】

1. 韓愈〈聽穎師彈琴〉。
2. 王琦、方扶南等評註《三家評註李長吉歌詩》（上海：上海古籍出版社，1998）。
3. 羅基敏《文話音樂》（桂林：廣西師範大學出版社，2003）。
4. 小澤征爾、村上春樹對談〈文章和音樂的關係〉，收入賴明珠譯《和小澤征爾先生談音樂》（臺北：時報出版社，2014），頁 113-116。

---

⑥ 蔣文運：「題不言夜彈箜篌，而融冷光，涇寒兔，皆夜彈箜篌也。」引自《李賀資料彙編》，頁258。

⑦ 迦達默爾（Hans-Georg Gadamer）〈哲學與詩歌〉，收錄於《迦達默爾集》（上海：上海遠東出版社，1997.12），頁 557。

單元八

山林與海洋——
與自然環境的
對話

劉恒興　編選

臺灣舊路踏查記・八通關越嶺記

劉克襄

尋找「過化存神」石碑

「過化存神」在哪裡，還在否？

當我們逛完整個草原，爬上八通關山前峰對面的小山丘遠眺時，我依舊在思索這個問題。旁邊卻傳來馮建三興奮的叫聲，這位十多年前政大登山社社長的專欄作家，手舞足蹈地指著遠方喊著：「沒想到站在八通關，可以看到臺灣三尖裡的兩尖！」這時，我也才注意到這個晴朗天氣所帶來的額外收穫——一個開闊的視野。左邊雲海最遠的一角，挺拔的中央尖山，還有南湖大山乳房般寬闊、渾圓的主峰，並排矗立著。而我們的右方，不遠的大水窟方向，達芬尖山正樣貌清晰地突立在草原邊的羣山之後。

可惜，這個光景並未持續多久。雲氣不斷浮動、遊走下，南湖和中央尖迅即消失了。整個高山草原繼續留下空曠的孤寂，與詭譎的歷史，陪伴著我們。但我卻有一種不過隔世之事的彷彿。彷彿當年駐守在這個草原的清朝飛虎軍，還有日本時代的警丁，昨天都才從這兒拔營離去……

再度把視線拉回到眼前，上個月才被一場大火洗禮過的八通關草原。三千公尺高的八通關山前峰，繼續像一尊巨大的神只，在我們之前鳥瞰著，提醒著我們，在相對於自然時，我們永遠是多麼的渺小與卑微。它也繼續以千萬年皆恆然不變之姿，鳥瞰著百年前的古道。

以探勘八通關古道而聞名的楊南郡先生，就坐在我旁邊。六年前，從事八通關古道探勘時，為了尋找這座叫做「過化存神」的石碑，他差點命喪於這座前峰的絕壁。

說起這座石碑，它和「萬年亨衢」、「山通大海」一樣，是當年這條古道上最重要的三大石碑，臺灣史的文獻曾記載，它們都是由吳光亮親自提名立碑、分立於古道的重要路口。後來，研究歷史考古的人，依循文獻的指示與地方的查訪，分別在平地的鹿谷和楠仔腳蔓發現了後面的兩座。「過化存神」，這個名字充滿神秘色彩的石碑，卻始終未發現。

有一回，楊南郡在調查古道時，拜讀到清宮奏摺檔案。奏摺裏面提到，此碑立於八通關山上。因了這樣一句話，為求得古道探索的進一步詳況，楊南郡在搜遍整個八通關草原，以及附近的主要山頭後，不得不朝這座頂峰有著險惡崖壁的山巒前去。可是，上抵這座過去被許多探險者誤為玉山的詭異山巒後，他依舊未找到石碑。百年前的這塊石碑，繼續成為這條古道上最後，最傳奇，也最謎樣的史事。

交會於草原上的古道

如今，一般登山客由玉山下來，抵達這兒，多半是黃昏大霧朦朧的時候，無緣看到八通關草原的真面貌。除非在此多待一晚，清晨時到來，才有機會目睹它壯麗的大景觀。其他人繼續坐在小山欣賞著四周的景色，也或許是已經不為什麼的，只想繼續享受著高山陽光難得的溫煦照射，因而遲遲沒有人願意起身離去。我則繼續想著「過化存神」，一邊鳥瞰著兩條百年前從陳有蘭溪岸翻上來的古道。它們像兩條巨蟒般，清楚地橫伸於草原上。上個月那場大火災，顯然讓它們的路跡愈是鮮明。更加凸顯，一種錯綜交叉而過的歷史場景，並展現自己的來龍去脈。

其中一條，是一八七五年的中路，就是我們熟知的八通關古道。它從陳有蘭溪底近乎垂直地壁立而來，上抵草原後，斜斜地沒入草原核心。那兒有著幾株稀疏的杉樹，與一間鐵皮避難小屋。為何通向那兒？原因無它，因為清軍的營盤址就位於附近。同樣的理由，也讓七十年前的日本時代越嶺道，沿著陳有蘭溪河岸，緩緩繞著等高線上來。但在和中路會合以前，先分叉，有一條和中路一樣，直伸草原核心，抵達昔時的八通關警官駐在所。

越嶺道的另一條主線呢？它和中路交會而過，繼續沿著等高線走。火災後，有時看來像巨大的圓丘墳場之八通關山前峰，越嶺道迂迴繞過。接著，深入另一個密林裏，推進到另一座山的等高線。通往大水窟後，從那兒再昂然邁進，穿越中央山脈那片全臺灣保護最完整的原始森林，大約一星期後，抵達東海岸。

向下通往警官駐在所和清軍營盤遺址的兩條路，到了草原中央，還會遭遇好幾

條獵路、汲水小徑與現代登山道糾纏，讓整個場景又有些複雜。遠看時，它們形成好幾條大小肥胖不一，卻密如蛛網的路徑，在草原裏隱來沒去。若非楊南郡在旁的解釋，我們再花個上星期的研究，恐怕也是一知半解。

總之，最後又有兩條較肥胖的路，從草原裏清楚地奔出，一條跟日本時代的越嶺道同一個方向，往大水窟去。它繼續以中國傳統的築路方法，依地形起伏向著荖濃溪頭的河谷伸下。這條路仍是中路。

而另一條，明顯地往八通關山前峰對面奔去，向那比前峰更高大的龐然山區上行，通向更高海拔的冷杉林。這條路就是早年通往玉山的登山步道。昔時，塔塔加步道還未開闢前，若要攀登玉山，都是從東埔方面前來，再藉此路上玉山。

當時，由這個方向攀登玉山確實是比較辛苦的。若從塔塔加鞍部前來，就容易多了。最近中橫玉里線的通車，更使玉山之行成了所有高山裏最容易攀爬的高山。前天我即搭宿於鹿林山莊，清晨從塔塔加步道上玉山，再下玉山北坡的碎石坡、冷杉林前來。

塔塔加，我已經去過六、七回，更有三次從那兒上玉山，和一般人比較起來，應該算是有些登山經驗的。然而，一直到這趟旅行之後，對這條西線的登山道才有了比過去更加具體的概念。

素樸原始面容難尋

什麼樣的概念呢？很難說得清楚，那是一種歷史的情緒。好像登山到一個階段後，總會有一種沈澱後的激越油然浮升。前天凌晨，想到又要進入這個歷史複雜的登山步道，就曾輾轉翻覆，腦海裏想的盡是這百年來來此旅行的種種人事，甚至，還勾勒更早以前的稗官野史，諸如那些中部巴宰海平埔族如何知道中路的「前身」，且溯陳有蘭溪上八通關，再前往東部。

關於鹿林山莊，我記憶裏最深刻的一張照片，在玉山國家公園出版的《玉山回首》一書，有一羣戴著竹笠草帽的女學生，在新高山登山口合照。

當時，還有一張女學生坐在運臺車，準備到新高山的舊照，顯示著雖然塔塔加已經成為主要的登山道，但當時登山仍遠比今日辛苦和不便。現在從阿里山搭自家車一路輕鬆駛來的此段新中橫，部分就是臺車軌道，後來又延伸出東埔線舊路。光復初期，旅人上玉山仍須搭這段臺車減輕腳程。一九七七年，神木林道取代原有運材路線，鐵道始拆除。最近新中橫公路開闢，上玉山就更輕而易舉了。

可是，看到現在例假日時塔塔加遊客如織的場面，再想到這一段登山歷史的素樸歲月，我打心底就希望它仍如過去那樣難爬。用這種困難，好讓登山者都能多留一點時間和山相處，增加人對山的學習與敬畏。也不只山，在我看來，似乎也該是國人用這種方法，全面面對所有自然環境的時候了。

今天依傍於鹿林山的鹿林山莊係按過去的舊址重建的。六十幾年前，阿里山通往玉山的登山道開闢時，舊址是一併興建的避難小屋。以前是一座檜木式平房，通常旅人由鹿林山西麓腳的新高口徒步一天後，以此為第一天的歇宿處。平時，它可以容納百名旅人。戰後，這裏一度成為氣象局的觀測站，十年前玉山國家公園成立，乃設為服務中心，再依原來的屋宇樣式翻修。

過去的鹿林山莊是我所見過的高海拔建築裏，最典雅且淳樸的一座。遠眺的感覺十分舒服，讓人對當時的登山充滿古典而莊嚴的綺想。現在的鹿林山莊雖然新而堂皇，總覺得年紀太輕了，和四周的景色還未全然融合。每次從那裏出發，我都無法感覺出即將上山時所應有的莊重與嚴肅。也許還要過一陣時日吧，我又會有另一種歷史鄉愁了。

高山森林的慘烈開發史

每次滯留鹿林山莊，從那雲海的變幻，從後院的廣場遠眺塔山、阿里山一帶的

景觀，我也不免茫然而傷神地回想，那樁發生於本世紀，影響迄今的森林災難史。那是一九○○年，一位日本人在探查時，從土著口中獲悉阿里山的大森林。這個發現遂展開了臺灣高山森林慘烈的開發史。

十二年後，當嘉義市的市民在寒冷的冬天，首次看到巨大的檜木，從兩、三千公尺的高山，經由高山鋪下來的鐵道運抵時，不僅意味著阿里山的森林開始砍伐，也宣告了臺灣高海拔山區的森林遭到屠戮的時代到來。從阿里山、太平山到楠仔仙溪林道、東勢林場，一座座上萬年才能蘊育的森林，短短二、三十年間便從我們島上消失了。國府時代，這種盲目砍伐的趨勢越演越熾，直到今天才因興論而稍有收斂。然而，已砍伐的部分，恐怕我們好幾代的子孫都無法救回，將來歷史會把這筆帳記到我們頭上的！

阿里山會設有這條鐵道，也是因了檜木森林的發現，才不惜這個血本。觀光旅遊是後來森林砍伐一陣後，附加的價值。登山更甭說了。我們繼續回到玉山的登山史吧！

鐵道通車的那一年，有一位英國自然科學博物館派遣的植物學者普萊斯（W‧R‧Price）前來玉山區採集。這位成為最早前往玉山採集植物標本的西洋人曾描述，自己經過塔塔加鞍部、玉山前峰、西峰稜線，在東攻主峰頂。他當時走的是日本時代登玉山的路線，和今天的路線有很大的不同。當時多半是由稜線前行，沒有平坦的步道可尋。

在日本領臺的這個高山探查期，普萊斯當然不是最早由此線上玉山的人。個人所知，恐怕是更早時的人類學者鳥居龍藏和森丑之助。

深入更偏遠的山區

一九○○年六月，日本正要展開阿里山森林調查前夕。兩個月之前，這兩名仍年輕的小伙子無視於此，匆匆經過，只是想到更偏遠的山區去拜訪布農族。然而，

他們從玉山下來時，並未經過八通關，而是由另一條路下到平坦的陳有蘭溪溪谷，直奔東埔去。

由於從塔塔加出發的路途還不是那麼便利，當時除了鐵道的森林砍伐，大部分著名的登山與重要的自然生物研究和採集者，還是溯陳有蘭溪河床，來到金門峒斷崖的溪床盡頭，再攀爬而上八通關。像著名的川上瀧彌、佐佐木舜一、山本由松皆是。

一九二六年才有了一個轉變。那一年的十一月，鹿林山莊舉辦了一個高山難得一見的慶祝活動。這是一個非常重要的時日，原來阿里山到玉山的新步道終於開通了。這意味著以後登山人將多半由此前來，較少由東埔登玉山頂。

這個慶祝也包括了適才提及的鹿林山（今天的山莊），還有新高前峰、新高下兩個避難所的完成。由於現代的登山路線已有變更，我們從鹿林山莊下塔塔加鞍部後，並未經過前峰的避難小屋，但第二天要夜宿的地方仍要到它的另一個小屋，新高下。新高下，顧名思義就是玉山山腳，意即今天排雲山莊的前身。

與森林火災有緣的山區

上個月，一場轟動全國的大火，把整個塔塔加鞍部燒得焦黑一片，從鞍部下望到楠梓仙溪林道，整個區域猶若經過一場慘烈的戰爭，只剩一株株黑色枯木的殘幹斷臂孤立在那兒。臺灣的自然生態歷史裏，玉山山脈是個跟森林火災一直很有緣份的山區，我們翻閱過去的相關資料，因人為縱火、因自然因素、因意外事故不等，很奇怪地，這個地區每三、五年總會發生一、兩件。

那天清晨，跟我們隨行的國家公園巡山員也參與了那場救火的工作。在缺乏人力、物力，交通又不便下，他們像螳臂擋車般地展開救火行動。媒體只關心火災燒了多少森林，並質疑森林保育政策。很少人注意到，當時他們曾遭猛烈的火勢阻斷退路，也被圍困山頭，險狀萬分。

至於，八通關草原火災時，他們就束手無策了，因為等到他們抵達那兒時，火災已燒得差不多，只剩一片荒禿焦黑的草原。根據後來的調查，這兩場意外的大火都是人為的。無論如何，山裏人力的勢單力薄，缺乏滅火工具的無奈，以及登山遊客的缺少公德心、沒有防火觀念，都在在顯現了森林火災的問題仍急待通盤的解決。

塔塔加，一個玉山山塊和阿里山山塊連接點的鞍部，同時是兩條大溪的分水嶺。我站在瘦狹的鞍部，向左走幾步路，腳下的山谷就是沙里仙溪的起源，遠方模糊的盡頭是下游濁水溪的沖積平原。而往右邊移不到十公尺，卻是通往南部高屏平原的楠仔仙溪。它的遠方，金字塔形的關山清楚地聳立。

沿著步道，一邊前進，我注意到一些火災過的地區，森氏杜鵑、馬醉木的枝椏已經率先長出新苗了，甚至高大的二葉松也都從根部發芽。顯見這場火災並未燒死這些高山植物，它們繼續在腐植土的地層下，活絡而頑強地生存著。見到它們仍如此旺盛活著，心裏十分感謝上蒼賦予這些植物這種防火的天賦。但總是可惜了這麼美好的一個五月之晨，竟然不能看到玉山沙參如鈴鐺的小紫花，以及馬醉木一叢叢白色的壺形花，在兩旁的步道迎接我。

四周雖然都遭回祿臨幸，孟祿亭卻未在那場大火中燒掉。那兒是一個分界點，此後，開始進入二葉松的世界。歷來有關這條登山道的旅行文章，不勝其數，我大致翻讀，總覺得過去的記述總比新近的好。其他登山步道也一樣。日本時代的探勘文章，報導翔實而細膩，不僅有登山的絕對價值，更有其他學科的多重研究意義。光復以後五、六○年代的旅行見聞，大抵也都能感知其樸拙之處，反映了當年的登山精神。

活著的山

自百岳時期，七○年代以降，我們看到的山旅遊記就一代不如一代。邢天正、謝永河、應紹舜等登山前輩的文章，都有其可貴的歷史意涵，日後的岳界報告卻像

俗濫的行程表記事。千篇一律，都是幾點幾分從哪裏到哪裏的流水帳。既讀不到人性，也嗅不到自然的故事。談到此，不得不嚴肅的正視在自然環境意識高張的今天，我們對山的重新認識顯然已到了另一個臨界點，登山哲學變的迫切地需要。登山也不能只是休閒的一種重要活動而已，那個只享受權利的時代已經過去。我們必須將它累積的歷史意義，重新做分析與建構了。

前往白枯木的路上，樹篷如傘的鐵杉逐漸出現後，棧道也多了。白木林之後到達大峭壁，已是冷杉的世界。七年前秋天來時，一路觀察紀錄，上到此時已記錄了哺乳類的鼯鼠、條紋松鼠、黃鼠狼、臺灣獼猴。鳥類狀況也相當豐富，不時有栗背林鴝、金翼白眉、小翼鶇、煤山雀等的叫聲。在臺灣各地高山，我很少有這種走在野外動物世界的感覺。儘管都是高山，有許多地方還是在一種有人存在的壓力下旅行。這種角度的高山觀察總會覺得，只有在發現哺乳類時，才覺得山是活著的。

後來兩趟旅行，同樣走過這裏，雖然都不是假期時間，但未再享受這樣美好的經驗。我原本以為四、五月繁殖季也該有所嶄獲，結果大出意料之外，不僅未看到任何動物，連高山鳥類都十分稀少。

上抵排雲山莊，鳥種的數量才多了起來。原因無它，山莊旁的垃圾堆，向來是酒紅朱雀、金翼白眉、煤山雀、烏鴉等山鳥最愛集聚的所在。尤其是酒紅朱雀，四處出沒。每次來此，我都會先去那兒探視。牠們是山鳥裏面最大膽的，常常跳到登山客的腳跟前覓食，渾然無視人的存在。相對於登山客辛苦抵臨此地的興奮叫嚷，牠們挺著紅胸，如一顆成熟巨大的草莓，靜靜地覓食。我總覺得牠們已是排雲山莊的一部分，來這裏若看不到酒紅朱雀，就好像少了什麼東西。

每次抵達排雲，我也喜歡在入門的正廳，仰看貼滿整個屋子牆壁和天花板的登山旗子、相片和留言，從那兒觀察登玉山歷史的遞變。牆壁的每一面泛黃灰舊的旗子或相片，都記錄著許許多多登山客來此的訊息。每一段刻在舊木板條上的文字背後，也都隱隱傳遞了許多登山客在此的種種故事。那約四坪大的空間是一個小小的登山博物館，是由所有登山客，一起協力完成的。

除了下雪和暴風雨的日子，排雲山莊也跟臺北的觀光飯店一樣忙碌，每天始終

有登山客來訪。一波波登山客帶來了上下玉山的喧嘩聲音，使這裏連午夜都常像夜市般熱鬧。平常一個小小的山莊最多可容納百來人，但逢中秋節等例假日，這裏往往人山人海。最高紀錄時，居然高達六百人之譜。除了山莊本身，外面的帳篷搭有數十頂之多。箭竹林叢和登山小徑也都人滿為患。

熱鬧的山莊

第二次上玉山是在雙十節那一個假期，冷雨從塔塔加登山口一直落，抵達排雲山莊時，全身都已濕透。這時，排雲山莊裏擠滿了人羣，想要進去換個乾淨的衣服都無法擠入，後來被迫在箭竹林叢邊搭帳棚篷換衣、煮薑湯，與進食晚餐。那一晚雨繼續落，內外帳也都濕了，無法躺下來，試著想蹲著睡，也無法安然入眠。只好和另外五個人偎著汽化爐，小心地烘烤、保暖。四點時，有一羣登山客開始攻頂，我才獲得入室的機會，鑽到山莊的灶房，貼著微熱的灶壁打盹。但進出的人都打那兒經過，吃早點，或出門攻頂，我常常被人踩著。好不容易，又有一個機會，趁著另一羣人離去。再換到左邊擺神像的大寢室，找到一條舊棉被與空位。那條被子也不知睡過多少人，隱隱散發著一股濕濡的霉味。我實在太累了，管不了這麼多，一拿到就鑽入裏面躺下。未料，這時天色已破曉，我們也要出發攻頂了。

這一次登山就覺得比較充實了。或許是跟攜帶畫具前來有很大的關係吧！抵達排雲不久，我迫不及待地跑到上玉山頂峰的入口，以排雲山莊做為寫生的題材。我喜歡這棟山屋建材的基部，那一塊塊石頭堆砌的浮凸感，令人印象深刻。在三千公尺的高山，遇見一間石砌的房子，而不是一間簡陋的山頂小屋，是相當窩心的事。

開始攻頂不久，進入玉山圓柏的世界。這種高山植物，可依地形在森林界線以下形成巨大喬木，森林界線以上卻盤札曲張，形成盆景樣，無疑是玉山區最具代表性的植物。

可是，到了三千五百公尺以上的這兒，鳥種更加減少，幾乎只剩鷦鷯和岩鷚了。

過去翻讀一些報告，也少有哺乳類的紀錄。這兒會吸引我的，是一些在平地不常聽過的，有著奇怪學名的森林界線上的特有植物。我聽過臺灣山區植物最好聽的名字大概也都在這兒了，諸如玉山薄雪草、穗花佛甲草、早田氏香葉草、川上氏忍冬、高山沙參、尼泊爾籟簫等。美麗而浪漫、神秘而傳奇、耐寒而孤寂；它們是詩的植物。

攻頂時，我喜歡一邊行進，一邊尋找它們的蹤影。它們也不像中低海拔的物種難以辨識，高山植物類別不多，手中有一本《玉山花草》，幾乎可以迎刃而解。高興時，便卸下背包，坐在路邊寫生。通常在這樣高的海拔，登山客多半都是急著趕路。能夠停下來，靜靜地欣賞風景，恐怕不多。其實若能靜下心來，才是此行的最大收穫。這時你會聽到山音的，一種三千公尺高山的心跳。熟悉中低海拔的人，將發現耳邊傳來的不再是憂鬱密林的悅耳鳥叫，也不再是清澈溪澗的淙淙流水。而是一種摸得到的、稀薄、純淨的，彷若空氣凝固的聲音。

玉山未必落於富岳

此次行前，我特別將大橋捨三郎《新高登山》（一九二二年）一書重新翻讀，作者在這本小書裏做了過去攀登玉山主峰紀錄的年表。第一位是橫貫中央山脈的長野義虎，但作者一如其他有經驗的登山者，對於其是否曾登上玉山感到懷疑。目前認定最早爬上玉山的，是林圯埔撫墾署長齊藤音作與東京大學農科教授本多靜六（一八九六年）。當時，有一名隨行的隊員矢野龍谷，後來在報紙如此描述道：

> 本期待登臨頂峰，當能下視福州、俯望廈門，並瞥見臺島大部，此刻未免悵然若失。此行，如日本內地之溫帶地方，山高萬尺以上，則童山濯濯，幾為禿嶺。而此地海拔萬尺以上，仍針葉林木鬱鬱蔥蔥，與天競高。尤其玉山高達一萬三千尺以上，從頸部以至山麓，無不林木飾身，相貌青翠，令吾等嘖嘖稱奇，倘論山之真實價值，則玉山未必落於富岳（譯注：富士山）。

兩年後，有一位德國登山家史脫貝（K. Stopel）攻上主峰，成為西方人首位登玉山者。

接下來，才是熊谷直亮（辦務署長・一八九九年）、齊藤讓（地質・一八九九年）、鳥居龍藏和森丑之助（人類學・一九〇〇年）、高木喜與四（高山測量・一九〇三年）、川上瀧瀰（植物學・一九〇五年）和尾崎秀真（歷史、記者・一九〇五年）……等，這一份最初攻玉山頂的名單，顯示各行各業都有，或有為植物，也有為地質，也有只是為征服而來，不一而足。登山者中不乏知名人士，更有後來響叮噹的人物。他們的玉山行，都曾留下重要的登山文獻，如一波接著一波的浪潮，為玉山編織了一首瑰麗且壯闊的史詩。

險惡如厲鬼

　　就不知當時登頂之後，他們想的是什麼了。在玉山頂，天氣晴朗可以望遠時，我最喜歡朝中央山脈的方向鳥瞰。倒不是為了享受馬博拉斯、秀姑巒和大水窟一線的山色，或是從那兒去尋找更北的南湖或中央尖。只是想接近眼前的東峰。我最喜歡靜靜地看它，回想著三〇年代鹿野忠雄爬上玉山，站在我相同的位置時，對臺灣高山的愛戀，以及對這個險峻山巒的描述：

> 站立玉山主峰頂端的登山者，在興奮大呼快哉之前，當被玉山東峰化石般的山岩模樣所吸引。幽寂如廢墟，險惡如厲鬼，玉山東峰，此一妖形怪狀的峻巖，隔著像是被鏃鑿凹陷的斷崖之間的空虛，與玉山主峰皆目對峙。其充滿挑釁模樣的岩壁肌理，於陽光照射下，呈現鈍灰顏色。在容易坍塌的斷崖底部，因不堪風雨磨削而墜落的砂石，如屍體般層層堆積。

這是一個博物學者對山的感情，清楚展現自然科學者人文情懷的一面。這樣貼切而驚心的記述，後來大概只有七〇年代岳界的「四大天王」邢天正的描繪可與之遙相呼應：

> 它的西北、西南兩側，全是絕壁，部份且是懸崖。彷彿鬼斧神工一樣，直像巨大的磚塊修築的城牆一樣，層層疊峙，稜縫密合。由主峰眺望，只見岩壁

平滑，無隙可乘，使人望而卻步。近看則見巖牆危聳，疊嶂接天，更覺高不可攀。

第三趟頂登，難得遇到一個無風的日子，我興奮難抑，忙著為東峰繪出它險絕的形容。從玉山頂，可以清楚看見廢棄的郡大林道，一條筆直隱伏於通往馬博拉斯山腰的林線。還有靄靄煙塵中的東埔，像熟睡的嬰孩躺在遠遠的山谷裏。

毛腳燕在天空中盤飛

山頂四周，仍然看得見塑膠袋、寶特瓶和鋁鐵罐等，跟雪山頂一樣髒亂。這回上玉山頂，很高興忘了于右任銅像的存在。天空上有毛腳燕羣盤飛，初時實在不敢相信，這是首回在這麼高的山區紀錄。岩鷚繼續像每一回上來時一樣，大膽地在四周觀察攀頂的登山客。這裏是牠們的地盤，我們永遠是陌生的闖入者，必須向牠們學習安安靜靜地面對山。但每次上來總是忍不住地喧嚷，高興於自己終於完成了上來的目的。

這一回從玉山北坡下行，抵達冷杉林的荖濃溪營地時，意外地發現溪水已乾涸。在這個下山的休息區，沒有聽到舒暢的溪水聲，卻聽著筒鳥憂鬱的苦叫「波波、波波」，難免浮升一種若有所失的悵然。

在此，最有興趣的是位於這個水源區上坡，半山腰的日本時代新高駐在所。以前，一直以為這個駐在所就是排雲山莊前身，後來才知位置差遠了。前者在西，後者在北。為何要遠離這個水源旁，而設在汲水不方便的山腰呢？這個學問就大了，我亦百思不解。後來還是由楊南郡告知，原來設在山腰是為了可以鳥瞰、監視整個八通關越嶺道，以及登玉山的步道。若有土著或旅者前來，或經過越嶺道都能一目了然。

《玉山回首》裏面有兩張照片都有新高駐在所的舊照，可惜編輯疏失了，並未註明地點。從舊照中可以看出，那兒至少有四間房舍，顯見規模不小。它是越嶺道

一線以西，唯一的駐在所。其他都在越嶺道上。三〇年代的鹿野忠雄，或更早以前的登山人，在塔塔加登山山道未開闢以前，便以此為攻頂的宿泊地。

走出冷杉林，經過幾處容易崩石的斷崖，抵達八通關時，往往會遇見午後的山霧，把八通關籠罩在一層濃厚厚的雲霧裏，讓這個臺灣歷史裏重要的高原更加充滿謎樣的景觀。草原上那間避難小屋並不適合安睡，大多數人會設法趕到重要的驛站，觀高。

而五月時，從八通關草原下來，當你穿過許多排細瘦長柄，露著漂亮小白花的法國菊之後，就是觀高了。相對於法國菊，石階或斷崖、咬人貓或馬醉木、玉山假沙梨或鐵杉，都不是什麼值得過目不忘的景觀。《玉山回首》裏面就有一張三〇年代的舊照，以法國菊為背景，做為觀高的代表植物。

虎杖與帝雉

除了法國菊，還有一種常見的植物，也讓我和日本初年的植物學者抵達時，一樣的印象深刻，那就是數量驚人、奇貌不揚的虎杖。日本人會特別注意虎杖，因為日本內地的深山也有，抵臨觀高，遂有思憶故鄉之情。我會注意虎杖，倒不是為了植物學的理由，而是為了一種當時日本學者在此竟未發現的一種臺灣國寶鳥種——帝雉。據隨行的布農族巡山員跟我說，他們在此研究帝雉的經驗，帝雉最愛出沒的就是這種虎杖灌林，因為牠們很喜歡吃虎杖像長了翅膀的果實。

帝雉也常吃一種平地常見的植物，吃起來酸酸的火炭母草。這種草木植物觀高也非常多。在觀高不遠處，一段廢棄的郡大林道，那兒密生著火炭母草和虎杖，成為帝雉經常出沒的地區。清晨和黃昏時，任何人去那兒散步，都可以遇見好幾隻。不久前，賞鳥人仍將帝雉視為在野外難以發現鳥種的神話，在這裏卻變得十分荒謬，因為牠們好像是鄰家的小狗一樣，隨時都可以遇見。國家公園管理處不僅在這兒設立幾處隱密的觀察寮，做為長期觀察研究用。以拍攝帝雉而聞名的鳥類攝影家王立言，主要也是在這兒守候這種大鳥。不久前，這裏更成為首度發現帝雉在野外營巢

的地點。我自己在野外有好幾次看到帝雉的經驗，同樣是在這兒的黃昏，一個人靜靜地穿過火炭母草的林道時，才獲得一種尾隨牠們，如溜狗般的快感。

但一般來此的登山客，他們在意的，可能是從哪一個角度能看到玉山吧？四通八達，可以遠眺整個玉山山塊的觀高，做為日本時代越嶺道的警備區或國府時代的林木工作站，它都是這個區域最重要的驛站。現在，它仍有許多老舊的、荒廢的房舍，成為登山者當天由玉山頂下來的夜泊處。然後，翌日清晨，再趕下東埔。這回，我卻在此借宿兩夜，為的只是明晨再上八通關，重新去「尋找」那一個文獻裏叫做「過化存神」的石碑。

日本時代駐在所廢址

回頭再抵八通關後，最初先試著重走中路的舊跡。經過日本時代駐在所的廢址時，不免也進去憑弔一番。目前，稀疏林立著幾株杉木的避難小屋，就是建在當年駐在所的位置上，然而，當時的規模遠非今日可比擬。

當年駐在所固定有十八人駐防，三千公尺的高山需要如此龐大警力，可見其重要性。由此，我們亦能了解如此眾多的人力，需要何種物質設施了。

由於「新高登山道路」與越嶺道在此處交會，這兒也成為最適當的招待站。當時的房舍不僅寬大舒適，且分有招待所、辦公室、警官宿舍、警丁宿舍，連挑夫都有專用的房舍休憩。此外，更有登山者最為欣羨的東西，設備良好的浴室。

從一些三〇年代八通關全景的老照片，即可看到坐落於草原上，方形碉堡的駐在所，顯現一座小城堡的氣勢。另外，又有近照，三名警手和架著三腳架的重機關槍、拎著武士刀的警官、土著警丁，以及日警的妻小數人，清楚透露這座駐在所人力配置的結構樣貌。

如今人去不只樓空，昔時駐在所的木造房舍，後來據說都被平均十年一回的「定

期大火」給燒光。剩下的也被打獵的布農族取走，當取暖煮食的柴火，逐一燒掉了。連遠在駐在所背後，孤立於通往玉山的新高登山道路的鳥居，那一座檜木的牌坊，也未幸免於難。

但仔細搜尋，大火後的草原上仍露出一些日本時代的舊設施，諸如戰壕裏仍有生鏽的刺鐵線和破爛的馬口鐵皮、燒焦的檜木殘骸。楊南郡初來調查時，還從遺址上找到我們小時常常看到的白色電話線礙子，證明駐在所也曾有電話。縱使不搜尋，光是站著感懷，眼前也赫然清楚地呈現一些駐在所的舊跡。完好的番童教育所水泥舊基、兩排曾經蒔花的土牆、水泥的舊門柱，以及門柱前那一條直伸出來，銜接著橫越東西的越嶺道的大路，都在在告訴我們，七十年前，這個高山上曾經有過臺灣史很重要的故事在這裏發生過。

尋找八通關古道

當然，更早時，十九世紀中葉，還有一件更充滿戲劇般的開路傳奇發生，那就是一八七五年，吳光亮開闢中路的故事。究竟中路在八通關的清軍營盤舊址位於哪裏呢？它並不像一般人以為的，就是後來日本駐在所的位置。而是位於草原稍為南邊，往荖濃溪溪谷的方向，跟駐在所相連的一塊平坦草坡。

如果不是走到接近的位置，任何人站在那兒也無法認出，眼前就是當時的清軍營址，因為那兒只剩一片荒涼的草原、裸露的荒溝，以及零星的幾株二葉松孤立著。也唯有楊南郡這樣狂熱的古道搜尋者，才能看出那是營盤址的夯土牆的殘留牆基。想當初，清朝的那千名飛虎軍，應該是就地取材，砍伐附近的杉木蓋屋吧？不然應該會有更清楚的舊跡留下。

我們在地面搜尋，找到了不少百年前的陶瓷，有略上釉的青花瓷盤碎片，也有粗糙的陶盤，都是福建德化窯。想必是當時清軍從海峽對岸帶來的碗盤。還有一些不上釉的棕紅色粗陶盤，那應該是裝水、茶或酒等液體的甕了。後來，這些陶瓷片

全就近淺埋於不遠的一棵大樹下，好讓以後有興趣的學者仍有充裕的研究物證。我們姑且抱著一絲信念，縱使八通關古道已死，歷史會因這些破陶瓷片繼續活著。說不定，就因了這些陶瓷片的存在，日後有了重要的大發現。

　　站在草原撫今追昔，不免又想起「過化存神」這座石碑了。它會在哪裏呢？上面到底寫了什麼？這個問題似乎也不只是楊南郡，或者我們在追尋，遠在一九〇三年時，無所不學、四處踏查的記者兼歷史家，尾崎秀真，這位曾在萬華龍山寺門柱題字的才子，從陳有蘭溪底上溯，甫上抵八通關前，就曾描述道：

> 趨近八通關絕頂，探尋吳光亮築建道路之遺跡，嘗試問詢隨行通事，經其指出，瀕臨路崖，幾近崩頹之處，猶存業已腐朽之板木橋，此即吳光亮築路遺跡，現今搭橋之板木，當為八通關關門之門扉，或因颱風，難回復舊觀，故利用殘木作為搭建之橋板。余想造訪吳光亮塑建之「過化存神碑」，木造關門難以久存，碑為石材，應可常留，經問通事石碑確切所在，通事雖可確定其位置，卻不見石碑，即連臺礎基座亦了無痕跡。余思通事容或有誤，四處搜索，然一無所獲。雲林采訪冊曾記載：「過化存神碑，在八通關山頂，俗水窟碑，高七尺，寬三尺餘。」然是何樣的石頭，何樣的文字紀錄？今人知者恐怕已十分稀少了。再走數十步，就上抵八通關頂上了。

這個百年前留下來的謎題，無疑的將會持續在這條古道穿過臺灣之心的地帶，挑戰著世世代代有興趣於來此探索的登山者。攤開二萬五千分之一地圖，在這個荖濃溪和陳有蘭溪發源的位置上，且讓我謹懷著恭敬之心、敬畏之情，畫出那個世紀留下來的問號。

　　附註：日文部分係由好友簡白翻譯，謹此致謝。

【賞析】

　　劉克襄本名劉資愧，早年以政治詩崛起於詩壇，八〇年代嘗試以鳥類生態為散文題材，開拓臺灣自然文學寫作。曾經自陳其創作心態為：「每個人都愛好自然，每個人心中潛伏著的鳥就等於自然的象徵。只可惜大多數人生活在文明中，已將這隻鳥禁錮在心裡無形的鐵籠裡，忘卻打開門，讓牠掙脫飛離。」

　　這篇散文以臺灣八通關古道相關的歷史人文與生態知識為基礎，結合現代敘事手法、社會自然環保觀念和傳統，可說是一篇非常深刻而精彩的作品。

　　在歷史人文方面，八通關古道可以說是臺灣歷史上第一條中部橫貫東西部的要衝。清同治十三年（1874）牡丹社事件發生，清政府命沈葆楨來臺處理各項防務與善後事宜。沈葆楨來臺後推動「開山撫番」政策，目的在使臺灣西、東部連成一體。山路的開鑿分北、中、南三路打通中央山脈。前廣東南澳總兵吳光亮率兵開拓中路，自今南投縣竹山經八通關橫貫中央山脈而抵達花蓮玉里。

　　到了日治時期，為了推動理番政策，針對原有的路線重新測繪，分東、西兩段另闢一條「八通關越（領）道路」。日人興築八通關越橫斷道路之目的，除聯絡東西部交通外，更著眼於對原住民的統治與「教化」，以及進行林野自然資源的開發，因此沿線設置眾多警官駐在所的相關設施。後來這兩條道路經（前）臺灣省林務局整修，作為林業護管使用。現存古道結合了清朝與日治時期古道，成為探訪臺灣最高峰玉山的當代遊客，在歷史人文尋跡之旅上重要的行經道路。

　　八通關古道在臺灣自然生態保育，也具有相當重要的意義。特別是草原、森林植被和棲息其間的生物，是鳥類物種方面。八通關草原是臺灣極為少見的高原地形，坐落於玉山與中央山脈間，周邊群山圍繞，全域高度約三千公尺，也是分隔濁水溪與荖濃溪水系的谷中分水嶺。由於地理形勢的特殊，吳光亮闢建道路所曾題刻「萬年亨衢」、「山通大海」、「過化存神」三件摩崖石刻，「過化存神」碑傳說便存在此處。只是現在因自然環境變遷，已無處尋覓。然而這也正是八通關草原的真實寫照，該處分別在民國七十二年與八十二年冬季發生森林火災，根據調查結果發現，

起火點在山屋附近，可能是人為不慎或冬季乾燥所引發自燃所造成，但也可能是冬季天乾物燥，林木含水分低與地表堆積枯葉而產生自燃。

　　本篇散文便從歷史與人文的滄桑變化入手，藉尋找「過化存神」石碑，探討人類歷史與自然生態之間互動影響的永恆命題。「過化存神」一詞，出自《孟子‧盡心》篇上，原文是：「夫君子所過者化，所存者神，上下與天地同流。」作者想探討的問題顯然是，在臺灣邁入現代化社會的過程中，我們自詡接受文明教化，人人都是謙謙君子，窈窕淑女，但是我們真的是否能與自然環境和諧共存、「教化」社會中的不同族群，甚至是合理面對自我和歷史？面對這種種問題，人人心中恐怕都得畫上一個大大的問號吧？

　　這篇文章，表面上是一篇記遊的散文，實際上卻是針對前述問題，以個人實際經歷，給出了真實答案。但是這些答案卻必須透過讀者配合個人生活經驗進行深入的探索，才有可能理解真相。

──劉恆興老師　撰

【延伸閱讀】

1. 莫渝著、彭瑞金編《莫渝集》（臺南：臺灣文學館，2010）。
2. 梭羅（Henry David Thoreau）著、孟祥森譯《湖濱散記》（臺北：桂冠，1993）。
3. 向陽、須文蔚主編《臺灣現代文學教程：報導文學讀本》（臺北：二魚文化，2002）。
4. 鳥居龍藏原著、楊南郡譯《探險臺灣：鳥居龍藏的臺灣人類學之旅》（臺北：遠流，1996）。

大島小島・魷魚灘

廖鴻基

島嶼東南角為岬灣海岸，兩座鼻岬護著之間凹灣一泓小小海灣。

這泓灣裡難得一灣淺灘白沙，因為灘淺，水色反映，從高處俯瞰海灣，彷彿山臂圍抱半圓一定靛藍絨布邊浮著安靜一段鵝黃緞帶。

平日紋紋漣漪輕推擁岸，偶爾季節風起，作弄灣裡的風浪也只是灣外耗盡大半動能懶懶擠進來的餘波碎湧。這時節，灣裡不過水色深轉了些，平日整座灣的沉靜風貌因而轉為幾分內斂深沉。

灣底有個小漁村，兩座山岬呼擁，群山合抱，村子形勢坐北朝南，倚山望海。隔著重重山嶺，村子外頭未鋪柏油的泥沙產業道路，彎彎拐拐，往外繞山盤旋幾圈才算離開村子。外頭人車若要進來村子，盤盤繞繞也不甚方便。

村子安安靜靜，彷若天涯海角，遺世獨立，早些時候也沒什麼特別條件吸引人值得盤山越嶺彎繞而來。如此隔開城鎮市囂，清風淡泊的小漁村，幾代下來，耐不住寂苦耐不住清寒想走的早就走了。村子裡曾經僅剩數十戶人家，過著依山傍海離世索居的看海日子。

這樣的村子至今依舊存在，自然有它存在的理由。

灣凹雖淺，漁村雖小，不曉得什麼緣由，每年開春後，有一群南島魷魚，前後約個把月期間，成群結隊來到村子灣裡的淺水灘滯留。

村子裡老一代人傳說，選擇這泓淺灣為繁殖場的這群魷魚，跟著海流從遙遠的南方小島過來，因而稱牠們為南島魷魚。

最盛時，岸上可見灣底海面碎波漣漣，全是南島魷魚隊伍濟濟擠進灣裡所激起的浪蕩水花。

類似一隊兵勇行軍，行列威武，疊疊沓沓，如夏夜星河壯闊，牠們隊伍從灣口直鋪到望不到盡頭的南方天際，南島魷魚簇簇擁擁，浩浩蕩蕩擠進村子灣底。

因為南島魷魚成群結隊不斷地擠進來，轉眼間，整座海灣全變了顏色。

　　這季節的夜晚，進來灣裡的南島魷魚身上，各自爍散著綠中帶藍的螢光。魚類專家說，南島魷魚遷徙途中一路吃了不少飽飽吞噬螢光蟲的小魚，螢光透過食物鏈累積，南島魷魚透明的管條狀身子裡，也跟著閃閃散放斑點螢光。牠們也藉由體內這些螢光強弱及散放頻率差異，彼此互通訊息。

　　看，灣裡那萬千光點瞬息變化，如原野裡千萬隻螢火蟲閃點出表面清靜但內裡激情的求偶螢光，如花季裡千萬朵花蕊同時綻舉無比絢爛的欲求，如光纖管中千萬筆渴望訊息在灣裡迴盪奔馳。

　　每年南島魷魚來到的季節，一年一度，村民早已備好了舟舨和誘網等在灘上。

　　向晚時分，村民將舟舨推進灣裡，船尾各自燃一盞燈火誘魚。

　　這盞盞燈火，融在夜灣裡隨浪飄搖，燈影海面反照加倍熱鬧，彷彿灣裡也坐落一座燈火搖曳的小聚落。

　　這些燈火看來隨風縹緲清清淡淡無關誘惑，奇怪的是，光漂到哪，魷魚群就跟到哪，這些飄搖光暈裡暗藏的可是腥臊密碼？這些光不停灑進水裡的可是暖流般的甜言蜜語？

　　這時節，整個灣裡螢光漁火，閃熾交爍，堪比天上繁星繽紛。

　　這是村裡年度漁撈大事，老天恩賜，也是村子繼續維持的主要原因。

　　這季節，魚販卡車一車車風塵僕僕，盤山越嶺來到村子裡載走漁獲。這季節，曬魷魚的網臺鋪滿村子所有大街小巷。陽光底下，村子裡沒有任何一方閒閒空晒的閒置角落。

　　這季節沒有清閒的村人，這季節，村子大巷小弄找不到任何一隻偷閒打盹的貓。

　　還不懂魚事的村童，漁季期間也得終日蹲踞水井邊，協助家人剖魷魚、晒魷魚。

　　終於處理完前一晚的漁獲，午後稍稍得空，孩童們成群來到海灘，也試著用簡

單的釣絲釣鉤，手甩著圈，將擬餌拋進灣裡釣取躲過前一晚誘惑的南島魷魚。嚴格說來也算不上釣魚，不過將餌鉤頭頂甩著圈圈，鬆手朝灣裡甩拋釣絲。也沒釣竿，只是隨便拋，隨便扔，熟戀中的南島魷魚任性飢渴盲目，竟也隨便就拉上來一串串上鉤的魷魚。

並不為了增加漁獲，孩童們只是釣著消遣好玩。

除了村裡這些孩童沒事來灘上釣魷魚，慢慢地，村裡海灣南島魷魚大咬的漁訊，很快傳開了，很快就吸引了許多外村甚至外島的專業釣客，搭船搭車，不辭舟車勞頓，前來村子的灘灣上垂釣。

這季節，專業釣客釣魚拉魚的渴望，拋鉤甩竿，不過才一下下，就被灣裡綿綿上鉤的南島魷魚給滿足了。

釣客們很快就裝滿了帶來的四十公升保冷大漁箱。既然跨海且盤山越嶺來到這偏遠小灘，即使漁箱裝滿了，他們還是一聲聲吆喝，繼續釣，繼續拉。

渴望被滿足了後多餘的就是貪婪了，貪婪也飽滿後，開始糟蹋。

裝不下帶不走的南島魷魚，最後，隨手都拋棄在灘上。

漁季初期，還看到幾隻野貓過來撿著吃。

到了漁季中期，吃飽吃膩了吧，或者更新鮮的南島魷魚到處是，村裡的野貓對釣客拋棄在灘上的魷魚，看都懶得看一眼，剩下就是逐腥逐臭營營嚷嚷的蒼蠅留在灘上轟轟鬧鬧。

就這樣，天天扔一堆在灘上，任其腐敗長蟲。

小漁村小海灣每年就依賴這一季繁榮，藉這一季為生。

漁忙過後，村民們為了表示感謝老天賜予，感謝也祈望南島魷魚年年來到他們海灣。海神誕辰過後的第三天傍晚，村民們男女老少，分別穿上自家以碎花布縫製

的魷魚裝，列隊從東岬角沿著海灣淺灘，踏著浪緣水花，一路走到西岬角。

沿途嗩吶鑼鼓前導，一列形形色色各種色彩胖瘦高矮不等的魷魚隊伍，嘈嘈踩著水花，漫漫慢慢的，走過村子前這段白沙海灘。

這是村子傳承多年的魷魚季魷魚裝踩灘活動。

誰料到，不過才十數年光景，也沒人知道什麼原因，這年開春後，南島魷魚不再前來，不再整群擁進村子前的海灣逗留。

空等的第一年，漁販卡車還是天天來，只是空等了一季。

釣客們背著一袋袋精良的釣具前來，空甩了幾天竿，漁箱子仍然空空蕩蕩。

村民們的燈火誘網還是裝置在各自的舟舨上，結果等了一季備而無用。

村裡的野貓不時喵嗚幾聲露出憂愁表情。

那年海神誕辰過後，確定魷魚歉收，確定是空等了一季。

但王村長還是宣布，魷魚季魷魚裝踩灘活動，照常舉行。

不僅如此，他還重金禮聘城裡著名的金光戲團來到村子裡，就在魷魚灘海邊搭起面海戲臺，卿卿鏘鏘，熱鬧無比地接連演了三天三夜的戲。

王村長認為，往年祭典活動不夠熱鬧、不夠誠心，南島魷魚才失信不來。

不是迷信而已，王村長也重金邀請島嶼大學魚類專家許博士，好幾趟來到村子灣緣，診視南島魷魚不來的原因。

許博士後來的研究報告中提到：原因可能是灣頭海流受聖嬰現象影響而轉向，也有可能是季節風受南極大震盪週期影響風向改變，另外，也有可能是這群南島魷魚選了另個條件較好的海灣繁衍。

說起來許多可能，仔細探究，南島魷魚不來的原因仍然撲朔迷離充滿各種可能。

大家一起等，大概是唯一的對策。

沒想到，第二年仍然空等了一季。

空等的第二年，王村長進一步在城裡各主要報社買了南島魷魚祭活動廣告，並透過島嶼電臺強力放送，強力宣傳。村裡大街小巷如選戰酣熱，處處插滿宣傳旗幟。

這年，儘管南島魷魚依舊沒來，但宣傳奏效，一群一群遊客為了參與魷魚祭活動而來到村子裡。

活動主辦單位發給遊客們由村公所統一裁製色彩艷麗的尼龍魷魚套裝，有了這群遊客參與，魷魚裝踩灘活動遊行隊伍陣容擴大，轟轟烈烈熱熱鬧鬧地進行該年的魷魚祭踩灘活動。

而第三年，南島魷魚仍然失信。

如何想到，有心栽花花不開，無心插柳柳成蔭，南島魷魚祭活動的傳統特色加上幾年來的大力宣傳行銷，活動竟然愈辦愈盛大。

這年，南島魷魚不再來的第六年，魷魚灘上的魷魚裝踩灘活動已成為全島，甚至成為外島知名的魚祭慶典活動。

不僅如此，竟也吸引了不少國外遊客不遠千里，搭飛機、搭船、搭車，長途跋涉前來參加小島小村一年一度的南島魷魚祭活動。

每年這季節，至少吸引數萬名遊客前來參加南島魷魚祭活動。

這村子有史以來不曾如此人氣匯聚如此熱鬧。

從魚季活動到魚祭活動，大概這村子的命底吧，熱鬧仍然，只是從過去的南島魷魚轉成如今的觀光人潮。擠擠湧進村子的大群大群南島魷魚，變成擠擠擁進村裡的大群大群遊客。

以前的熱鬧萬點漁火螢光灣裡交織，如今灣域一片幽靜黝暗，燈火熱鬧全落在

村里巷弄和灘頭。

傍晚時分，好不熱鬧，遊客們吃過大街小巷到處都有的進口魷魚各種料理後，紛紛穿上村里大巷小弄大店小鋪四處買得到的魷魚迷彩套裝。

重頭戲來了，排場威盛的鼓號樂隊前導，軍禮服筆挺的儀隊緊接在後一路拋槍轉槍，灘頭數盞強力探照燈照亮整座海灣宛如白晝，來自島內和海外遊客所組成的偽南島魷魚隊伍，浩浩蕩蕩，搭配灘頭數座高塔廣播器輪流放送節奏鮮明強烈的雷鬼音樂，一起轟出踩出魷魚灘上花花擾擾一團團模糊不清的激昂水花。

媒體紛紛製作特別節目，報導漁村此一熱鬧非凡的南島魷魚祭祭典活動。

王村長受訪時侃侃而談，關於活動緣由，活動意義，活動目標等等。一時談開了性，王村長似乎一時忽略了必要些許節制，訪談最後，一時說溜了嘴，王村長說：「南島魷魚回不回來，其實，已經沒那麼重要了。」

【賞析】

廖鴻基，1957 年生於花蓮市。他長期關懷海洋與海洋文學，其著作包含《討海人》、《鯨生鯨世》、《漂流監獄》等，取材廣闊、思考深遠，長期關懷海洋環境與海洋文化。〈魷魚灘〉出自第二十本文學創作《大島小島》，書中他關注島嶼與海洋所共構的文化，而書寫亦是廖鴻基文化實踐中的一環。

此篇〈魷魚灘〉是現實的寓言故事帶著超現實的味道，特別是扮成魷魚的人們，幾乎成了南島魷魚的替代指涉時，人為的魷魚時裝踩街活動，弭蓋了自然漁汛不來的訊息，踩街的熱鬧反而擴大了那失去魚汛的哀傷，逐漸蓋掩了海的氣味。而無人關注那原始漁汛與漁獲生活的現象，即是廖鴻基關注的哀傷時分，哀傷與懷舊的情調在文中揮之不去。

廖鴻基一開篇即以長鏡頭觀看漁村，一開篇這座山海小鎮被兩座山岬深情呼擁，

平日海岸漣漪輕推，風致沉靜得像個桃花源。「村子安安靜靜，彷若天涯海角，遺世獨立。」村子坐北朝南有灣淺灘，那是「南島魷魚」的繁殖場，而「最盛時，岸上可見灣底海面碎波漣漣，全是南島魷魚隊伍濟濟擠進灣裡所激起的浪蕩水花」其「行列威武，疊疊沓沓，如夏夜星河壯闊」。從村子裡一開始魷魚大咬，隨意下鉤就能收釣滿穫，村子裡沒有一方空晒的角落，到後來人們隨便拋扔釣繩就滿載魷魚漁獲，除了人漸漸地顯現貪婪外，還轉而開始糟蹋魷魚。到了漁季中期，被村人、釣客隨意拋擲的魷魚，在村裡、灘上開始腐敗長蟲。漁忙過後，村裡慶祝海神誕生的第三晚，村民照舊習穿上碎花布縫製的魷魚裝，踩著一灣白色沙灘歡慶。隔年這些魷魚彷彿知道人們的浪費而不再來訪和繁殖，山海小村的村民、魚販、釣客於是撲空了三年，此間村長卻也轉向宣傳魷魚季活動和村公所統一裁製的魷魚套裝，以熱鬧嘉年華之姿轉化謝海神活動，進行觀光客式魷魚季踩灘活動。

　　廖鴻基此篇重要隱喻是「擠擠湧進村子的大群大群南島魷魚，變成擠擠湧進村裡的大群大群遊客。」消失的魷魚群是大自然和環境他者性，在被人文環境所覆掩後，可見的哀傷時調是廖鴻基海洋書寫的主奏。末了，廖鴻基力道深沉地一擊──王村長在訪談最後一時說溜了嘴：「南島魷魚回不回來，其實，已經沒那麼重要了。」魷魚季支撐了小鎮續存的能量，魷魚不來汛，而觀光客變成另類的「魷魚」，成為收入來源。純樸的漁業小鎮慢慢演變成觀光小鎮，廖鴻基帶我們見到自然的消逝與觀光人文的成長，此番消長支撐了小說寓言張力。他遠望淡描的筆力，營造小鎮遠離自然的惆悵。對於魷魚嘉年華會的描寫，顯得保持距離，鎮長一番說溜嘴的縫隙，成為最後的諷刺跟寓言。

　　文中海底螢光／海面漁火／巷弄燈火的三種焦距光點，也代表了廖鴻基對於自然風韻的紀錄，傳統漁業的思考，人文景觀的批判與文學挪移，此三重光點變換呈顯了廖鴻基的文學底蘊。螢光、漁火，閃爍交織的繽紛，更是廖鴻基想要呈顯出最美人文與自然之處，類似里山概念，那身土不二的海洋版。而鮮豔的偽尼龍魷魚跟灘頭強烈節奏的雷鬼音樂，激起類似漁汛，但模糊不清的莫名激昂水花，是作者強烈批判的「重頭戲」。

　　廖鴻基透過文字轉譯了魷魚群螢簇擁、山海小鎮靜致的視覺感知，細密地再三批判、提醒臺灣小島的人文風景與自然環境、傳統漁獲文化與觀光文化，其間三者的轉化和交織，以及斲傷與反思。

——*李怡儒老師　撰*

【延伸閱讀】

1. 吳旻旻：〈「海／岸」觀點：論臺灣海洋散文的發展性與特質〉，《海洋文化學刊》第 1 期，（2005.12），頁 117-146。

2. 藍建春：〈自然烏托邦中的隱形人——臺灣自然寫作中的人與自然〉，《臺灣文學研究學報》第 6 期，（2008.4），頁 225-271。

3. 黃志盛：〈廖鴻基筆下的海洋民俗〉《高雄海洋科大學報》第 28 期，（2014.3），頁 149-171。

4. Frank Smith 導演：《戰浪》DVD（臺北：公共電視製作發行，2013.8）。

海行雜感

黃遵憲

正月十八日，由橫濱展輪往美利堅，二月十二日到。舟中無事，拉雜成此。

東流西日奈愁何，蕩以天風浩浩歌。九點烟微三島小，人間世要縱婆娑。

稗瀛大海善談天，卯女童男遠學仙。倘逐乘桴更東去，地球早闢二千年。

疊牀恰受兩三人，奩鏡盂巾位置勻。寸地尺天雖局蹐，儘容稊米一微身。

青李黃甘爛熳堆，蒲桃濃綠潑新醅。怪他一白清如許，水亦輪迴變化來。

中年歲月苦風飄，強半光陰客裏拋。今日破愁編日記，一年却得兩花朝。

打窗壓屋雨風聲，起看滄波一掌平。我自冒風衝雨過，原來風雨不曾晴。

星星世界遍諸天，不計三千與大千。倘亦乘槎中有客，回頭望我地球圓。

每每鴛鴦逐隊行，春風相對坐調箏。纔聞兒女呢呢語，又作胡雛戀母聲。

偶然合眼便家鄉，夜二三更母在牀。促織入門蛛掛壁，一燈絮絮話家常。

是耶非耶其夢耶？風乘我我乘風耶？藤牀簸魂睡新覺，此身飄飄天之涯。

一日明明十二時，中分大半睡迷離。黃公却要攜黃嬭，遮眼文書一卷詩。

家書瑣屑寫從頭，身在茫茫一葉舟。紙尾只填某日發，計程難說到何州。

拍拍羣鷗逐我飛，不曾相識各天涯。欲憑鳥語時通訊，又恐華言汝未知。

蓋海旌旗闢道開，巨輪掣浪礮鳴雷。西人柄酌東人酒，長記通盟第一回。

一氣蒼茫混渺冥，下惟水黑上天青。妄言戲造驚人語，龍母蛇神走百靈。

寥寥曠曠浩無邊，一縷濛濛蕩黑煙。驚喜舵樓齊拍手，滿船同看兩來船。

【賞析】

　　黃遵憲（1848-1905）〈海行雜感〉七絕十六首，原刊登於《新民叢報》（1903年第 27 期），翻檢《人境廬詩草》卷四收有十四首，原詩第七、九兩首則收在「集外詩」中。此組詩位於《叢報》「詩界潮音集」專欄，約取其振聾發聵的新民之意。詩前有小〈序〉交代所作之由：光緒八年（壬午 1882），時為駐日參贊的黃遵憲奉調美國舊金山總領事，遂於農曆正月十八日於橫濱啟航，至二月十二日方才抵達美利堅，因「舟中無事，拉雜成此」，這一年他 35 歲。①

　　曹操〈觀滄海〉是文學史上第一首寫海景之詩，面對壯闊之無垠洪波，出入其中之日月星辰彷彿皆為之所吞吐，那滄海恰成為一代霸主借鑑用以自我砥礪氣度的楷模。②而謝靈運的〈游赤石進帆海〉則呈現另番意趣，就在詩人已然遍覽周遭景物，因而倦遊之餘，「川后時安流，天吳靜不發」，船行入平靜無波之帆海，遂得「揚帆采石華，挂席拾海月」閒適，在廣浩無際的海天裡，詩人精神瞬間得到澡雪，頓生離世的昇華超脫之想。③然不同於曹操的攬海自砥、謝客的虛舟超越，黃遵憲此次海行乃銜命赴任的羈旅行役，讓他飽歷近一個月的海上輪舟生活，是「古人未有之物，未闢之境」，顯然為詩人留下深刻印象，在「我手寫我口」下，充滿對異域風物新奇凝視，詩歌「古豈能拘牽」，見證著一種全新的現代體驗。

　　梁啟超曾因出使巴黎和會，以「雲海黝黝同一形，水風獵獵同一聲。穿日黃霧

① 黃遵憲有詩〈奉命為美國三富蘭西士果總領事留別日本諸君子〉為日本友人的送別宴會，留下「一日得閒便山水，十分難別是櫻花」之句，寫出他對日本生活的留戀。

② 曹操〈觀滄海〉：東臨碣石，以觀滄海。水何澹澹，山島竦峙。樹木叢生，百草豐茂。秋風蕭瑟，洪波湧起。日月之行，若出其中。星漢燦爛，若出其裡。幸甚至哉，歌以詠志。

③ 謝靈運〈遊赤石進帆海〉：首夏猶清和，芳草亦未歇。水宿淹晨暮，陰霞屢興沒。周覽倦瀛壖，況乃陵窮髮。川后時安流，天吳靜不發。揚帆採石華，掛席拾海月。溟漲無端倪，虛舟有超越。仲連輕齊組，子牟眷魏闕。矜名道不足，適己物可忽。請附任公言，終然謝天伐。

出瑟縮，貼浪墨烟蟫猙獰。」④亟寫途中海象的惡劣與茫茫大海裡人類的微渺。在航行的 24 天裡，黃遵憲雖遇風雨，但「起看滄波一掌平」，也許只有船艙內傳來「打窗壓屋風雨聲」，感到些許不寧。而「身在茫茫一葉舟」，果然大海是「寥寥曠曠浩無邊」，公度以「一氣蒼茫混渺冥，下惟水黑上天青」寫之，看似不若飲冰寫天風海濤那樣眩人眼目，但仔細思量，這種視角又非「九點煙微三島小」的距離渺遠而已，那一氣所化的黑海青天，「不計三千與大千」寫出個人身處三度空間裡知覺感官的不辨與迷失，這種全新的身心體驗，只餘「星星世界遍諸天」可感。

而「今日破愁編日記，一年卻得兩花朝」，寫船經國際換日線而得重日之驚喜，這不可思議的時日重返，「多出來的時間」，頗能撫慰「終年歲月苦風飄」的仕宦飄零；或者因「蒲萄濃綠潑新醅」，這新奇西酒也稍稍澆灌「東流西日愁奈何」的遊子離情。「水亦輪迴變化來」，以蒸餾海水而得取之不竭淡水，算是打開詩人眼界；艙裡空間「寸地尺天雖局蹐」，勢必「疊牀恰受兩三人」的有效利用，卻能做到「奩鏡盂巾位置勻」的巧思，也有「儘容稊米一微身」的精準，則頗有對西方科技文明致意之感。也因此讓他有了「倘遂乘桴更東去，地球早闢二千年」的遺憾，這又是在西方注視下的自憐與自歎。

雖說「吟到中華以外天」，整體說來這十六首七絕組詩裡大半還是愁思之咀嚼，保有一種抒情的懷感。事實上「一日明明十二時，中分大半睡迷離」，舟中確實無要事，又不若梁啟超使節團以苦讀英文自期，那「黃公卻喜攜黃嬭，遮眼文書一卷詩」，想來字字卷卷都是鄉音，這就難怪他嗔怪鷗鳥的蠻夷鴃舌：

> 拍拍群鷗逐我飛，不曾相識各天涯。欲憑鳥語時通訊，又恐華言汝未知。

原來既離中土，境外鷗鳥也操著洋語，想來僅懂華語的公冶長也要為之束手。那家

---

④ 梁啟超〈大西洋遇風〉：雲海黝黝同一形，水風獵獵同一聲。穿日黃霧出瑟縮，貼浪墨烟蟫猙獰。一低一昂十丈強，我船命與龍黿爭。摑填孤往日三夜，惡夢呼起猶營忙。南溟一月樂已極，天道豈危陂與平。明朝倫敦落我手，樓臺烟雨閻春城。洗眼卻望來時路，海日生處孤雲橫。見《歐遊心影》。

書魚雁本可定期而至，卻因「身在茫茫一葉舟」，不免「計程難說到何州」，時間迷失於空間座標。古云：「身在江海，心在魏闕」，心總可返家吧，歸途只在夢裡成行，於是「偶然合眼便家鄉」，但作「一燈絮絮話家常」尋常之為，曲折映射出歸園田居之不可得。詩裡所寫「此身飄飄天之涯」的惝恍迷離，大約也是身處孤舟的真實所感，那飄搖不定的波浪，並無搖籃擺動之慰撫韻律，而「藤床簸魂睡新覺」，卻始終提醒詩人現在身處動盪北太平洋。「人間世要縱婆娑」，終究像是自我寬慰，客途春恨，「我自冒風衝雨過，原來風雨不曾晴」，這其中自有那幽咽怨斷之音可以得聽。

──曾守仁老師　撰

【延伸閱讀】

1. 黃遵憲著、錢仲聯箋注《人境廬詩草箋注》（上海：上海古籍出版社，2007）。
2. 中國史學會、中國社會科學院近代史研究所編《黃遵憲研究新論：紀念黃遵憲逝世一百週年國際學術討論會論文集》（北京：社會科學文獻出版社，2007）。
3. 施吉瑞（Jerry D. Schmidt）著、孫洛丹譯《人境廬內：黃遵憲其人其詩考》（上海：上海古籍出版社，2010）。
4. 張治《異域與新學：晚清海外旅行寫作研究》（北京：北京大學出版社，2014）。

單元九

以義之名——
社會正義與倫理

蕭敏如　編選

蛇先生

賴和

蛇先生在這幾百里路內外是真有名聲的人。他的職業是拿水雞，這雖是一種不用本錢的頭路，卻也不是隨便什麼人都做得來的事，有時也有生命上的危險。

在黑暗的夜裡，獨自一個人站在曠漠野澤中，雖現時受過新教育的人，尚且忘不掉對於鬼的恐懼，何況在迷信保育下長大的人。但在蛇先生，他是有所靠而不懼，他所以大膽就是仗著火斗，他說火神的權威，在黑暗中是非常偉大，在祂光明所照到的地方，能使一切魔鬼潛形，所以他若有火斗在手，任何黑暗的世界，也可獨行無懼。可是這黑暗中無形的恐懼，雖借光明之威可以排除，還有生命上的大敵，實在的危險，不容許你不時刻關心，這就是對於蛇的戒備。

講起水雞，便不能把蛇忘掉，「蜈蚣、蛤仔（青蛙）、蛇」稱為世間三不服。蛇的大敵就是蜈蚣，蜈蚣又怕水雞，水雞又是蛇的點心。所以蛇要戒備蜈蚣的侵襲，常使在祂支配下的水雞去做緩衝地帶，守護蛇洞的穴口。因為有這樣關係，拿水雞的人，對蛇自然有著戒備和研究，捕蛇的技倆，蛇傷的醫治，多有一種秘傳，蛇先生就是因此出名。

蛇先生的拿水雞，總愛在暗黑的別人不敢出門的夜裡，獨自提著火斗，攜著水雞插，帶著竹筌，往那人不敢去的野僻的所在。憑著幾尺火斗火射出來的光明，覓取他日常生活計。

黑雲低壓，野風蕭颼，曠漠的野澤中，三更半夜，只有怪樹的黑影，恍似鬼的現形；一聲兩聲的暗鷺，真像幽靈的歎息。在這時候常看到一點明滅不定的星火，青冷冷地閃爍著，每令人疑是鬼火，這就是蛇先生的火斗。他每蹲在火斗傍邊，靜聽那閣閣的水雞聲，由這聲音，他能辨別出水雞的公母，他便模仿著水雞公勇敢的高鳴，時又效著水雞母求愛吟聲，引著附近的水雞，爭跳入他的竹筌中去，他有時又能敏感到被蛇所厄水雞的哀鳴，他被惻隱之心所驅使，便走去把水雞救出，水雞就安穩地閃到蛇先生的竹筌中，雖然結果也免不了廚人一刀，可是目前確實由蛇的毒牙下，救出生命來。蛇先生雖不自詡，自然有收入慈善家列傳的資格，且在水雞自已，犧牲一身去做蛇的糧食，和犧牲給蛇先生去換錢，其間不是也有價值上的爭差嗎？

蛇先生因為有他特別的技倆，每日的生活，就不用憂愁了。雖是他一夜的所獲，僅足豪奢的人一兩餐之用，換來的錢，供他一家人的衣食，卻綽有餘裕了，所以他的形相便不像普通拿水雞那樣野陋，這是他能夠被稱為先生的一件要素。

蛇先生所以被尊為先生，而且能夠出名，還有一段故事，這要講是他的好運？也是他的夕運？實在不易判斷，但是他確實是由這一件事出名。

在他隔壁庄，曾有一個蛇傷的農民，受過西醫的醫治，不見有藥到病除那樣應驗，便由鄰人好意的指示，找蛇先生去，經他的手，傷處也就漸漸地紅褪腫消了。

在蛇先生的所想，這種事情一定不會被人非難。被蛇咬著的人，雖無的確會死，疼痛總是不能免，使他疼痛減輕些，確屬可能，縱算不上行善，也一定不是作惡，那知卻犯著了神聖的法律。

法律！啊！這是一句真可珍重的話，不知在什麼時候，是誰個人創造出來？實在是很有益的發明，所以直到現在還保有專賣的特權。世間總算有了它，人們才不敢非為，有錢人始免被盜的危險，貧窮的人也才能安分地忍著餓待死。因為法律是不可侵犯，凡它所規定的條例，它權威的所及，一切人類皆要遵守奉行，不然就是犯法，應受相當的刑罰，輕者監禁，重則死刑，這是保持法的尊嚴所必須的手段，恐法律一旦失去權威，它的特權所有者──就是靠它吃飯的人，準會餓死，所以從不曾放鬆過。像這樣法律對於它的特權所有者，是很有利益，若讓一般人民於法律之外有自由，或者對法律本身有疑問，於他們的利益上便覺有不十分完全，所以把人類的一切行為，甚至不可見的思想，也用神聖的法律來干涉取締，人類的日常生活、飲食起居，也須在法律容許中，纔保無事。

疾病也是人生旅路一段行程，所以也有法律的取締，醫生從別一方面看起來，他是毀人的生命來賺錢，罪惡比強盜差不多，所以也有特別法律的干涉。

那個醫治蛇傷的西醫，受法律所命令，就報告到法律的專賣所去。憑著這報告，他們就發見蛇先生的犯罪來，因為他不是法律認定的醫生。

他們平日吃飽了豐美的飯食，若是無事可做，於衛生上有些不宜，生活上也有些乏味，所以不是把有用的生產能力，消耗於遊戲運動之裡，便是去找尋——可以說去製造一般人類的犯罪事實，這樣便可以消遣無聊的歲月，併且可以做盡忠於職務的證據。

蛇先生的善行，在他們的認識裡，已成為罪惡。沒有醫生的資格而妄為人治病，這是有關人命的事，非同小可，他們不敢怠慢，即時行使職權，蛇先生便被請到留置間仔去。

他們也曾聽見民間有許多治蛇傷的祕藥，總不肯傳授別人，有這次的證明，愈使他們相信，但法律卻不能因為救了一人生命便對他失其效力。蛇先生的犯罪已經是事實。所以受醫治的人也不忍坐視，和先生家裡的人，多方替為奔走，幸得錢神有靈，在祂之前 ×× （疑為法律二字）也就保持不住其尊嚴了，但是一旦認為犯法被捕的人，未受過應得的刑罰，便放出去，恐被造謠的人所譭謗，有影響於法的運用，他們想教蛇先生講出祕方，就不妨把法冤枉一下，即使有人攻擊，也有所辯護。誰知蛇先生竟咒死賭活，堅說沒有祕方。蛇先生過於老實，使他們為難而至生氣了，他們本想借此口實開脫蛇先生的罪名，為錢神留下一點情面，蛇先生碰著這網仔隙，不會鑽出去，也是合該受苦。

他們終未有信過任何人類所講的話。

「在他們面前，」他們說，「未有人講著實在話。」所謂實在話，就是他們用科學方法所推理出來的結果應該如此，他們所追究的人的回答，也應該如此，即是實在。蛇先生之所回答不能照他們所推理的結果，便是白賊亂講了，這樣不誠實的人，總著懲戒，懲戒！除去拷打別有什麼方法呢？拷打在這二十世紀是比任何一種科學方法更有效的手段，是現代文明所不能夢想到的發明。蛇先生雖是吃虧，誰教他不誠實，他們行使法所賦與的職權，誰敢說不是？但是蛇先生的名聲，從此便傳遍這幾百里內外了。

蛇先生既出了名，求他醫治的人，每日常有幾個，但是他因吃過一回苦，尚有些驚心，起初總是推推辭辭不敢答應，無奈人們總為著自己的生命要緊，那管到別

人的為難，且因為蛇先生的推辭，屢信他祕方靈驗，屢是交纏不休，蛇先生沒法，在先只得偷偷地秘密與那些人敷衍，合該是他時氣透了，真所謂著手成春，求醫的人便就不絕，使他無暇可去賣水雞，雖然他的生活比以前更覺豐裕快活，聽說他卻又沒有受人謝禮。

蛇先生愈是時行，他愈覺不安，因為他的醫生事業是偷做的，前回已經嘗過法律的滋味，所以時常提心吊膽，可是事實上竟被默認了，不曉得是他的祕方靈驗有以致之，也是還有別的因由，那是無從推測。但有一事共須注意，法律的營業者們，所以忠實於職務者，也因為法律於他們有實益，蛇先生的偷做醫生，在他們的實益上是絲毫無損，無定著還有餘潤可沾，本可付之不問，設使有被他祕方所誤，死的也是別人的生命。

在一個下午，雨濛濛下著，方是吃過午飯的時候，蛇先生在庄口的店仔頭坐著。

這間店仔面著大路，路的那一邊有一口魚池，池岸上雜生著菅草林投，大路這一邊有一株大黃槤，樹葉有些扶疏，樹枝直伸到對岸去，樹下搭著一排瓜架，垂熟的菜瓜長得將浸到水面，池的那邊盡是漠漠水田。店仔左側靠著竹圍，右邊是曝粟的大庭，近店仔這邊有幾株榕樹，樹蔭下幾塊石頭，是當椅坐著，面上磨得很光滑，農人們閒著的時候，總來圍坐在這店仔口，談天說地消耗他們的閒光陰，這店仔也可說是庄中唯一的俱樂部。

雨濛濛下著，蛇先生對著這陣雨在出神，似有些陶醉於自然的美，他看見青蒼的稻葉，金黃的粟穗，掩映在細雨中，覺得這冬的收成已是不壞，不由得臉上獨自浮出了微笑，把手中煙管往地上一撲，撲去不知何時熄去的煙灰，重新裝上煙擦著火柴，大大地吸了一口，徐徐把煙吐出。這煙在他眼前繞了一大圈，緩緩地由門斗穿上簷端，蛇先生似追隨著煙縷神遊到天上去，他的眼睛已瞇了一大半，只露著一線下邊的白仁，身軀靠著櫃臺，左手抱著交叉的膝頭，右手把住煙管，口微開著，一縷口涎由口角垂下，將絕不斷地掛著，煙管已溜出在唇外。一隻鬧雞想是起得太早，縮上了一隻腳，頭轉向背上，把嘴尖插入翼下，翻著白眼，瞌睡在蛇先生足傍。

榕樹下臥著一匹耕牛，似醒似睡地在翻著肚，下巴不住磨著，有時又伸長舌尖去舔牠鼻孔，且厭倦似地動著尾巴，去撲集在身上的蒼蠅。馴養似的白鷺絲，立在牛的頷上，伸長了頸在啄著黏在牛口上的餘沫。池裡的魚因這一陣新鮮的雨，似添了不少活力，潑刺一聲，時向水面躍出。兒童們尚被關在學校，不聽到一聲吵鬧。

農人們尚各有工作，店仔口來得沒有多少人，讓蛇先生獨自一個坐著「督龜」，是一個很閒靜的午後，雨濛濛下著。

冷冷冷，忽地一陣鈴聲，響破了沉濕空氣，在這閒靜的空間攪起一團騷動，趕走了蛇先生的愛睏神，他打一個呵欠，睜開眼睛，看見一乘人力車走進庄來，登時面上添了不少精神，在他心裡想是主顧到了，及至車到了店仔口停下，車上的人下來，蛇先生的臉上又登時現出三分不高興，因為不是被蛇咬著的人。雖然蛇先生也格外殷勤，忙站起來，險些踏著那隻閹雞，對著那個人攧頭行禮，招呼請坐。這個人是在這地方少有名聲的西醫。

「店仔內誰患著病？」蛇先生問。

「不是要來看病，西醫坐到椅上去說，我是專工來拜訪你，湊巧在此相遇。」

「豈敢豈敢」蛇先生很意外地有些慌張說：「有什麼貴事？」

「不是什麼要緊事，聽講你有祕方的蛇藥，可以傳授給我嗎？對這事你可有什麼要求？」

「哈哈！」蛇先生笑了，「祕方！我千嘴萬舌，世人總不相信，有什麼祕方？」

「在此有些不便商量，到你府上去怎樣。」西醫說。

「無要緊，這也不是什麼大事件。你是高明的人，我也老了，講話你的確相信。」蛇先生說。

「是！蛇先生本不是和「王樂仔」（走江湖的）一樣，是實在人。」蹲在一邊的車夫插嘴說。

這時候雨也晴了，西斜的日露出溫和的面孔，池面上因為尚有一點兩點的餘雨，時時漾起一圈兩圈的波紋。庄裡的人看見西醫和蛇先生在一起講，以為一定有什麼意外事情，不少人圍來在店仔口，要想探聽。有人便順了車夫嘴尾說：

「前次也有人來請先生把祕方傳給他，明講先生禮兩百四，又且在先生活著的時，不敢和他相爭賺食。」

「二百四！還有添到六百銀的，先生也是不肯。」另外一個人又接著講。

「你們不可亂講！」蛇先生制止傍人的發言，又說：「世間人總以不知道的事為奇異，不曉得的物為珍貴，習見的便不稀罕，易得的就是下賤。講來有些失禮，對人不大計較，便有講你是薄利多賣主義的人，對人輕快些，便講你設拜壇在等待病人。」

「哈哈！」那西醫不覺笑起來，說：「講只管讓他們去講，做人那能使每個人都說好話。」

「所以對這班人，著須弄一點江湖手法。」蛇先生得意似的說，「明明是極平常的事，偏要使它稀奇一點，不教他們明白，明明是極普通的物，偏要使它高貴一些，不給他們認識，到這時候他們便只有驚歎讚美，以外沒有可說了。」

「哈哈！你這些話我也只有讚歎感服而已，可是事實終是事實，你的祕方靈驗，是誰都不敢否認。」西醫說。

「蛇不是逐尾有毒，雖然卻是逐尾都會咬人，我所遇到的一百人中真被毒蛇所傷也不過十分之一外，試問你！醫治一百個病人，設使被他死去了十幾人，總無人敢嫌你咸慢，所以我的祕方便真有靈驗了。」蛇先生很誠懇地說。

「這也有情理。」西醫點頭說：「不過……」

「那有這樣隨便！」不待西醫說完傍邊又有人插嘴了。「那一年他被官廳拿去那樣刑罰，險險仔無生命，他尚不肯傳出來，只講幾句話他就肯傳？好笑！」

「哈哈！」西醫笑了。

「哈哈！」蛇先生似覺傍人講了有些不好意思，也笑著攔住他們說：「大家不去做各人的工，在此圍著做甚？便又向著西醫說，來去厝裡飲一杯茶！」

「那好去攪擾你。」西醫也覺在此講話不便，就站起來。

「茶泡好了，請飲一杯！」開店仔也表示著好意。

「不成所在，座也無一位可坐。」蛇先生拭著椅條，客氣地請坐。

「建築得真清爽，這間大廳也真向陽。」西醫隨著也有一番客套。

飲過了茶，兩方都覺得無有客氣的話可再講，各自緘默了些時，那西醫有些吞吐地說：

「蛇先生！勿論如何，你的祕方總不想傳授人嗎？」

「咳！你也是內行的人，我也是已經要死的了，斷不敢說謊，希望你信我，實在無什麼祕方。」蛇先生說。

「是啦！同是內行的人，可以不須客氣，現時不像從前的時代，你把祕方傳出來，的確不用煩惱利益被人奪去，法律對發明者是有保護的規定，可以申請特許權，像六○六的發明者，他是費了不少心血和金錢，雖然把製造法傳出世間，因為它有專賣權，就無人敢仿照，便可以酬報發明研究的苦心了，你的祕方也可以申請專賣，你打算怎樣？」西醫說。

「我已經講過了，我到這樣年紀，再活有幾年，我講的話不是白賊。這地方的毒蛇有幾種你也明白，被這種毒蛇咬著，能有幾點鐘生命，也是你所曉得，毒強的蛇多是陰，咬傷的所在是無多大疼痛，毒是全灌入腹內去，有的過不多久，併齒痕也認不出來，這樣的毒是真屬害，待到發作起來，已是無有多久的生命，但因為咬著時，無甚痛苦，大多看做無要緊，待毒發作起來，始要找醫生，已是來不及，有了這個緣故，到我手裡多是被那毒不大厲害的蛇所咬傷，這是所謂陽的蛇，毒只限

在咬傷的所在，這是隨咬隨發作，也不過是皮肉紅腫腐爛疼痛，要醫治這何須有什麼祕方？」蛇先生很懇切地說。

「是！我明白了。」西醫有所感悟似地應著。

「不過你的醫治真有仙方一樣的靈驗，莫怪世人這樣傳說。」

「世間人本來只會『罕吡』（隨意亂講，起鬨），明白事理的是真少。」蛇先生說。

「也是你的祕方，太神秘的緣故。」西醫的話已帶有說笑的成分。

不是這樣，人總不信它有此奇效，太隨便了，會使人失去信仰，蛇先生也開始講笑了。

在這時候有人來找蛇先生講話，西醫便要辭去，話講得久了，蛇先生也不再攀留，便去由石臼裡取出不少搗碎了的青草，用芋葉包好送與西醫，說：「難得你專工來啦，這一包可帶回去化驗看，我可有騙你沒有？」

那西醫得了蛇先生的秘製藥草，想利用近代科學，化驗它的構成，實驗它的性狀，以檢定秘藥的效驗，估定治療上的價值，恰有一位朋友正從事於藥物的研究，苦於無有材料，便寄給他去。

歲月對於忙迫於事業的人們，乃特別地短促，所預計的事務做不到半份，豫定的歲月已經過去盡了。

秘藥的研究尚未明白，蛇先生已不復是此世間的人，曉得他的，不僅僅是這壹里路內外，多在歎氣可惜，歎息那不傳的靈藥，被蛇先生帶到別一世界去，有些年紀的人，且感慨無量似的說：

「古來有些祕方，多被秘死失傳，世間所以日壞！像騰雲駕霧那不是古早就有的嗎？比到今日的飛行機、飛行船多少利便，可惜被秘死失傳去！而今蛇先生也死了！此後被蛇咬的人不知要多死幾個？」

　　「聽講這樣祕方秘法，一經道破便不應驗，是真嗎？」傍邊較年輕的人，發出了疑問，有年紀的人，也只是搖頭歎氣。

　　恰在這時候，是世人在痛惜追念蛇先生的時候，那西醫的朋友，化驗那秘藥的藥物學者，寄到了一封信給那西醫，信中有這一段：

　　……該藥研究的成績，另附論文一冊乞即詳覽，此後要選擇材料，希望你慎重一些，此次的研究，費去了物質上的損失可以不計，虛耗了一年十個月的光陰，是不可再得啊！此次的結果，只有既知巴豆，以外一些也沒有別的有效力的成分……！

【賞析】

　　民間的醫藥偏方總以一種神祕的姿態輾轉流傳在生活之中，面對於求助西醫或中醫的無解病情，流傳的偏方往往是病情最後希望。賴和〈蛇先生〉一文，初次發表於 1930 年 1 月，載於《臺灣民報》二九四號、二九五號、二九六號，全文主要透過蛇先生醫治蛇毒的祕方來批判法律與迷信。賴和（1894-1943）彰化人，本名賴河，一名賴癸河。幼年學習漢文，十六歲考進總督府醫學校，1917 年開設「賴和醫院」，行醫之際受中國五四新文學運動影響，積極投入臺灣新文學的創作，1943 珍珠港事件當天被拘入獄，後因重病出獄，其〈獄中日記〉反應了殖民地被統治的無可奈何沉重心情。賴和一生投入社會運動，以文學表達個人的意識，被譽為「臺灣新文學之父」，後人將文學作品重新整理《賴和全集》，分列小說卷、新詩散文卷、漢詩卷、雜卷。

　　〈蛇先生〉一文利用批判人民「迷信」心理，全文圍繞著醫治蛇傷的「偏方」來進行，首先道出了蛇先生的了職業（捕水雞），並利用動物的食物鏈「蜈蚣、青蛙、蛇」，帶出「蛇先生」名號的由來，因職業所需對於蛇類的戒備、抓捕與蛇傷的醫治有著過人之處，稱為「蛇先生」。由於蛇先生非法律認定的醫生，實屬民間密醫之輩，引來西醫的不滿，因此蛇先生的醫治蛇傷的「善行」變成為法律上的「惡行」，

成了罪行，然而此罪卻可利用人情、金錢開脫罪名，小說於此點出了法律的的漏洞，但是在法律面前，儘管蛇先生被拷打逼問，仍咒死賭活的不透露醫治蛇傷的祕方，使蛇先生名聲遠傳，增添了祕方的神祕感，也揭示了後面小說的主題喻意。

醫治蛇傷祕方的神祕性，圍繞在小說的前半部分，後半部分著名西醫上門詢問祕方為小說的高潮處，諷刺了人們對於祕方的迷信，究竟醫治蛇傷的祕方是什麼？作者藉由蛇先生和西醫的對話揭開了祕方神祕的面紗，彷彿看透人性般的直指出人們的迷信與無知：

> 世間人總以不知道的事為奇異，不曉得的物為珍貴，習見的便不稀罕，易得的就是下賤。

> 明明是極平常的事，偏要使它稀奇一點，不教他們明白，明明是極普通的物，偏要使它高貴一些，不給他們認識，到時候他們便只有驚歎讚美，以外沒有可說了。

西醫在小說開頭以法律的手段密告蛇先生，小說後半一轉，反而向蛇先生追尋偏方，在祕方追求的執著的背後，隱含著申請專賣權後的龐大利益，透過西醫與蛇先生的對話呈顯出醫藥專利的黑心利益，這也不免讓人聯想身為醫生賴和隱約批判醫療專利的黑暗面。

賴和處於新舊交替的殖民壓迫時代，民間醫治的祕方如同人們的「信仰」，小說末尾，賴和讓蛇先生隨著祕方死去，也象徵著讓迷信的祕方逝去，結局更是利用現代醫學化驗祕方反諷著人民的無知，蛇先生的祕方也僅只是職業謀生之餘的經驗配方，破除了偏方迷信。全篇小說藉由文學的創作融入了作者個人醫學經驗，在其他小說中如〈未來希望〉也有著同樣的主題，阮大舍為了求得一子，迷信偏方，犧牲了妻妾的性命，賴和如此批判的色彩也成了創作主題之一，諷刺了日治時期社會習俗觀念的迷信與腐敗。

──溫珮琪老師　撰

【延伸閱讀】

1. 賴和：〈未來希望〉收錄於《賴和全集》（小說卷）（臺北：前衛出版社，2000），
   頁 277-285。
2. 魯迅：〈藥〉收錄於《魯迅小說合集》（臺北：里仁出版社，1997），頁 26-35。
3. 黃春明：〈溺死一隻貓〉收錄於《莎喲娜啦再見》（臺北：聯合文學，2009），頁
   167-191。
4. 龍瑛宗：〈植有木瓜樹的小鎮〉收錄於《龍瑛宗集》（臺北：前衛出版社，1990），
   頁 13-72。
5. 顏崑陽：〈窺夢人〉收錄於陳義芝主編《顏崑陽精選集》（臺北：九歌出版社，
   2003），頁 298-307。

送報伕

楊逵 著
胡風 譯

「呵，這可好了！……」

我想。我感到了像背著很重很重的東西，快要被壓扁了的時候，終於卸了下來似的那種輕快。

因為，我來到東京以後，一混就快一個月了，在這將近一個月的中間，我每天由絕早到深夜，到東京市底一個一個職業介紹所去，還把市內和郊外劃成幾個區域，走遍各處找尋職業，但直到現在還沒有找到一個讓我做工的地方。而且，帶來的二十圓只剩有六圓二十錢了，留給帶著三個弟妹的母親的十圓，已經過了一個月，也是快要用完的時候。

在這樣惴惴不安的時候，而且是從報紙上看到了全國失業者三百萬的消息而吃驚的時候，偶然在ＸＸ派報所底玻璃窗上看到「募集送報伕」的紙條子，我高興得差不多要跳起來了。

「這可找著了立志的機會了。」我胸口突突地跳，跑到ＸＸ派報所底門口，推開門，恭恭敬敬地打了個鞠躬。

「請問……」是下午三點鐘。好像晚報剛剛到，滿房子裡都是「咻！咻！」的聲音，在忙亂地疊著報紙。

在短的勞動服中間，只有一個像是老闆的男子，頭髮整齊地分開，穿著上等的西裝，坐在椅子上對著桌子。他把菸捲從嘴上拿到手裡，大模大樣地和煙一起吐出了一句：

「什麼事？……」

「呃……送報伕……」我說著就指一指玻璃窗上的紙條子。

「你……想試一試麼？……」老闆的聲音是嚴厲的。我像要被壓住似地，發不出聲音來。

「是……是的。想請您收留我……」

「那麼……讀一讀這個規定，同意就馬上來。」他指著貼在裡面壁上的用大紙寫的分條的規定。第一條第二條第三條地讀下去的時候，我陡然瞠目地驚住了。第三條寫著要保證金十圓，我再讀不下去了，眼睛發暈……。 過了一會兒回轉頭來的老闆，看我到那種啞然的樣子，問：

「怎樣？……同意麼？……」

「是……是的。同意是都同意。只是保證金還差四圓不夠……」聽了我的話，老闆從頭到腳地仔細地望了我一會。

「看到你這付樣子，覺得可憐，不好說不行。那麼，你得要比別人加倍地認真做事！懂麼？」

「是！懂了！真是感謝得很。」 我重新把頭低到他的腳尖那裡，說了謝意。於是把另外鄭重地裝在襯衫口袋裡面，用別針別著的一張五圓票子和錢包裡面的一圓二十錢拿出來，恭恭敬敬地送到老闆的面前，再說一遍：

「真是感謝得很。」 老闆隨便地把錢塞進抽屜裡面說：

「進來等著。叫作田中的照應你，要好好地聽話！」

「是，是。」我低著頭坐下了。從心底裡歡喜，一面想：

──不曉得叫做田中的是怎樣一個人？……要是那個穿學生裝的人才好 呢！……

電燈開了，外面是漆黑的。老闆把抽屜都上好了鎖，走了。店子裡面空空洞洞的，一個人也沒有。似乎老闆另外有房子。 不久，穿勞動服的回來了一個，回來了兩個，暫時冷清清的房子裡面又騷擾起來了。我要找那個叫作田中的，馬上找住一個人打聽了。

「田中君！」那個男人並不回答我，卻向著樓上替我喊了田中。

「什麼？……，哪個喊？」 一面回答，從樓上衝下了一個男子，看來似乎不怎麼壞，也穿著學生裝。

「啊……是田中先生麼？……我是剛剛進店的，主人吩咐我要承您照應……拜託拜託。」

我恭敬地鞠一個躬，衷心地說了我的來意，那男子臉紅了，轉向一邊說：

「呵呵，彼此一樣。」大概是沒有受過這樣恭敬的鞠躬，有點承不住罷。

「那麼……上樓去。」說著就登登地上去了。我也跟著他上了樓。說是樓，但並不是普通的樓，站起來就要碰著屋頂。到現在為止，我住在本所（東京區名，工人區域）的ＸＸ木賃宿（大多為失業工人和流浪者的下等宿舍）裡面。有一天晚上，什麼地方的大學生來參觀，穿過了我們住的地方，一面走過一面都說，「好壞的地方！這樣窄的地方睡著這麼多的人！」

然而這個ＸＸ派報所的樓上，比那還要壞十倍。席子裡面皮都脫光了，只有草。要睡在草上面，而且是髒得漆黑的。也有兩三個人擠在一堆講著話，但大半都鑽在被頭裡面睡著了。看一看，是三個人蓋一床被，從那邊牆根起，一順地擠著。我茫然地望著房子裡面的時候，忽然聽到了哭聲，吃驚了。一看，有一個十四五歲的少年男子在我背後的角落裡哭著，嗚嗚地響著鼻子。

他旁邊的一個男子似乎在低聲地用什麼話安慰他，然而聽不見。我是剛剛來的，沒有管這樣的事的勇氣，但不安總是不安的。

——我有了職業正在高興，那個少年為什麼這時候在嗚嗚地哭呢？……結果我自己確定了，那個少年是因為年紀小，想家想得哭了的罷。這樣我自己就安了心了。

昏昏之間，八點鐘一敲，電鈴就「令！令！令！」地響了。我又吃了一驚。

「要睡了，喂。早上要早呢……兩點到三點之間報就到了，那時候大家都得起來……」

田中這樣告訴了我。一看，先前從那邊牆根排起的人頭，一列一列地多了起來，房子已經擠得滿滿的。田中拿出了被頭，我和他還有一個叫作佐藤的男子一起睡了。擠得緊緊的，動都不能動。

和把瓷器裝在箱子裡面一樣，一點空隙也沒有。不，說是像沙丁魚罐頭還要恰當些。

在鄉間，我是在寬地方睡慣了的。鄉間底家雖然壞，但是我的癖氣總是要掃得乾乾淨淨的。因為我怕跳虱。

可是，這個派報所卻是跳虱窩，從腳上、腰上、大腿上、肚子上、胸口上一齊攻擊來了，癢得忍耐不住。本所的木質宿舍也同樣是跳虱窩，但那裡不像這樣擠得緊緊的，我還能夠常常起來捉一捉。

至於這個屋頂裡面，是這樣一動也不能動的沙丁魚罐頭，我除了咬緊牙根忍耐以外，沒有別的法子。

但一想到好不容易才找到職業，這一點點……就滿不在乎了。

「比別人加倍地勞動，加倍地用功罷。」想著我就興奮起來了。因為這興奮和跳虱的襲擊，九點鐘敲了，十點鐘敲了，都不能夠睡著。

到再沒有什麼可想的時候，我就數人的腦袋。連我在內二十九個。第二天白天數一數看，這間房子一共鋪了十二張蓆子，平均每張蓆子要睡兩個半人。

這樣混呀混的，小便漲起來了。碰巧我是夾在田中和佐藤之間睡著的，要起來實在難極了。

想，大家都睡得爛熟的，不好掀起被頭把人家弄醒了。想輕輕地從頭那一面抽出來，但離開頭一寸遠的地方就排著對面那一排的頭。

我斜起身子，用手撐住，很謹慎地（大概花了五分鐘罷）想把身子抽出來，但依然碰到了佐藤君一下，他翻了一個身，幸而沒有把他弄醒……

這樣地，起來算是起來了，但是走到樓梯口去又是一件苦事。頭那方面，頭與頭之間相隔不過一寸，沒有插足的地方。腳比身體占面積小，算是有一些空隙。可是，腳都在被頭裡面，哪是腳哪是空隙，卻不容易弄清楚。我仔仔細細地找，找到

可以插足的地方，就走一步，好容易才這樣地走到了樓梯口。中間還踩著了一個人的腳，吃驚地跳了起來。

小便回來的時候，我又經驗了一個大的困難。要走到自己的鋪位，那困難和出來的時候固然沒有兩樣，但走到自己的鋪位一看，被我剛才起來的時候碰了一下翻了一個身的佐藤君，把我的地方完全占去了。

今天才碰在一起，不知道他的性子，不好叫醒他，只好暫時坐在那裡，一點辦法也沒有。過一會，在不弄醒他的程度之內我略略地推開他的身子，花了半點鐘好容易才擠開了一個可以放下腰的空處。我趕快在他們放頭的地方斜躺下來。把兩隻腳塞進被頭裡面，在冷的十二月夜裡累出了汗才弄回了睡覺的地方。

敲十二點鐘的時候我還睜著眼睛睡不著。

被人狠狠地搖著肩頭，張開眼睛一看，房子裡面騷亂得好像戰場一樣。昨晚八點鐘報告睡覺的電鈴又在喧鬧地響著。響聲一止，下面的鐘就敲了兩下。我似乎沒有睡到兩個鐘頭。腦袋昏昏的，沉重。大家都收拾好被頭登登地跑下樓去了。擦著重的眼皮，我也跟著下去了。樓下有的人已經在開始疊報紙，有的人用濕手巾擦著臉，有的人用手指洗牙齒。沒有洗臉盆，也沒有牙粉。不用說，不會有這樣文明的東西，我並且連手巾都沒有。我用水管子的冷水沖一沖臉，再用袖子擦乾了。接著急忙地跑到疊著報紙的田中君的旁邊，從他分得了一些報紙，開始學習怎樣疊了。起初的十份有些不順手，那以後就不比別人遲好多，能夠合著大家的調子疊了。

「咻！咻！咻！咻！」自己的心情也和著這個調子，非常的明朗，睡眠不夠的重的腦袋也輕快起來了。

早疊完了的人，一個走了，兩個走了出去分送去了。我和田中是第三。外面，因為兩三天以來積到齊膝蓋那麼深的雪還沒有完全消完，所以雖然是早上三點以前，但並不怎樣暗。冷風颯颯地刺著臉。雖然穿了一件夾衣，三件單衣，一件衛生衣（這是我全部的衣服）出來，但我卻冷得牙齒閣閣地作響。尤其苦的是，雪正在融化，雪下面都是冰水，因為一個月以來不停地繼續走路，我的足袋（相當於襪子，但勞

動者多穿上有橡皮底的足餃,就可以走路或工作了)底子差不多滿是窟窿,這比赤腳走在冰上還要苦。還沒有走幾步,我的腳就凍僵了。

然而,想到一個月中間為了找職業,走了多少冤枉路,想到帶著三個弟妹走途無路的母親,想到全國的失業者有三百萬人……這就滿不在乎了。我自己鞭策我自己,打起精神來走,腳特別用力地踏。

田中在我的前面,也特別用力地踏,用一種奇怪的步伐走著。每次從雨板塞進報紙的時候,就告訴了我那家的名字。

這樣地,我們從這一條路轉到那一條路,穿過小路和橫巷,把二百五十份左右的報紙完全分送了的時候,天空已經明亮了。

我們急急地往回家的路上走。肚子空空地隱隱作痛。昨晚上,六圓二十錢完全被老闆拿去作了保證金,晚飯都沒有吃,昨天的早上,中午──不……這幾天以來,望著漸漸少下去的錢,覺得惴惴不安,終於沒有吃過一次飽肚子。 現在一回去就有香的豆汁湯(日本人早飯時喝的一種湯)和飯在等著,馬上可以吃一個飽──想著,就好像那已經擺在眼前一樣,不禁流起口涎來了。

「這次一定能夠安心地吃個飽。──這樣一想,腳下的冷,身上的顫抖,肚子的痛,似乎都忘記了一樣,爽快極了。」

可是,田中並不把我帶回店子去,卻走進稍稍前面一點的橫巷子,站在那個角角上的飯店前面。

昏昏地,我一切都莫名其妙了。我是自己確定了店子方面會供給伙食的。但現在田中君卻把我帶到了飯店前面。而且,我一文都沒有。……

「田中君……」我喊住了正要拿手開門的田中君,說,「田中君……我沒有錢……昨天所有的六圓二十錢,都交給主人作保證金了。……」

田中停住了手,呆呆地望了我一會兒,於是像下了決心一樣。

「那麼……進去罷。我墊給你……」拿手把門推開，催我進去。我的勇氣不曉得消失到什麼地方去了。…… 好容易以為能夠安心地吃飽肚子，卻又是這樣的結果。我悲哀了。

「但是，這樣地勞動著，請他墊了一定能夠還他的。」這樣一想才勉強打起了精神。吃了一個半飽。

「喂……夠麼？……不要緊的，吃飽呵……」田中是比我想像的還要溫和的懂事的男子，看見我這樣大的身體，還沒有吃他的一半多就放下了筷子，這樣地鼓勵我。 但我覺得對不起他，再也吃不下去了，雖然肚子還是餓的。

「已經夠了。謝謝你。」說著我把眼睛望著旁邊。 因為，望著他就覺得抱歉，害羞得很。 似乎同事們都到這裡來吃飯。現在有幾個人在吃，也有吃完了走出去的，也有接著進來的。──許多的面孔似乎見過。 田中君付了帳以後，我跟他走了出來。他吃了十二錢，我吃了八錢。出來以後，我想再謝謝他，走近他的身邊，但看到他的那種態度（一點都不傲慢，但不喜歡被別人道謝，所以顯得很不安）我就不作響了。他也不作聲地走著。

回到店子裡走上樓一看，早的人已經回來了七八個。有的到學校去，有的在看書，有的在談話，還有兩三個人攤出被頭來鑽進去睡了。

看到別人上學校去，我恨不得很快地也能夠那樣。但一想到發工錢為止的飯錢，我就悶氣起來了。不能總是請田中君代墊的。聽說田中君也在上學，一定沒有多餘的錢，能為我墊出多少是疑問。

我這樣地煩悶地想著，靠在壁上坐著，從窗子望著大路，預備好了到學校去的田中君，把一隻五十錢的角子夾在兩個指頭中間，對我說：

「這借給你，拿著吃午飯罷。明後日再想法子。」

我不能推辭，但也沒有馬上拿出手來的勇氣。我凝視著那角子說：

「不……要緊？」

「不要緊。拿著罷。」他把那銀角子擺我在膝頭上，登登地跑下樓去了。我趕快把那拿起來，捏得緊緊地，又把眼睛朝向了窗外。對於田中君的親切，我幾乎感激得流出淚來了。

「生活有了辦法，得好好地謝一謝他。」 我這樣地想了。忽然又聽到了「嗚嗚！」的哭聲，吃驚地回過了頭來，還是昨晚上哭的那個十四五歲的少年。他戀戀不捨似地打著包袱，依然「嗚嗚！」地縮著鼻子，走下樓梯去了。

「大概是想家罷。」我和昨晚上一樣地這樣決定了，再把臉朝向窗外。過不一會，我看見了他向大路的那一頭走去，漸漸地小了，時時回轉頭來的他底後影。

不知怎地，我悲哀起來了。 那天送晚報的時侯，我又跟著田中君走。從第二天早上起，我抱著報紙分送，田中跟在我後面，錯了的時候就提醒我。 這一天非常冷。路上的水都凍了，滑得很，穿著沒有底的足袋的我，更加吃不消。手不能和昨天一樣總是放在懷裡，凍僵了。從雨板送進報去都很困難。 雖然如此，我半點鐘都沒有遲地把報送完了。

「你的腦筋真好！僅僅跟著走兩趟，二百五十個地方差不多沒有錯。……」在回家的路上，田中君這樣地誇獎了我，我自己也覺得做的很得手。被提醒的只有兩三次在交叉路口上稍稍弄不清的時候。 那一天恰好是星期天，田中沒有課。吃了早飯，他約我去推銷訂戶，我們一起出去了。我們兩個成了好朋友，一面走一面說著種種的事情。我高興得到了田 中君這樣的朋友。

我向他打聽了學校的種種情形以後，說：

「我也想趕快進個什麼學校。……」他說：

「好的！我們兩個互相幫助，拚命地幹下去罷。」 這樣地，每天田中君甚至節省他的飯錢，借給我開飯帳，買足袋。

「送報的地方完全記好了麼？」第三天的早報送來了的時候，老闆這樣地問我。

「呃，完全記好了。」這樣地回答的我，心裡非常爽快，起了一種似乎有點自傲的飄飄然心情。

「那麼，從今天起，你去推銷訂戶罷。報可以暫時由田中送，但有什麼事故的時候，你還得去送的，不要忘記了！」老闆這樣地發了命令。不能和田中一起走，並不是不有些覺得寂寞，但曉得不會能夠隨自己的意思，就用了什麼都幹的決心，爽爽快快地答應了「是！」田中君早上晚上還能夠在一起的。就是送報罷，也不能夠總是兩個人一起走，所以無論叫我做什麼都好。有飯吃，能夠多少寄一點錢給媽媽，就行了。而且我想，推銷訂戶，晚上是空的，並不是不能上學（日本有為白天做事的人的夜學）。

於是從那一天起，我不去送報，專門出街去推銷訂戶了。早上八點鐘出門，中午在路上的飯店吃飯，晚上六點左右才回店，僅僅只推銷了六份。

第二天八份，第三天十份，那以後總是十份到七份之間。每次推銷回來的時候，老闆總是怒目地望著我，說成績壞。進店的第十天，

他比往日更猛烈地對我說：

「成績總是壞！要推銷十五份，不能推銷十五份不行的！」十五份！想一想，比現在要多一倍。就是現在，我是沒有休息地拚命地幹。

到底從什麼地方能夠多推銷一倍呢？我著急起來了。

第二天，天還沒有亮，我就出了門，但推銷和送報不同，非會到人不可，起得這樣早卻沒有用處。和強賣一樣地，到夜深為止，順手推進一家一家的門，哀求，但依然沒有什麼好效果。而且，這樣冷的晚上，到九點左右，大概都把門上了閂，一點辦法都沒有。

這一天好容易推銷了十一份。離十五份還差四份。雖然想再多推銷一些，但無論如何做不到。

疲憊不堪地回到店子的時候，十點只差十分了。八點鐘睡覺的同事們，已經睡了一覺，老闆也睡了。第二天早上向老闆報告了以後，他兇兇地說：

「十一份？……不夠不夠……還要大大地努力。這不行！」事實上，我以為這一次一定會被誇獎的，然而卻是這副兇兇的樣子，我膽怯起來了。雖然如此，我沒有說一個「不」字。到底有什麼地方比奴隸好些呢？

「是……是……」我除了屈服沒有別的法子。不用說，我又出去推銷去了。 這一天慘得很。我傷心得要哭了。依然是晚上十點左右才回來，但僅僅只推銷了 六份。十一份都連說「不行不行」，六份怎樣報告呢？……（後來聽到講，在這種場合同事們常常捏造出烏有讀者來暫時度過難關。可是，捏造的烏有讀者底報錢，非自己剮荷包不可。甚至有的人把收入的一半替這種烏有讀者付了報錢。當然，老闆是沒有理由反對這種烏有讀者的。）

第二天，我惶惶恐恐地走到主人底面前，他一聽說六份就馬上臉色一變，勃然大怒了。臉漲得通紅，用右手拍著桌子。

「六份？……你到底到什麼地方玩了來的？不是連保證金都不夠很同情地把你收留下來的麼？忘記了那時候你答應比別人加倍地出力麼？走你的！你這種東西是沒有用的！馬上滾出去！」他以保證金不足為口實，咆哮起來了。

和從前一樣，想到帶著三個弟妹的母親，想到三百萬的失業者，想到走了一個月的冤枉路都沒有找到職業的情形，咬著牙根忍住了。

「可是……從這條街穿到那條街，一家都沒有漏地問了五百家，不要的地方不要，訂了的地方訂了，在指定的區域內，差不多和捉虱地找遍了。……」我想這樣回答他，這樣回答也是當然的，但我卻沒有這樣說的勇氣。而且，事實上這樣回答了就馬上失業。所以我只好說：

「從明天起要更加出力，這次請原諒……」除了這樣哀求沒有別的法子。但是，老實說，這以上，我也不曉得應該怎樣出力。第二天的成績馬上證明了。

　　那以後，每天推銷的數目是，三份或四份，頂多不能超過六份。這並不是我故意偷懶，實在是因為在指定的區域內，似乎可以訂的都訂了，每天找到的三四個人大抵是新搬家的。

　　「因為同情你，把你的工錢算好了，馬上拿著到別的地方去罷。本店辦事嚴格，規定是，無論什麼時候，不到一個月的不給工錢。這是特別的，對無論什麼人不要講，拿去罷，到你高興的地方去。可憐固然可憐，但像你這樣沒有用的男子，沒有辦法！」

　　是第二十天。老闆把我叫到他面前去，這樣教訓了以後，就把下面算好了的帳和四圓二十五錢推給我，馬上和像忘記了我的存在一樣，對著桌子做起事來了。

　　我失神地看了一看，帳：

每推銷報紙一份	五錢
推銷報紙總數	八十五份
合計	四圓二十五錢

　　我吃驚了，現在被趕出去，怎麼辦，……尤其是，看到四圓二十五錢的時候，我暫時啞然地不能開口。接連二十天，從早上六點轉到晚上九點左右，僅僅只有四圓二十五錢！

　　「既是錢都拿出來了，無論怎樣說都是白費。沒法。但是，只有四圓二十五錢，錯了罷。」這樣想就問他：

　　「錢數沒有錯麼？……」老闆突然現出凶猛的面孔，逼到我鼻子跟前：

　　「錯了？什麼地方錯了？」

　　「一連二十天……」

　　「二十天怎樣？一年、十年，都是一樣的！不勞動的東西，會從哪裡掉下錢來！」

「我沒有休息一下。……」

「什麼？沒有休息？反對罷？應該說沒有勞動！」

「……」我不曉得應該怎樣說了，灰了心想：

「加上保證金六圓二十錢，就有十圓四十五錢，把這二十天從田中君借的八圓還了以後，還有二圓二十五錢。吵也沒有用處。不要說什麼了，把保證金拿了走罷。」

「沒有法子！請把保證金還給我。」我這樣一說，老闆好像把我看成了一個大糊塗蛋，嘲笑地說：

「保證金？記不記得，你讀了規定以後，說一切都同意，只是保證金不夠？忘記了麼？還是把規定忘記了？如果忘記了，再把規定讀一遍看！」

我又吃驚了：那時候只是耽心保證金不夠，後面沒有讀下去，不曉得到底是怎樣寫的……我胸口「東！東！」地跳著，讀起規定來。跳過前面三條，把第四條讀了：

那裡明明白白地寫著： 第四條，只有繼續服務四個月以上者才交還保證金。 我覺得心臟破裂了，血液和怒濤一樣地漲滿了全身。睨視著我的老闆的臉依然帶著滑稽的微笑。

「怎麼樣？還想取回保證金麼？乖乖地走，還在這裡纏，一錢都不給！剛才看過了大概曉得，第七條還寫著服務未滿一月者不給工錢呢！」

我因為被第四條嚇住了，沒有讀下去，轉臉一看，果然，和他所說的一樣，一字不錯地寫在那裡。

的確是特別的優待。我眼裡含著淚，歪歪倒倒地離開了那裡。玻璃窗上面，惹起我的痛恨的「募集送報伕」的紙條子，鮮明得可惡地又貼在那裡。 我離開了那裡就乘電車跑到田中底學校前面，把經過告訴他，要求他：

「借的錢先還你三圓，其餘的再想法子。請把這一圓二十五留給我暫時的用費。……」

田中向我聲明他連想我還他一錢的意思都沒有。

「沒有想到你都這樣地出去。你進店的那一天不曉得看到一個十四五歲的小孩子沒有，他也是和你一樣地上了鉤的。他推銷訂戶完全失敗了，六天之間被騙去了十圓保證金，一錢也沒有得到就走了的。」

真是混蛋的東西。

「以後，我們非想個什麼對抗的法子不可！」他下了大決心似地說。原來，我們餓苦了的失業者被那個比釣魚餌的牽引力還強的紙條子釣上了。我對於田中的人格非常地感激，和他分手了。給毫無遮蓋地看到了這兩個極端的人，現在更加吃驚。一面是田中，甚至節省自己底伙食，借給我付飯錢，買足袋，聽到我被趕出來了，連連說「不要緊！不要緊！」把要還給他的錢，推還給我；一面是人面獸心的派報所老闆，從原來就因為失業困苦得沒有辦法的我這裡把錢搶去了以後，就把我趕了出來，為了肥他自己，把別人殺掉都可以。

我想到這個惡鬼一樣的派報所老闆就膽怯了起來，甚至想逃回鄉間去。然而，要花三十五圓的輪船火車費，這一大筆款子就是把腦殼賣掉了也籌不出來的，我避開人多的大街走，當在上野公園的椅子上坐下的時候，暫時癱軟了下來，心理面是怎樣哭了的呀！

過了一會，因為想到了田中，才覺得精神硬朗了一些。想著就起了捨不得和他離開的心境。昏昏地這樣想來想去，終於想起了留在故鄉的，帶著三個弟妹的，大概已經正被飢餓圍攻的母親，又感到了心臟和被絞一樣地難過。

同時，我好像第一次發現了故鄉也沒有什麼不同，顫抖了。那同樣是和派報所老闆似地逼到面前，吸我們的血、剮我們的肉，想擠乾我們的骨髓，把我們打進這樣的地獄裡面。

否則，我現在不會在這裡這樣狼狽不堪，應該是和母親弟妹一起在享受著平靜的農民生活。

到父親一代為止的我們家裡是自耕農，有五平方「反」（日本田地計數，為平方町的十分之一）的田和五平方「反」的地。所以生活沒有感到過困難。

然而，數年前，我們村裡的ＸＸ製糖公司說是要開辦農場，為了收買土地大大地活動起來了。不用說，開始誰也不肯，因為是看得和自己的性命一樣貴重的耕地。

但他們決定了要幹的事情，公司方面不會無結果地收場的。過了兩三天，警察方面發下了舉行家長會議的通知，由保甲經手，村子裡一家不漏地都送到了。後面還寫著「隨身攜帶圖章」。

我那時候十五歲，是公立學校的五年生，雖然是五六年以前的事，但因為印象太深了，當時的樣子還能夠明瞭地記得。全村子捲入了大恐慌裡面。

那時候父親當著保正，保內的老頭子、老婆子在這個通知發下來之前就緊張起來了的氣氛裡面，戰戰兢兢地帶著哭臉接連不斷地跑到我家裡來，用了打顫的聲音問：

「怎麼辦？……」

「怎麼得了？……」

「什麼一回事？……」同是這個時候，我有三次發現了父親躲著流淚。

在這樣的氣氛裡面，會議在發下通知的第二天下午一點開了。會場是村子中央的媽祖廟。因為有不到者從嚴處罰的預告，各家的家長都來了，有四五百人罷。相當大的廟擠得滿滿的。學校下午沒有課，我躲在角落裡看情形。因為我幾次發現了父親底哭臉甚為耽心。

鈴一響，一個大肚子光頭的人站在桌子上面，裝腔作勢地這樣地說：

「為了這個村子的利益，本公司現在決定了在這個村子北方一帶開設農場。說好了要收買你們的土地，前幾天連地圖都貼出來了，叫在那區域內有土地的人攜帶圖章到公司來會面，但直到現在，沒有一個人照辦。特別煩請原料委員一家一家地

去訪問所有者，可是，好像都有陰謀一樣，沒有一個人肯答應。這個事實應該看作是共謀，但公司方面不願這樣解釋，所以今天把大家叫到這裡來。回頭大人（日據時期臺胞對警察的稱呼）和村長先生要講話，使大家都能夠了解，講過了以後請都在這紙上蓋一個印。公司預備出比普通更高的價錢⋯⋯呃哼！」這一番話是由當時我們五年生的主任教員陳訓導翻譯的，他把「陰謀」、「共謀」說得特別重，大家都吃了一驚，你望望我我望望你。

其次是警部補老爺，木村的員警分所主任，他一站到桌子上，就用了凜然的眼光望了一圈，於是大聲地吼：

「剛才山村先生也說過，公司這次的計畫，徹頭徹尾是為了本村的利益。對於公司的計畫，我們要誠懇地感謝才是道理！想一想看！現在你們把土地賣給公司⋯⋯而且賣得到高的價錢，於是公司在這村子裡建設模範的農場。這樣，村子就一天一天地發展下去。公司選了這個村子，我們應該當作光榮的事情⋯⋯然而，聽說一部分人有『陰謀』，對於這種『非國民』，我是決不寬恕的。⋯⋯」

他的翻譯是林巡查，和陳訓導一樣把「陰謀」、「非國民」、「絕不寬恕」說得特別重，大家又面面相覷了。

因為，對於懷過陰謀的余清風，林少貓等的征伐，那血腥的情形還鮮明地留在大家的記憶裡面。

最後站起來的村長，用了老年的溫和，只是柔聲地說：

「總之，我以為大家最好是依照大人的希望，高興地接受公司的好意。」說了他就開始喊名字。都動搖起來了。

最初被喊的人們，以為自己是被看作陰謀的首領，臉上現著狼狽的樣子，打著抖走向前去。當上面叫「你可以回去！」的時候，還是呆著不動，等再吼一聲「走！」才醒了過來，逃到外面去！在跑回家去的路上，還是不安地想：沒有聽錯麼？會不會再被喊回去？無頭無腦地著急，像王振玉，聽說走到家為止，回頭看了一百五十

次。這樣地，有八十名左右被喊過名字，回家去了。以後，輪到剩下的人要吃驚了。我的父親也是剩下的一個。因為不安，人們中間沸騰著嗡嗡的聲音。伸著頸，側著耳朵，會再喊麼？會喊我的名字麼？……這樣地期待著，大多數人都惴惴不安了。

這時候，村長說明了「請大家拿出圖章來，這次被喊的人，拿圖章來蓋了就可以回去」以後，喊出來的名字是我的父親。

「楊明……」一聽到父親的名字，我就著急得不知所措，摒著氣息，不自覺地捏緊了拳頭站起來。——會發生什麼事呢？……

父親鎮靜地走上前去。一走到村長的面前就用了破鑼一樣的聲音，斬釘截鐵地說：

「我不願賣，所以沒有帶圖章來！」

「什麼？你不是保正麼！應該做大家的模範的保正，卻成了陰謀的首領，這才怪！」

站在旁邊的警部補，咆哮地發怒了，逼住了父親。父親默默地站著。

「拖去！這個支那豬！」

警部補狠狠地打了父親一掌，就這樣發了命令。不曉得是什麼時候來的，從後面跳出了五六個巡查。最先兩個把父親捉著拖走了以後，其餘的就依然躲到後面去了。

看到這裡的村民更加膽怯起來，大多數是照著村長底命令，把圖章一蓋就望都不向後面望一望地跑回去了。

後來聽說到大家走完為止，用了和父親同樣的決心拒絕了的一共有五個，一個一個都和父親一樣被拖到警察分所去了。後來聽到說，我一看到父親被拖去了，就馬上跑回家去把情形告訴了母親。

母親聽了我的話，即刻急得人事不知了。幸而隔壁的叔父趕來幫忙，性命算是救住了，但是，到父親回來為止的六天中間，差不多沒有止過眼淚，昏倒了三次，瘦得連人都不認得了。第六天父親回來了，他又是另一付情形，均衡整齊的父親的臉歪起來了，一邊臉頰腫得高高的，眼睛突了出來，額上滿是疱子。衣服弄得一團糟，換衣服的時候，我看到父親的身體，大吃一驚，大聲地叫了出來：

「哦哦！爸爸身上和鹿一樣了！……」事實是父親底身上全是鹿一樣的斑點。那以後，父親完全變了，一句口都不開。從前吃三碗飯，現在卻一碗都吃不下，倒床了以後的第五十天，終於永逝了。同時，母親也病倒了，我帶著一個一歲、一個三歲、一個四歲的三個弟妹，是怎樣地窘迫呀！叔父叔母一有空就跑來照應，否則，恐怕我們一家都完全沒有了罷。這樣地，父親從警察分所回來時被丟到桌子上的六百圓（據說時價是二千圓左右，但公司卻說六百圓是高價錢）因為父親的病、母親的病以及父親的葬式等，差不多用光了，到母親稍稍好了的時候，就只好出賣耕牛和農具糊口。

我立志到東京來的時候，耕牛、農具、家裡的庭園都賣掉了，剩下的只有七十多圓。

「好好地用功……」母親站在門口送我，哭聲地說了鼓勵的話。那情形好像就在眼前。

這慘狀不只是我一家，和父親同樣地被拖到警察分所去了的五個人，都遇到了同樣的命運。就是不做聲地蓋了圖章的人們，失去了耕田，每月三五天到製糖公司農場去賣力，一天做十二個鐘頭，頂多不過得到四十錢，大家都非靠賣田的錢過活不可。錢完了的時候，和村子裡的當局者們所說的「村子的發展」相反，現在成了「村子的離散」了。

沉在這樣回憶裡的時候，不知不覺地太陽落山了，上野的森林隱到了黑暗裡，山下面電車燦爛地亮起來了，我身上感到了寒冷，忍耐不住。我沒有吃午飯，覺得肚子空了。

　　我打了一個大的呵欠，伸一伸腰，就走下坡子，走進一個小巷底小飯店，吃了飯。想在乏透了的身體裡面恢復一點元氣，就決心吃一個飽，還喝了兩杯燒酒。

　　以後就走向到現在為止常常住在那裡的本所的ＸＸ木賃宿舍。　我剛剛踏進一隻腳，老闆即刻看到了我，問：

　　「呀，不是臺灣先生麼！好久不見。這些時到哪裡去了。……」我不好說是做了送報伕，被騙去了保證金，辛苦了一場以後被趕出來了。

　　「在朋友那裡過……過了些時……」

　　「朋友那……唔，老了一些呢！」他似乎不相信，接著笑了：

　　「莫非幹了無線電討擾了上面一些時麼？……哈哈哈……」

　　「無線電？……無線電是怎麼一回事？」我不懂，反問了。

　　「無線電不曉得麼？……到底是鄉下人，鈍感……」　雖然老頭子這樣地開著玩笑，但看見我似乎很難為情，就改了口：

　　「請進罷。似乎疲乏得很，進來好好地休息休息。」　我一上去，老闆說：

　　「那麼，楊君，幹了這一手麼？」　說著做一個把手輕輕伸進懷去的樣子。很明顯地，似乎以為我是到警察署的拘留所裡討擾了來的。當時不懂得無線電是怎麼一回事，但看這次的手勢，明明白白地以為我做了扒手。我沒有發怒的精神，但依然紅了臉，不尷不尬地否認了：

　　「哪裡話！哪個幹這種事！」老頭子似乎還不相信，疑疑惑惑地，但好像不願意勉強地打聽馬上嘻嘻地轉成了笑臉。

　　事實上，看來我這副樣子恰像剛剛從警察署底豬籠裡跑出來的罷。我脫下足袋，剛要上去。

　　「哦，忘記了，你有一封掛號信！因為弄不清你到哪裡去了，收下放在這裡……

等一等……」說著就跑進裡間去了。

我覺得奇怪，什麼地方寄掛號信給我呢？ 過一會，老頭子拿著一封掛號信出來了。望到那我就吃了一驚。 母親寄來的！

「到底為了什麼事寄掛號信來呢？……」 我覺得奇怪得很。

我手抖抖地開了封。什麼，裡面現出來的不是一百二十圓的匯票麼！我更加吃驚了。我疑心我的腦筋錯亂了。我胸口突突地跳，一個字一個字地讀著很難看清的母親的筆跡。我受了很大的衝動，好像要發狂一樣。不知不覺地在老頭子面前落了淚。

「發生了什麼事麼？……」老頭子現著莫名其妙的臉色望著我，這樣地問了，但我卻什麼也不能回答。

收到錢哭了起來，老頭子沒有看到過罷。我走到睡覺的地方就鑽進被頭裡面，狠狠地哭了一場。……

信底大意如下：

——說東京不景氣，不能馬上找到事情的信收到了。想著你帶去的錢也許已經完了，耽心得很。沒有一個熟人，在那麼遠的地方，一個單人，又找不到事情，想著這樣窘的你，我胸口就和絞著一樣。但故鄉也是同樣的。有了農場以後，弄到了這步田地，沒有一點法子。所以，絕對不可軟弱下來。想到回家。房子賣掉了，得到一百五十圓，寄一百二十圓給你。設法趕快找到事情，好好地用功，成功了以後才回來罷。我的身體不能長久，在這樣的場合下不好討擾人家，留下了三十圓。阿蘭和阿鐵終於死掉了。本不想告訴你的，但想到總會曉得，才決心說了。媽媽僅僅只有祈禱你的成功之前，在成功之前，無論有什麼事情也不要回來。……

這是媽媽唯一的願望，好好地記著罷。如果成功以後回來了，把寄在叔父那裡的你唯一的弟弟引去照看照看罷。要好好地保重身體，再會。……——

好像是遺囑一樣的寫著。我著急得很。

「也許，已經死掉了罷⋯⋯」這想頭鑽在我底腦袋裡面，去不掉。

「胡說！哪來這種事情。」我翻一翻身，搖著頭，出聲地這樣說，想把這不吉的想頭打消，但毫無效果。

這樣地，我通晚沒有睡覺一會，跳虱的襲擊也全然沒有感到。我腦袋裡滿是母親的事情。母親自己寫了這樣的信來，不用說是病得很厲害。看發信的日子，這信是我去做送報伕以前發的，已經過了二十天以上。想到這中間沒有收到一封信，⋯⋯我更加不安起來了。

我決心要回去。回去以後，能不能再出來我沒有自信，但是，看了母親的信，我安靜不下來了。

「回去之前，把從田中君那裡借來的錢都還清罷。順便謝謝他的照顧，向他辭一辭行。」

這樣想著，我眼巴巴地等著第二天早上的頭趟電車，終於通夜沒有闔眼。從電車底窗口伸出頭去，讓早晨的冷風吹著，被睡眠不足和興奮弄得昏沉沉的腦袋，陡然輕鬆起來了。

「這或許是最後一次看見東京。」這樣一想，連ＸＸ派報所的老闆都忘記了，覺得捨不得離開。昨晚上想著故鄉，安不下心來，但現在是，想會見的母親和弟弟的面影，被窮乏和離散的村子的慘狀遮掩了，陡然覺得不敢回去。

這樣的感情的變化，從現在要去找的不忍別離的田中君的魅力裡面受到了某一程度的影響，是確實的。

那種非常親切的，理智的，討厭客氣的素樸⋯⋯這是我當作理想的人物的典型。

我下了ＸＸ電車站，穿過兩個巷子，走到那個常常去的飯店的時候，他正送完了報回來。

　　我在那裡會到了他。原來他是一個沒有喜色的人，今天早上表現得尤其陰鬱。但是，他的陰鬱絲毫不會使人感到不快，反而是易於親近的東西。 他低著頭，似乎在深深地想著什麼，不做聲地靜靜地走來了。

　　「田中君！」

　　「哦！早呀！昨天住在什麼地方？……」

　　「住在從前住過的木賃宿舍裡。……」

　　「是麼！昨天終於忘記了打聽你去的地方！早呀！」 這個「早呀！」我覺的好像是問我，「有什麼急事麼？……」 所以我馬上開始說了。但是，說到分別就覺得，孤獨感壓迫得我難堪：

　　「實在是，昨天回到木賃宿舍，不意家裡寄來了錢。……」我這樣一說出口，他就說：

　　「錢。……那急什麼！你什麼時候找得到職業，不是毫無把握麼？拿著好啦！」

　　「不然……寄來了不少。回頭一路到郵局去。而且，順便來道謝。……」覺得說不下去，臉紅了起來。

　　「道謝？如果又是那一套客氣，我可不聽呢……」他迷惑似地苦笑。

　　「不！和錢一起，母親還寄了信來，似乎她病得很厲害，想回去一次。……」他馬上望著我的臉，寂寞似地問：

　　「叫你回去麼？」

　　「不……叫我不要回去！……好好地用功，成功了以後再回去。……」

　　「那麼，也許不怎麼厲害。」

　　「不……似乎很厲害。而且，那以後沒有一點消息不安得很……」

「呀！有信，昨天你走了以後，來了一封。似乎是從故鄉來的。我去拿來，你在飯店子裡等一等！」說著就向派報所那邊走去了。

我馬上走進飯店子裡等著，聽說是由家裡來的信，似乎有點安心了。但是，信裡說些什麼呢？這樣一想，巴不得田中君馬上來。飯館的老闆娘子討厭地問：

「要吃什麼？……」不久，田中氣喘喘地跑來了。

我的全神經都集中在他拿來的信上面。他打開門的時候我馬上看到了那不是母親的筆跡，感到了不安。心亂了。

不等他進來，我站起來趕快伸手把信接了過來。署名也不是母親，是叔父的。我的臉色陰暗了。胸口跳，手打顫。明顯地是和我想像的一樣，母親死了。

半個月以前……而且是用自己的手送終的。

我所期望的唯一的兒子……我再活下去非常痛苦，而且對你不好。因為我的身體死了一半……我唯一的願望是希望你成功，能夠替像我們一樣苦的村子的人們出力。村子裡的人們的悲慘，說不盡。你去東京以後，跳到村子旁邊的池子裡淹死的有八個，像阿添叔，是帶了阿添嬸和三個小兄子一道跳下去淹死的。所以，覺得能夠拯救村子的人們的時候才回來罷。沒有自信以前，絕不要回來！要做什麼才好我不知道，努力做到能夠替村子的人們出力罷。我怕你因為我的死馬上回來，用掉冤枉錢，所以寫信給叔父，叫他暫時不要告訴你……諸事保重。

媽媽

這是母親的遺書。母親是決斷力很強的女子。她並不是遇事嘩啦嘩啦的人，但對於自己相信的，下了決心的，卻總是斷然要做到。

哥哥當了巡查，糟踏村子的人們，被大家怨恨的時候，母親就斷然主張脫離親屬關係，把哥哥趕了出去，那就是一個例子。我來東京以後，她的勞苦很容易想像得到，但她卻不肯受做了巡查的她的長男的照顧，終於失掉了一男一女、把剩下的

一個託付給叔叔自殺了。是這樣的女子。

從這一點看，可以說母親並沒有一般所說的女人的心，但我卻很懂得母親的心境。同時，我還喜歡母親的志氣，而且尊敬。

現在想起來，如果有給母親讀……的機會，也許能夠做柴特金女史那樣的工作罷，當父親因為拒絕賣田地而被捉起來的時候，她不會昏倒而採取了什麼行動的罷。

然而，剛剛看了母親的遺囑的時候，我非常地悲哀了。暫時間甚至強烈地興起了回家的念頭。

你的母親在Ｘ月Ｘ日黎明的時候吊死了。想馬上打電報給你，但在母親手裡發現了遺囑，懂得了母親的心境，就依照母親的希望，等到現在才通知你。母親在留給我的遺囑裡面說她只有期望你，你是唯一有用的兒子。你的哥哥成了這個樣子，弟弟還小，不曉得怎樣……

她說，所以，如果馬上把她的死訊告訴你，你跑回家來，使你的前途無著，那她的死就沒有意思。

弟弟我正在鄭重地養育，用不著耽心。不要違反母親的希望，好好地用功罷。絕對不要起回家的念頭。因為母親已經不是這個世界的人了……

　　　　　　　　　　　　　　　　　　　　　　　　　　　　　　叔父

「看不到母親了，她已經不是這個世界的人了。」這樣一想，我決定了應該斷然依照母親的希望去努力。下了決心：不能夠設法為悲慘的村子出力就不回去。當我讀著信的時候，非常地興奮（激動），心很亂的時候，田中在目不轉睛地望著我，看見我收起信放進口袋去，就耽心地問：

「怎樣講？」

「母親死了？」

「死了麼？」似乎感慨無量的樣子。

「你什麼時候回去？」

「打算不回去？」

「……？」

「母親死了已經半個月了……而且母親叫不要回去。」

「半個月……臺灣來的信要這麼久麼？」

「不是，母親託付叔父，叫不要馬上告訴我。」

「唔。了不起的母親！」田中感歎了。 我們這樣地一面講話一面吃飯，但是，太興奮了，飯不能下咽。我等田中吃完以後，付了帳，一路到郵局去把匯票兌來了，蠻蠻地把借的錢還了田中。把我的住所寫給他就一個人回到了本所的木賃宿舍。

一走進木賃宿舍就睡了，我實在疲乏得支援不住。在昏昏沉沉之中也想到要怎樣才能夠為村子中悲慘的人們出力，但想不出什麼妙計。

……存起錢來，分給村子的人們罷……，也這樣想了一想然而做過送報佚的現在，走了一個月的冤枉路依然是失業的現在，不用說存錢，能不能賺到自己的衣食住，我都沒有自信。

我陡然感到了倦怠，好像兩個月以來的疲勞一齊來了，不曉得在什麼時候，我沉沉地睡著了。

因為周圍的吵鬧，好像從深海被推到了淺的海邊的時候一樣，意識朦朧地醒來的時候也常常有，但張不開眼睛，馬上又沉進深睡裡面去。

「楊君！楊君！」 聽見這樣的喊聲，我依然是像被推到淺的海邊的時候一樣的意識狀態裡面。

雖然稍稍地感到了，但馬上又要沉進深睡裡面去。

「楊君！」這時候又喊了一聲，而且搖了我的腳，我吃了一驚，好容易才張開了眼睛。

但還沒有醒。從朦朧的意識狀態回到普通的意識狀態，那情形好像是站在濃霧裡面望著它漸漸淡下去一樣。一回到意識狀態，我看到了田中坐在我的旁邊。我馬上踢開了被頭，坐起來了。我茫茫然把屋子望了一圈。站在門邊的笑嘻嘻的老闆望著我的狼狽樣子，說：

「你好像中了催眠術一樣呀……你想睡了幾個鐘頭？……」我不好意思地問：

「傍晚了麼？……」

「那裡……剛剛過正午呢……哈哈哈……但是換了一個日子呀！」說著就笑起來了。

原來，我昨天十二點過睡下以後，現在已到下午一點左右了……。整整睡了二十五個鐘頭，我自己也吃驚了。

老頭子走了以後，我向著田中。他似乎很緊張。

「真對不起。等了很久了罷……。」對於我的抱歉，他答了「哪裡」以後，興奮地繼續說：

「有一件要緊的事情來的……昨天又有一個人和你一樣被那張紙條子釣上了。你被趕走以後，我時時在煩惱地想，未必沒有對抗的手段麼？一點辦法沒有的時候又進來了一個，我放心不下，昨天夜裡偷偷地把他叫出來，提醒了他。但是，他聽了以後僅僅說：

「唔，那樣麼！混蛋東西……。」隨和著我的話，一點也不吃驚。我焦躁起來了，對他說：

「所以……我以為你最好去找別的事情……不然，也要吃一次大苦頭。……保證金被沒收，一個錢也沒有地被趕出去了……。」

但他依然毫不驚慌，伸手握住了我的手以後，問：

「謝謝！但是，看見同事們吃這樣的苦頭，你們能默不作聲麼？」我稍稍有點不快地回答：

「不是因為不能夠默不作聲，所以現在才告訴了你麼？這以外，要怎樣幹才好，我不懂，近來我每天煩惱地想著這件事，怎樣才好我一點也不曉得。」

於是他非常高興地說：

「怎樣才好……我曉得呢。只不曉得你們肯不肯幫忙？」於是我發誓和他協力，對他說：

「我們二十八個同事的，關於這件事大概都是贊成的。大家都把老闆恨得和蛇蠍一樣。……」

接著他告訴了我種種新鮮的話。歸結起來是這樣的：

「為了對抗那樣惡的老闆，我們最好的法子是團結。大家成為一個同盟罷X……（忘記了是怎樣講的）」同盟罷X……說是總有辦法呢。「勞動者一個一個散開，就要受人蹧躂，如果結成一氣，大家成為一條心來對付老闆，不答應的時候就採取一致行動……這樣幹，無論是怎樣壞的傢伙，也要被弄得不敢說一個不字……」這樣說呢。而且那個人想會一會你。我把你的事告訴了他以後，他說：

「唔……臺灣人也有吃了這個苦頭的麼？……無論如何想會一會。請馬上介紹！」田中把那個人的希望也告訴了我。

說要收拾那個咬住我們，吸盡了我們的血以後就把我們趕出來的惡鬼。對於他們這個計畫，我是多麼高興呀！而且，聽說那個男子想會我，由於特別的好奇心，我希望馬上能夠會到。向來被人蹧躂的送報伕失業者們教給了法子去對抗那個惡鬼

一樣的老闆，我想，這樣的人對於因為製糖公司、兇惡的警部補、村長等陷進了悲慘境遇的故鄉的人們，也會貢獻一些意見罷。

聽田中說的那個人（說是叫作佐藤）特別想會我，我非常高興了。在故鄉的時候，我以為一切日本人都是壞人，恨著他們。但到這裡以後，覺得好像並不是一切的日本人都是壞人。木賃宿舍的老闆很親切，至於田中，比親兄弟還……不，想到我現在的哥哥（巡查），什麼親兄弟，不成問題。拿他來比較都覺得對田中不起。

而且，和臺灣人裡面有好人也有壞人似地，日本人也是一樣。我馬上和田中一起走出了木賃宿舍去會佐藤。我們走進淺草公園，筆直地向後面走。坐在那裡的樹蔭下面的一個男子，毫不畏縮地向我們走來。

「楊君！你好……」緊緊地握住了我的手。

「你好……」我也照樣地說了一句，好像被狐狸迷住了一樣。是沒有見過面的人。但回轉頭來看一看田中底表情，我即刻曉得這就是所說的佐藤君，我馬上就和他親密無間了。

「我也在臺灣住過一些時。你喜歡日本人麼？」他單刀直入地問我。

「……」我不曉得怎樣回答才好。在臺灣會到的日本人，覺得可以喜歡的少得很。但現在，木賃宿舍的老闆，田中等，我都喜歡。這樣問我的佐藤君本人，由第一次印象就覺得我會喜歡他的。

我想了一想，說：

「在臺灣的時候，總以為日本人都是壞人，但田中君是非常親切的！」

「不錯，日本的勞動者大都是和田中君一樣的好人呢。日本的勞動者反對壓迫臺灣人，糟蹋臺灣人。使臺灣人吃苦的是那些像把你的保證金搶去了以後再把你趕出來的那個老闆一樣的畜生。到臺灣去的大多是這種根性的人和這種畜生們的走狗！但是，這種畜生們不僅是對於臺灣人，對於我們本國的窮人也是一樣的，日本的勞

動者們也一樣地吃他們的苦頭呢。……總之，在現在的世界上，有錢的人要掠奪窮人們的勞力，為了要掠奪得順手，所以壓住他們……。」

他的話一個字一個字在我腦子裡面響，我真正懂了。故鄉的村長雖然是臺灣人，但顯然地和他們勾結在一起，使村子的大眾吃苦……

我把村子的種種情形告訴了他。他用了非常深刻的注意聽了以後，漲紅了臉頰，興奮地說：

「好！我們攜手罷！使你們吃苦也使我們吃苦的是同一種類的人！……」這次會見的三天後，我因為佐藤君的介紹能夠到淺草的一家玩具工廠去做工。我很規則地利用閒空的時間……（原文刪去）幾個月以後，把我趕出來的那個派報所裡勃發了罷工。看到面孔紅潤的擺架子的ＸＸ派報所老闆在送報伕團結前面低下了蒼白的臉，那時候我的心跳起來了。對那胖臉一拳，使他流出鼻涕眼淚來──這種欲望推著我，但我忍住了。使他承認了送報伕的那些要求，要比我發洩積憤更有意義。想一想看！勾引失業者的「募集送報伕」的紙條子拉掉了！

寢室每個人要占兩張蓆子，決定了每個人一床被頭，租下了隔壁的房子做大家的宿舍，蓆子的表皮也換了！

任意制定的規則取消了！消除跳虱的方法實行了！推銷報紙一份工錢加到十錢了！怎樣？還說勞動者……！

「這幾個月的用功才是對於母親的遺囑的最忠實的辦法。」我滿懷著確信，從巨船蓬萊丸的甲板上凝視著臺灣的春天，那兒表面上雖然美麗肥滿，但只要插進一針，就會看見惡臭逼人的血膿的迸出。

──本篇原作日文，刊載於東京《文學評論》，一九三四年十月出版，中譯文刊載於《山靈──朝鮮臺灣短篇集》，一九三六年四月，上海文化生活出版社出版。

【賞析】

　　楊逵（1905-1985），原名楊貴，臺南新化人。十歲時目睹鎮壓噍吧哖日軍的經驗，與 1924 年赴東京日本大學攻讀文學藝術時受馬克思（Karl Marx）社會主義思想的浸潤，鍛鑄出他對殖民者與資本家的抵拒姿態，並反映在他的文學書寫中。楊逵的思想帶有強烈的左翼色彩，他關注於殖民者、資本家、地主對人民的壓迫，其作品深具批判性與人道主義精神，晚年亦以「人道的社會主義者」自居。

　　殖民體制、資本主義與現代化對臺灣社會帶來的衝擊，構築出日治時期臺人書寫混融複雜的情境。一方面，在語言的使用上，日文、文言文與白話文均成為寫作者表達思想與情感的工具；另一方面，國族意識與階級意識滲透於此一時期的文人思想中，成為日治時期臺人書寫的重要主題。謝春木〈彼女は何處へ？〉、賴和〈一桿秤子〉、陳虛谷〈他發財了〉等作品，或尖銳批判，或深刻嘲諷，具有鮮明的殖民地文學性格。楊逵〈新聞配達夫〉（〈送報伕〉）亦具此一文學氣質。〈送報伕〉以日文書寫，描述資本主義社會中工人階級面對生活的無助，最初於 1932 年 5 月的《臺灣新民報》發表。然而當時僅刊載前半部，後半部則因遭查禁而未能刊行。1934 年，日本《文學評論》進行徵文比賽，〈新聞配達夫〉（〈送報伕〉）獲得第二名，楊逵也成為第一位在日本中央文壇受到注目的臺灣作家，建立起臺灣文壇與日本左翼文學作家間的連繫，在日治時期臺灣文學發展歷程中別具意義。

　　楊逵親身參與對日本殖民政府與資產階級的抗爭，將小說寫作視為推展社會運動的延續，強調知識分子應具有啟蒙無產階級抵抗意識的使命感，此種文化焦慮鎔鑄於其作品中，影響情節結構與人物角色的形塑。〈送報伕〉著力敘寫資本主義社會下資本家對無產階級農工階層的苛待：「那同樣是和派報所老闆似地逼到面前，吸我們的血、剮我們的肉，想擠乾我們的骨髓，把我們打進這樣的地獄裡面。」面對資產階級的壓榨，不知所措的楊君和田中等送報伕們，因為無助，一開始只有無助隱忍：「一想到好不容易才找到職業，這一點點……就滿不在乎了。」在工人之外，楊逵亦細緻地摹寫農民被帝國主義殖民者剝削的境遇。在面對警察威脅時，身為農人的楊君父親，亦不得不逆來順受地犧牲世代傳承的家園，賣出自己賴以維生的土地。

　　楊逵的創作動機鮮明，他屢屢提及「進步的文學」，強調文學書寫的社會意義。在難以顛覆的階級結構中，〈送報夫〉中的人物不願耽溺於無止盡地絕望，而是具備積極而樂觀的改革企圖心。楊逵對於知識分子啟蒙社會、推動改革的期待，反映在對「佐藤」的人物敘寫裡。佐藤對楊君的啟蒙，促動楊君與送報夫們的凝聚與抗爭，改善送報夫們的工作條件，最終開啟人民重新檢視社會問題的嶄新視野：「我滿懷著確信，從巨船蓬萊丸的甲板上凝視著臺灣的春天，那兒表面上雖然美麗肥滿，但只要插進一針，就會看見惡臭逼人的血膿的迸出。」在深刻的社會批判中，蘊涵強烈的抗爭意識，具有積極的樂觀精神。

──蕭敏如老師　撰

【延伸閱讀】

1. 賴和：〈一桿秤子〉，收錄於賴和著，林瑞明編《賴和全集》（臺北：前衛出版社，2000）。
2. 黃春明：〈蘋果的滋味〉，收錄於黃春明《兒子的大玩偶：黃春明作品集2》（臺北：聯合文學出版，2009）。

馮燕傳

沈亞之

　　馮燕者，魏①豪人，父祖無聞名。燕少以意氣任②專，為擊毬鬥雞戲。魏市有爭財鬥者，燕聞之往，搏殺不平；遂沈匿田間。官捕急，遂亡滑③。益與滑軍中少年雞毬相得。相國賈公耽④在滑，能燕材，留屬中軍。他日行出里中，見戶傍婦人，翳袖而望者，色甚冶，使人熟其意，遂室之。其夫，滑將張嬰者也。嬰聞其故，累毆妻，妻黨皆望嬰⑤。會嬰從其類飲⑥。燕伺得間，復偃寢中，拒寢戶。嬰還，妻開戶納嬰。以裾蔽燕。燕卑躝步就蔽⑦，轉匿戶扇⑧後，而巾墮枕下，與佩刀近。嬰醉且暝。燕指巾令其妻取，妻即刀授燕，燕熟視，斷其妻頸，遂巾而去。明旦嬰起，見妻毀死，愕然，欲出自白。嬰鄰以為真嬰殺，留縛之。趨告⑨妻黨，皆來，曰：「常嫉毆吾女，迺⑩誣以過失，今復賊殺之矣，安得他殺事⑪！即其他殺，而安得獨存耶？」共持嬰，且百餘笞，遂不能言。官家收繫，殺人罪，莫有辨者，強伏其辜⑫。司法官小吏持扑⑬者數十人，將嬰就市，看者圍面千餘人。有一人排看者來，呼曰：「且無令不辜死者⑭。吾竊其妻，而又殺之，當繫我。」吏執自言人，乃燕也。司法官與俱見賈公，盡以狀對。賈公以狀聞，請歸其印，以贖燕死。上誼之。下詔，凡滑城死罪皆免。

① 魏州。
② 任，放縱，行為不受拘束。
③ 亡滑，逃亡至滑州城，「滑」即古滑臺城，在今河南省的滑舊縣城。
④ 賈耽，字敦詩。貞元二年改檢校右僕射兼滑州刺史、義成軍節度使，貞元九年徵為右僕射同中書門下平章事。
⑤ 望嬰：望指「怨望」，怨恨之意。
⑥ 張嬰同朋輩飲酒。「類」指朋輩。
⑦ 卑：低身。躝步：用後腳緊接著前腳的小步子輕慢地走路。
⑧ 戶扇：門扇。
⑨ 趨：疾走。趨告：跑去報告。
⑩ 迺：同「乃」字。
⑪ 安得他殺事：那能有他人來殺的事呢！
⑫ 辜：罪，強伏其辜即苦打成招之意。
⑬ 持扑：拿著扑責的行仗。
⑭ 辜：無罪，不要令無罪的人去死。

贊⑮曰：「余尚太史⑯言，而又好敘誼事。其賓黨耳目之所聞見，而為余道元和中外郎劉元鼎語余以馮燕事，得傳焉。嗚呼！淫惑之心，有甚水火，可不畏哉！然而燕殺不誼，白不辜，真古豪矣！」

【賞析】

社會秩序的建構有賴於法律維持，但往往事件偶發時常伴隨著個人正義與律法的衝突，何謂社會正義？也成了觀照社會新聞或事件發生必須反思的道德價值難題。在古典文學作品中不乏相關的主題文本，〈馮燕傳〉正是唐傳奇中頗有矛盾與爭議的篇章，〈馮燕傳〉作者沈亞之，字下賢，唐吳興人，生卒年歷代典籍中記載不一，著有《沈下賢集》。〈馮燕傳〉全文主要描寫中唐晚期，馮燕手刃偷情之婦後出面自首，洗刷情婦之夫蒙受殺妻之冤的傳奇故事。〈馮燕傳〉一再為後代文學家改寫，如唐末司空圖〈馮燕歌〉、宋代曾布〈水調歌頭〉，成為了文學創作的母題，由故事的發展也反映出當時社會倫理的價值觀。

〈馮燕傳〉全文約莫四百多字，小說採用順敘法鋪陳，開頭便清楚的指出馮燕的出身背景，從唐代重視門第的社會風氣而言，「祖父無聞名」呈顯了主角低下的地位。雖然地位低下但具有俠義的性格，「少以意氣任專」、「搏殺不平」的任俠精神也為小說後半留下伏筆。小說主軸為馮燕搏殺不平後逃到滑國，在滑國遇見美婦──張嬰之妻，並趁張嬰酒後酣醉時與張妻偷情，偷情後反殺了「不義」的張妻，讓張嬰蒙上殺妻罪名，小說到此，讓讀者譁然，馮燕為何殺了自己偷情的女子？偷情本不義，殺人更為罪名，然而小說的後半部分完全合理化了馮燕不義的行為，張嬰行刑之際，馮燕自首，賈公請歸其印，皇帝下詔死罪免死，更獲得「殺不誼，白不辜」的豪俠美名。

馮燕是否為正義的豪俠？小說通篇內容由主角的「不義」之行建構而成，呈顯

---

⑮ 贊：讚美，文體的一種。

⑯ 太史指太史公司馬遷。《史記・游俠列傳》：「今遊俠，其行雖不軌於正義，然其言必信，其行必果。」

出非常弔詭的俠義倫理，從「殺不誼」與「白不辜」兩種俠義之行論馮燕的正義，的確存在著正義的矛盾與衝突，但小說完全合理化甚至肯定了這樣的俠義倫理。首先就「殺不義」而言，馮燕偷情完全是主動，卻未受到道德輿論的譴責，社會評價反而忽略了馮燕的「不義」，如果以道德層面論之，張妻背叛了「夫為妻綱」的倫理道德，這是單身的馮燕不用面對的，因此就倫理道德而言，兩人皆為不義之人，張妻違背儒家倫理的「不義」之行可說是大過於馮燕主動偷情的「不義」，當馮燕殺了不義婦，自我的不義之行反而昇華為更高層次的道德──「殺淫妻」，這樣的行為也符合前文「搏殺不平」的俠客形象，由此處更可解讀小說是以「男性中心」為思考的道德體系來肯定馮燕的俠義倫理。

其次就「白不辜」而言，殺人者自首本是理所當然之事，然馮燕自首反成了義行的原因在於坦然面對自我的罪行，形成了「敢做敢當」的俠氣，如此的義士形象更得到朝廷的認同，免除了他原本必須因殺人罪必須判處的罪行，贏得當時道德體制的認同，我們可以說馮燕的俠義是依附在種種的罪行之中，也正合乎司馬遷在《史記・游俠列傳》提及的「以武犯禁」、「不軌於正義」的俠客形象，這也正是俠客的特質。通篇而論〈馮燕傳〉人物塑造精彩，情節安排緊湊，在正義的二元對立中，放大了馮燕作為俠客的義行，沖淡了「不義」的負面行為，以種種的罪行成就了俠客的正義，俠義的衝突與道德價值的難題這也正是此篇小說精彩之處。

──溫珮琪老師　撰

【延伸閱讀】

1. 司馬遷：《史記・游俠列傳》，收錄於李偉泰選注：《史記選讀》（臺北：臺大出版中心，2008），頁345-356。
2. 朱西甯：《破曉時分》（臺北：印刻出版社，2003）。
3. 鴻鴻：〈我現在沒有地址了〉，收錄於《女孩馬力與壁拔少年》（臺北：黑眼睛文化，2009），頁72-75。
4. Michael Sandel 著、樂為良譯：《正義：一場思辨之旅》（臺北：雅言文化，2011）。
5. 湊佳苗原著、中島哲也導演：《告白》DVD（臺北：迪昇數位影視，2011）。

Note

國家圖書館出版品預行編目（CIP）資料

暨情‧好讀 / 國立暨南國際大學中國語文學系著. --
初版. -- 臺北市：五南圖書出版股份有限公司，
2017.09
　面；　公分
　ISBN 978-957-11-9320-5（平裝）
　1. 國文科 2. 讀本
836　　　　　　　　　　　　　　106013145

暨情‧好讀——暨大國文選（修訂版）

主 編 者	國立暨南國際大學中國語文學系
編　　輯	陶玉璞 / 劉恆興 / 曾守仁 / 陳正芳 / 蕭敏如 / 張雅婷
撰　　文	李怡儒 / 林小涵 / 林鴻瑞 / 徐秀菁 / 陳正芳 / 陳冠妤 / 陶玉璞 / 張雅婷 / 曾守仁 / 溫珮琪 / 劉恆興 / 蕭敏如 / 謝如柏 / 嚴敏菁（按姓氏筆畫排列）
校　　對	同撰文者 / 施旻亨 / 許家慈 / 賴彥蓉
封面設計	魏貝珊 / 姚孝慈
排　　版	何嘉修 / 梁佳琦 / 黃欣宜
攝　　影	黃欣宜（單元一、四、九） 何嘉修（單元二、五、八） 梁佳琦（單元三、六、七）
發 行 人	楊榮川
總 經 理	楊士清
總 編 輯	楊秀麗
副總編輯	黃惠娟
責任編輯	魯曉玟
出　　版	五南圖書出版股份有限公司
地　　址	106 臺北市大安區和平東路二段 339 號 4 樓
網　　址	https://www.wunan.com.tw
電　　話	（02）2705-5066　傳　　眞　（02）2706-6100
電　　郵	wunan@wunan.com.tw
初版日期	2017 年 9 月初版一刷 2024 年 1 月初版六刷
定　　價	新臺幣 380 元

經典永恆・名著常在

五十週年的獻禮——經典名著文庫

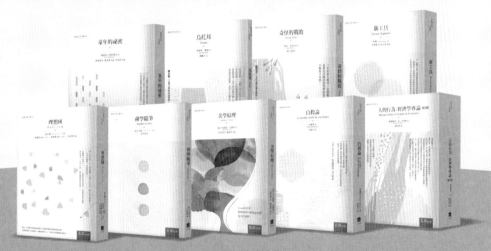

五南,五十年了,半個世紀,人生旅程的一大半,走過來了。

思索著,邁向百年的未來歷程,能為知識界、文化學術界作些什麼?

在速食文化的生態下,有什麼值得讓人雋永品味的?

歷代經典・當今名著,經過時間的洗禮,千錘百鍊,流傳至今,光芒耀人;

不僅使我們能領悟前人的智慧,同時也增深加廣我們思考的深度與視野。

我們決心投入巨資,有計畫的系統梳選,成立「經典名著文庫」,

希望收入古今中外思想性的、充滿睿智與獨見的經典、名著。

這是一項理想性的、永續性的巨大出版工程。

不在意讀者的眾寡,只考慮它的學術價值,力求完整展現先哲思想的軌跡;

為知識界開啟一片智慧之窗,營造一座百花綻放的世界文明公園,

任君遨遊、取菁吸蜜、嘉惠學子!